Dirndl Rausch

Andreas Karosser, geboren 1982, ist Mediengestalter, studierter Germanist und Kommunikationswissenschaftler, Freigeist, Philosoph, Träumer. Er treibt sich oft an seinem Tellerrand herum. Wenn man ihn längere Zeit nicht sieht, findet man ihn in der Regel jenseits davon.

Dieses Buch ist ein Roman. Handlungen und Personen sind frei erfunden. Ähnlichkeiten mit lebenden oder toten Personen sind nicht gewollt und rein zufällig.

ANDREAS KAROSSER

Dirndl Rausch

KRIMINALROMAN

emons:

Bibliografische Information der Deutschen Nationalbibliothek
Die Deutsche Nationalbibliothek verzeichnet diese Publikation
in der Deutschen Nationalbibliografie; detaillierte bibliografische
Daten sind im Internet über http://dnb.d-nb.de abrufbar.

© Emons Verlag GmbH
Alle Rechte vorbehalten
Umschlagmotiv: Andreas Karosser
Umschlaggestaltung: Nina Schäfer, Tobias Doetsch
Gestaltung Innenteil: César Satz & Grafik GmbH, Köln
Druck und Bindung: CPI – Clausen & Bosse, Leck
Printed in Germany 2017
ISBN 978-3-7408-0186-1
Originalausgabe

Unser Newsletter informiert Sie
regelmäßig über Neues von emons:
Kostenlos bestellen unter
www.emons-verlag.de

Warum geht man weg? Damit man wiederkommen kann. Damit man den Ort, von dem man gekommen ist, mit neuen Augen und mit neuen Farben und auch die Leute dort anders sehen kann. Dorthin zurückzukehren, wo man begonnen hat, ist nicht das Gleiche, wie niemals fortzugehen.

Terry Pratchett

Eine Woche vor dem Beginn des großen Gautrachtenfestes in Bad Feilnbach

Der Maschendrahtzaun stellte kein Hindernis für den Mann dar. Vielleicht hätte er sogar einfach hinüberklettern können, doch dann hätte er den Bolzenschneider umsonst mitgebracht. Es waren ohnehin nur wenige Schnitte gewesen, die ihm das Risiko einer unsanften Landung auf der anderen Seite nebst einem verstauchten Fuß oder einer ähnlich unangenehmen Behinderung seiner geplanten Tat erspart hatten.

Die Dunkelheit lag über Dettendorf wie ein farbloser Rock über den schrumpeligen Schenkeln eines alten Schalkweibes. Es war eine perfekte Nacht für ein Verbrechen, keine Gestirne würden bezeugen können, was er im Begriff war zu tun. Er atmete die kühle Luft ein und lauschte. Entgegen vieler romantischer Verklärungen war es auch auf dem Land niemals vollkommen ruhig, die Zivilisation kroch überallhin, und man musste schon auf einen sehr hohen Berg klettern, um in den Genuss der letzten Urtümlichkeit zu kommen. Hier unten jedenfalls vernahm er das monotone Rauschen der immer belebten Autobahn, die sich unweit der Ortschaft durch die Landschaft schlängelte. Ein Flugzeug flog über ihn hinweg. Ein Knall ertönte, vielleicht der Schuss eines Jägers oder ein Bauer, der mit Böllern Wildschweine zu verscheuchen versuchte. Irgendwo drüben im Wald balzte ein Käuzchen. Sanfter Wind rauschte durch die raschelnden Blätter vor ihm.

Der Geruch überraschte ihn. Dass das echte, THC-haltige Marihuana einen charakteristischen Duft verströmte, besonders wenn die Pflanzen sich ihrer Blüte näherten, war ihm zur Genüge bekannt. Dass der falsche Hanf aber zum Verwechseln ähnlich roch, war ihm neu. Lächelnd fingerte er einen vorgedrehten Joint aus seiner Jackentasche, steckte ihn sich zwischen die wulstigen Lippen und holte dann jenes Feuerzeug hervor, mit dem er kurz darauf noch etwas anderes in Brand zu stecken gedachte. Er entflammte das zugezwirbelte Ende der Zigarette. Der Feuerschein erleuchtete kurz sein Gesicht, und seine Augen verschlangen augenblicklich jedes Licht, wie schwarze Löcher in unentdeckten Galaxien ganze Planeten verschluckten, lange bevor introvertierte Hobbyastronomen sie entdeckten und ihnen seltsame Namen geben konnten. Er blies und sog ein paarmal Luft durch das mit Hanf und Tabak gefüllte Tütchen, bis das Kraut Feuer fing und er den Rauch tief in die Lunge zog.

Es war kein allzu starkes Gras, das er sich für sein Vorhaben mitgenommen hatte. Er brauchte schließlich einen halbwegs klaren Kopf für seine Tat. Aber der Rauch beruhigte den verhassten, stets jammernden Teil in ihm, der sich bei solchen Taten zu Wort melden musste, um unermüdlich den mahnenden Zeigefinger in sein verkümmertes Gewissen zu bohren. Immerhin war es vorgestern noch viel schlimmer gewesen. Zugegeben, die Maschinenhalle vom Schwinder war ein anderes Kaliber gewesen als das hier, vor allem, als er aus seinem sicheren Versteck heraus mit angesehen hatte, wie dieser irre Bub in das lichterloh brennende Inferno gerannt war. So ein Depp.

Er bemerkte, wie sich ein ungutes Gefühl heimtückisch anschickte, ihm das Genick hinabzukriechen, und genehmigte sich schnell einen weiteren Zug. Augenblick stellte sich die erwünschte Beruhigung ein, und er schüttelte alle tugendhaften Hemmungen ab. Neben dem Bolzenschneider hatte er auch einen großen Kanister dabei, randvoll mit Benzin. Den zerrte er nun durch das Loch im Zaun, öffnete den Verschluss und goss seinen Inhalt großzügig auf das schlummernde Hanffeld. Dabei zog er weiterhin seelenruhig an seinem Spliff. Er bediente nicht das sich geradezu erbärmlich aufdrängende Klischee, die Plantage mit der Kippe des fast aufgerauchten Joints zu entzünden. In Kriminalfilmen finden die Ermittler hinterher *immer* den Stummel und überführen damit den Täter.

Der Mann im nächtlichen Dettendorfer Nutzhanffeld hatte jedoch nicht vor, sich erwischen zu lassen. Er holte erneut das Feuerzeug heraus, ging im großzügigen Sicherheitsabstand in die Hocke und entflammte den äußersten Rand der Benzinlache. Wie ein tollwütiger Wirbelwind raste eine blaurote Flamme über den Boden und stürzte sich auf die erste Marihuana-Pflanze. In Windeseile kletterte sie den schmächtigen Stängel hinauf und verschlang die noch jungen Blätter. Als das Feuer auf die Nachbarstauden übersprang und sich von dort aus weiter ausbreitete, stand der Mann auf und griff nach dem leeren Kanister und seinem Bolzenschneider. Zurück auf der anderen Seite des Zauns drehte er sich noch einmal um, und der Feuerschein des lichterloh lodernden Hanfs spiegelte sich in seinen bösen Augen.

Der Sonntag vor dem Beginn des Gautrachtenfestes

Hauptkommissar Lorenz Hölzl sog das Aroma der verbrannten Marihuana-Pflanzen mit einem tiefen Atemzug ein. Die traurigen Überreste der zerstörten Stauden ragten wie Knochen einer Brandleiche aus dem Boden und boten einen mitleiderregenden Anblick. Ihr Besitzer, Georg Feicht, der von allen in Feilnbach nur »der Feichtl« gerufen wurde, stand betrübt am Rande des Feldes bei einer Gruppe von Feuerwehrleuten und hatte eine Miene aufgesetzt, als wäre gerade die Welt untergegangen und nicht nur eine etwa zwei Hektar große Hanfplantage verkokelt. Damit hatte es sich nun ausgehanft für den Feichtl.

Kein Mord diesmal, sondern ein ganz ordinärer Feuerteufel, der Bad Feilnbachs Bauern in Angst und Schrecken versetzte. So würde es morgen zumindest mit Sicherheit in den lokalen Klatschblättern stehen, denen der kleine Kurort am Fuß des Wendelsteins seit ein paar Wochen wieder zuverlässig und stetig neues Material lieferte. Der Feichtl war einer der drei Bad Feilnbacher Landwirte, die zukünftig Marihuana anbauen wollten. Offiziell genehmigt und gefördert vom Freistaat Bayern, der ein Pilotprojekt mit dem Namen »Bayrische Hanfinitiative« ausgerufen hatte und einem Landwirt einer ausgewählten Kommune gestatten wollte, legal Cannabis anzubauen. Sowohl für medizinische Zwecke als auch für den freien Verkauf.

Auf wundersame Weise hatte Bad Feilnbach den Zuschlag erhalten. Die beiden Mitbewerber hießen Franz Hirnsteiger und Justus Schwinder. Auf dem Hof von Letzterem hatte es bereits vor zwei Tagen gebrannt. Jemand hatte seine Maschinenhalle in der Nacht auf Samstag angezündet, sodass Schwinder sein gesamtes landwirtschaftliches Equipment verloren hatte. Und fast auch noch seinen Sohn, der sich beim Versuch, einen Traktor zu retten, schwer verletzt hatte. Beim Hirnsteiger hingegen hatte es bislang noch nicht gebrannt.

Der Feichtl wiederum hätte im Rennen um die begehrte Genehmigung eigentlich einen entscheidenden Vorteil auf seiner

Seite gehabt: Seit zwei Jahren setzte er bereits auf den Anbau von Nutzhanf und hatte sich damit nicht nur Freunde gemacht. Obwohl der Nutzhanfanbau mit behördlicher Genehmigung vonstattenging und die Bundesanstalt für Landwirtschaft und Ernährung regelmäßig Kontrollen durchführte, hatten sich zwei Lager gebildet: jenes, das die landwirtschaftliche Innovation guthieß oder dem sie zumindest egal war, und jenes, das im Hanfanbau einen weiteren Sargnagel am Niedergang Bad Feilnbachs witterte. Die Befürworter führten an, dass Hanf eine der ältesten Nutz- und Medizinpflanzen der Welt sei, die die Menschen schon vor zwölftausend Jahren in Europa angebaut hätten. Dass er viel mehr sei als ein Stoff für Kiffer, ein wahrer Alleskönner, anspruchslos und vielseitig einsetzbar. Die gegnerische Partei zog mit dem zu erwartenden Imageschaden ins Feld, den der undifferenzierte Umgang der Öffentlichkeit und vor allem der Medien mit dem Thema mit sich bringen würde. So konnten es die Gegner zwar nicht formulieren, aber das befürchteten sie, während sie an den Stammtischen bierselig Worte dafür suchten. Und tatsächlich sollten sie recht behalten, denn das ehemalige Porno- und Swingerdorf Feilnbach hatte die Klatschpresse nun zum Kifferparadies ausgerufen. Seither besuchten immer wieder Gruppen von Spaßvögeln Feichtls Felder, schossen Selfies mit den Pflanzen und ließen einzelne Blätter und auch mal ganze Stauden als Andenken mitgehen. Dagegen halfen weder Zäune noch die Hinweisschilder, die der Feichtl rund um seine Felder aufgestellt hatte. »Ohne Rauschgehalt« stand darauf. »Schade!« hatten Witzbolde auf einigen Schildern daruntergepinselt.

Lorenz hielt Ausschau nach seinem neuen Partner Ferdinand von Hohenfels. Auch wenn der Name etwas anderes vermuten ließ, hatte dieser in etwa so viel royales Blut in sich wie Frau Grubers Obstbrand Vitamine. Aber Name war nun mal Name, und als waschechter Österreicher vertrat von Hohenfels den Standpunkt, dass allein der Verdacht auf Adel ihm gewisse soziale Vorteile beschere. Soweit Lorenz das beurteilen konnte, war das allerdings nur bedingt bis gar nicht der Fall.
Gerade war sein Kollege damit beschäftigt, auf allen vieren auf

dem verbrannten Boden herumzukriechen und Fotos zu schießen. In seinem weißen Einweganzug, mit seiner korpulenten Erscheinung und den krausen Haaren erinnerte er Lorenz an eine umgekippte Stechpalme, der jemand ein Fruchtfliegennetz um den Stamm gebunden hatte. Der Vergleich wurde dem kriminalistischen Geschick des Mannes allerdings nicht gerecht, von dem Lorenz sich eingestehen musste, dass es weit größer als sein eigenes war, und er schämte sich für seinen Gedanken. Aber nur ein wenig.

»Schon was gefunden?«, rief er.

Von Hohenfels richtete sich auf und kratzte sich gedankenverloren an der Nase, was dieser einen schwarzen Anstrich verlieh.

»Brandb'schleuniger«, antwortete er in seinem wienerischen Dialekt. »Wer auch immer das angezündet hat, wollt kein Risiko eingehen und hat mehr als genug Sprit vergossen.«

Lorenz überraschte die Erkenntnis nicht. Genau so war es auch bei Schwinders Halle gewesen. Unschlüssig strich er sich mit seiner Hand über die Glatze. Heute war wieder einer dieser verdammten Tage, an denen er sich am liebsten im Bett verkrochen und bis abends verschlafen hätte. Ohne es zu wollen, wanderten seine Gedanken zu Franzi, und er bedauerte, dass der Feichtl nur faden Nutzhanf anbaute. Er fingerte eine Schachtel Sweet Moods aus dem Jackett und steckte sich einen Zigarillo an. Dankbar sog er den süßen Nebel in seine Lungen, wo er mit dem Brandrauch des zerstörten Feldes eine krebsrote Liaison einging.

Nun gut. Was hatte er? Einen Bauern, dem ein Feld Cannabis, frei von jeglichem THC, abgefackelt worden war. Einen weiteren Landwirt, dem jemand seine Maschinenhalle angezündet hatte. Einen Mob wütender, gesichtsloser Einheimischer, der gegen diese neue Form der Landwirtschaft rebellierte. Und einen weiteren Bauern, der sich wie seine beiden Kollegen um eine Lizenz für den Anbau von THC-haltigem Marihuana beworben hatte, bisher aber noch unbehelligt geblieben war. Lorenz seufzte. Und dann war da noch ein anderes, Lorenz beschloss, es in Ermangelung geeigneter Alternativen »Problem« zu nennen: In Bad Feilnbach begann am kommenden Freitag das einhundertneunundzwanzigste Gautrachtenfest, das zehn Tage dauern sollte. Eine für den Ort ungemein wichtige und prestigeträchtige Veranstaltung, die am übernächsten Samstag mit einem Festabend und am Sonntag mit einem großen Umzug mehrerer tausend Trachtler ihren Höhepunkt finden sollte. Entsprechend nervös waren Feilnbachs Honoritäten, denen die Hanfgeschichte und die Brandanschläge natürlich so gar nicht ins Konzept passten. Sicher war es nur eine Frage der Zeit, bis Bürgermeisterin oder Trachtenvorstand bei ihm anklopften.

»Pack deine Sachen zusammen. Wird Zeit, dass wir dem Hirnsteiger Franz mal auf den Zahn fühlen«, sagte er zu von Hohenfels. In just diesem Moment klingelte Lorenz' Telefon. Mist auch. Er hatte Lallinger und Kerschl vergessen. Als sie den Tatort erreicht hatten, war ihm über Funk mitgeteilt worden, dass er dringend seine Kollegen kontaktieren sollte. Das war jetzt fast eine Dreiviertelstunde her.

Lorenz nahm den Anruf entgegen, und wie erwartet plärrte ihm ein atemloser Kerschl aus der Hörmuschel entgegen. Wenn der Polizeiobermeister erst einmal in Fahrt kam, war das mit viel Schweiß, Speichel und den Rollkräften einer sehr starken Lokomotive verbunden, denen nichts entgegenzusetzen war.

Der Panik in seiner Stimme nach zu urteilen, stand Kerschls Kessel kurz vor der Explosion. »Lenz, wir brauchen dich hier!«, jammerte er verzweifelt. »Diese Hippies drehen völlig durch!«

Die Geräuschkulisse im Hintergrund erinnerte Lorenz an ein Volksfest. Er hörte Trommelschläge, singende, klatschende und grölende Menschen, seufzte, drückte den Zigarillo in den verbrannten Boden und antwortete: »Haltet durch, Jungs, wir sind unterwegs.«

Bad Feilnbach hatte sich herausgeputzt. An den Ortseingängen begrüßten Transparente über der Straße die Gäste. In der Mitte des Kreisverkehrs hatten die Trachtler eine riesige Skulptur in Form zweier klobiger Strohfiguren errichtet, die in überraschend akkurate Trachtenkleidung gewandet waren und fröhlich winkten. Dazu war das ganze Dorf mit Blumen und Girlanden geschmückt worden, und wo immer sich eine Gelegenheit dafür geboten hatte, flatterte eine bayrische Fahne im Wind.

Umso stärker wirkte der Kontrast auf Lorenz, als er seinen Wagen Richtung Jenbachtal steuerte. Der Parkplatz am Beginn des Wanderweges platzte aus allen Nähten. Und auch die Zufahrtsstraße war dermaßen vollgeparkt, dass Lorenz sich innerlich bereits von seinen Seitenspiegeln verabschiedete, während er den BMW vorsichtig durch das blecherne Chaos steuerte. Viele der Fahrzeuge waren Busse, manche davon bunt bemalt, als hätten kleine Kinder sich an ihnen ausgetobt und ihrer Kreativität freien Lauf gelassen. Auch Fußgänger waren auf der Straße zwischen Parkplatz und Jenbachtal unterwegs und erschwerten das Durchkommen zusätzlich.

Lorenz widerstand dem Impuls, das Blaulicht auf das Wagendach zu montieren, und begnügte sich mit den bösen Blicken, die ihm manche der Passanten zuwarfen, weil sie ihm ausweichen mussten, obwohl die Straße für Autos eigentlich gesperrt war. Als die Spaziergänger nach etwa zweihundert Metern schließlich auf den Schotterweg neben dem Jenbach auswichen, konnte Lorenz Gas geben und seinen Wagen zügig die kurvige Passstraße hinauflenken. Sein Ziel war ein Areal oberhalb der neuen Staustufe, an dem sich das Camp befand, von dem Andreas Kerschl am Telefon gesprochen hatte. An dieser Stelle hatte es am Jenbach schon immer einen Grillplatz gegeben, den die Jugendlichen aus Feilnbach im Sommer auch zum Zelten nutzten. Seit ein paar Wochen zog der Ort jedoch eine stetig wachsende Kommune aus Freigeistern, Abenteurern und Aussteigern an.

Man konnte das Lager nicht mit dem Auto erreichen, sondern musste etwas oberhalb davon parken, dann ein paar Meter zu Fuß die Böschung hinabsteigen und schließlich den Fluss überqueren. Der war hier nicht besonders tief, wer ihn passieren wollte, konnte entweder die Schuhe ausziehen und hindurchwaten, von Stein zu Stein hüpfen oder eine wackelige Brücke überqueren, die aus ein paar feuchten Brettern und einer von einer Seite zur anderen gespannten Schnur auf Hüfthöhe bestand.

Lorenz entschied sich für die Brücke, und von Hohenfels tat es ihm gleich. Während Lorenz unbeschadet das andere Ufer erreichte, rutschte sein Kollege auf den feuchten Planken aus und konnte sich nur vor einem unfreiwilligen Bad retten, indem er mit einem Fuß in den Fluss stieg. Fluchend schloss er zu Lorenz auf.

»Ich frag mich einmal mehr, wie du im Wald überlebst, wenn du jagen bist«, kommentierte Lorenz von Hohenfels' Missgeschick. Das einzige Hobby, das sich sein neuer Kollege neben seiner Arbeit, die von Hohenfels' Lebensinhalt darstellte, leistete, war die Jagd. Seiner Familie gehörte ein kleines Landgut in der Nähe von Wien, wo er dieser Leidenschaft vor seinem Umzug nach Bayern noch regelmäßig nachgegangen war. Dass die praktische Durchführung des Hobbys sich in seiner neuen Heimat nur schwer gestalten ließ, hinderte von Hohenfels allerdings nicht daran, sich diesbezüglich mit unzähligen Fachmagazinen und in Internetforen allzeit auf dem neuesten Stand zu halten.

»Spott du nur«, antwortete von Hohenfels säuerlich. »Du hast ja keine Ahnung, was ich für eine Maschin sein kann.«

Vor den beiden Beamten erstreckte sich ein Lager, das vielleicht aus achtzig Zelten bestand. Manche davon waren günstige Wurf- oder ganz normale Campingzelte, aber auch einige besonders große und aufwendige Exemplare wie Indianer-Tipis und mongolische Jurten befanden sich darunter. Der Qualm vereinzelter Feuerstellen hüllte das Lager ein und sorgte zusammen mit den zahlreichen an Bäumen und Stangen hängenden Fähnchen und im sanften Wind tänzelnden bunten Bändern für eine heiter-mystische Atmosphäre. Zum Klang der Trommeln, den Lorenz schon dumpf hämmernd oben beim Auto gehört hatte, gesellten sich nun die Melodien diverser Saiteninstrumente und Flöten hinzu. Überall saßen, standen oder tanzten Menschen, die meisten in bunte Leinenkleider gehüllt, mit langen Haaren und Dreadlocks. Und inmitten dieses flirrenden Chaos erspähte Lorenz zwei Fremdkörper in Form seiner beiden Kollegen Andreas Kerschl und Stefan Lallinger.

Die Erscheinung des Duos war konträr wie eh und je: Lallinger maß etwa eins neunzig und war hinlänglich das, was man mit Fug und Recht als dürr bezeichnen durfte. Man stelle sich eine von Kinderhand geformte Tonfigur vor, die anschließend in die Länge gerollt worden war. Dazu kam noch eine ordentliche Prise chronisch schlechter Laune. Einen Lallinger gab es immer nur im Doppelpack mit einem Andreas Kerschl, dem fülligen Urbayern mit dem eher einfach gestrickten Gemüt und Nerven aus Papier.

Die Streifenpolizisten waren umringt von einer Traube aufgebrachter Menschen, die mit Händen und Füßen auf sie einredeten. Etwas abseits davon stand ein grimmig dreinblickender Mann mittleren Alters mit dünnen weißen Haaren, einer braunen Lederjacke und Gummistiefeln. Sein Gesicht hatte die Farbe eines Geschöpfs, das unter Steinen lebt.

»Treten S' zurück, und zwar jetzt gleich, sonst werden S' alle verhaftet!«, hörte Lorenz Kerschl rufen, dessen Zuhörer das allerdings nicht im Geringsten zu beeindrucken schien – sie drangen weiter auf ihn ein.

»Schluss mit der willkürlichen Polizeigewalt!«, brüllte jemand.

»Das Land gehört uns allen!«, schrien ein paar halb nackte Frauen mit bunten Bändern in den Haaren.

Schließlich erspähte Lallinger Lorenz und von Hohenfels, und ein Güterzug voller Erleichterung ratterte über sein Gesicht.

Lorenz klopfte Kerschl auf die Schulter, der sich abrupt und mit irrem Blick umdrehte und aussah, als würde er gleich seine Waffe ziehen und alles niederschießen. Als er Lorenz erkannte, schien er in Tränen ausbrechen zu wollen und stürzte auf seinen Vorgesetzten zu.

»Lorenz, Gott sei Dank bist du da, diese, diese … Irren da, die lassen sich überhaupt nix sagen! Die sind alle vollkommen durchgedreht!«

Schweißperlen standen Kerschl auf der Stirn und wurden zu Sturzbächen, die ihm über den Hals ins Hemd rannen und seinen Kragen durchfeuchteten. Panik glomm in seinen Augen, und Lorenz unterdrückte den Impuls, ihn in den Arm zu nehmen und zu trösten. Der Mob, der Kerschl so in Aufregung versetzte, bestand bei näherer Inspektion hauptsächlich aus Frauen und damit aus jener Spezies Mensch, mit denen Rosenheims zweitbester Streifenpolizist am schlechtesten zurechtkam.

Ein rascher Blick in die Runde verriet ihm, dass auch seitens von Hohenfels keine Schützenhilfe zu erwarten war, also musste sich Lorenz wohl oder übel selbst um den Mob kümmern.

»Ganz ruhig, Kerschl. Was ist hier eigentlich los?«, fragte er also und bemühte sich um einen möglichst ruhigen Tonfall. Ihm dämmerte bereits, dass das hier alles andere als seine Baustelle war und ihm gerade wertvolle Zeit, die er für die Ermittlung im Fall des abgebrannten Hanffeldes hätte aufwenden können, verloren ging.

»Der Herr Ranzner da«, Kerschl deutete auf den grimmigen Weißhaarigen, der bis jetzt noch kein Wort gesagt hatte, »des ist der Oberförster, und der hat gemeldet, dass des G'schwerl ohne Erlaubnis hier im Jenbachtal zeltet. Und jeden Tag werden es mehr!«, sprudelte es aus Kerschl heraus.

»Und die, hnnn, die machen hier überall illegalerweise Feuer, obwohl's doch staubtrocken ist«, ergänzte Oberförster Ranzner grußlos und mit rasselndem Atem.

Lorenz unterdrückte einen Seufzer. »Dann ist es doch gut, dass hier zwei erfahrene Polizisten vor Ort sind, um alles entsprechend zu regeln«, sagte er, bevor er ergänzte: »und damit mein ich übrigens euch beide.«

Kerschl verschränkte die Arme vor der Brust und ähnelte damit einem Salatkopf, dem man eine Schleife umgebunden hatte. Lallinger blickte demonstrativ in eine andere Richtung.

»Mit denen kann man ned reden«, schnaufte Kerschl. »Was da hilft, ist nur eine Hundertschaft mit Schlagstöcken.«

»Und Tränengas«, fügte Lallinger hoffnungsvoll hinzu.

Jetzt musste sich Lorenz doch mit der Hand auf die Stirn klatschen und den Kopf schütteln. »Das ist jetzt nicht euer Ernst, Jungs, oder? Ihr ruft mich, weil ihr mit ein paar Hippies nicht fertigwerdet, die illegal campen?«, stöhnte er.

»Red du doch mal mit denen, dann wirst schon sehen, von welchem Schlag die sind«, antwortete Lallinger trotzig.

Und weil jede weitere Diskussion, vor allem vor diesem Publikum, nicht zielführend gewesen wäre, wandte sich Lorenz schließlich um und trat auf den abwartenden Mob zu, der ihn misstrauisch beäugte.

»Buuuh!«, schallte es aus den hinteren Reihen, doch als Lorenz nach dem Rufer Ausschau hielt, verstummte dieser rasch. Zu verdenken war es ihm nicht. Lorenz war durchaus von einer ehrfurchtgebietenden Erscheinung. Zu seinen knapp zwei Metern Größe und der Glatze gesellte sich ein muskulöser Oberkörper, den er sich in den letzten Monaten antrainiert hatte. Vorrangig, um sich von seinem Kummer abzulenken, aber das neue Körpergefühl war auch nicht zu verachten, besser als die notorischen Mehrpfunde, die er die Jahre zuvor mit sich herumgeschleppt hatte. Anstatt der Brille trug er mittlerweile Kontaktlinsen, gekleidet war er mit einem legeren blauen Zweireiher und den unverzichtbaren extravaganten italienischen Schuhen, heute in dunkelrotem Wildleder. Er taxierte die aus etwa fünfzehn Menschen bestehende Gruppe vor sich, die aussah, als wäre sie vom Filmset des letzten »Austin Powers«-Streifens getürmt, und machte eine zierliche, aber resolut dreinblickende junge Frau, die in der vordersten Reihe stand, als Wortführerin aus. Während er die Hände ausbreitete, sagte er beschwichtigend: »Was ist hier denn nun los?«

Sein Gegenüber holte Luft, wobei sich die Nasenflügel putzig blähten. Die Haare der Frau waren raspelkurz geschnitten, und sie selbst steckte in einem sackähnlichen bunten Hosenkleid. Ihr Gesicht mit den großen grünen Augen zierten ein paar versprengte Sommersprossen. »Ihr könnt uns nicht verbieten, hier zu sein! Die Berge gehören uns allen! Freiheit für uns alle!«, rief sie voller Inbrunst und mit solchem Ernst, dass Lorenz nur schwer ein Lächeln unterdrücken konnte.

»Ihr, hnnn, habt hier nix verloren, Zigeunerpack, das ist Privatgrund!«, keifte Oberförster Ranzner aus seinem Schützengraben zwischen Lorenz und Kerschl.

Lorenz warf ihm einen strengen Blick zu, der ihn verstummen ließ.

»Des stimmt ned so ganz«, mischte sich von Hohenfels vorsichtig ein. Er gehörte zu jenem Schlag Mensch, der sich mit oberflächlicher zwischenmenschlicher Kommunikation schwertat und sich deshalb lieber im Hintergrund hielt. Die Chance, sein umfangreiches Fachwissen einzubringen, stellte für ihn zwar eine unwiderstehliche Versuchung dar, sich bemerkbar zu machen, trotzdem fühlte er sich sichtlich unwohl, als sich nun alle Augen auf ihn richteten. »Der Fluss und der Uferbereich können sich nicht im Privatbesitz befinden, hier dürft klar die Kommune der Eigentümer sein. Und mit Kommune mein ich natürlich nicht diese Leute da.«

»Lallinger, komm mal her«, unterbrach Lorenz seinen Kollegen. »Wem gehört das Areal?«, fragte er, als der Angesprochene besorgt herangewackelt war.

»Der Gemeinde Bad Feilnbach«, platzte es aus dem dünnen Polizisten heraus.

»Ein Berg kann nie jemandes Eigentum sein!«, unterbrach ihn die Revoluzzerin. »Das ist Gemeingut, ihr könnt uns nicht verbieten, hier zu sein!«

Zustimmendes Murmeln erhob sich im Hintergrund.

»Wir wurden uns noch gar nicht vorgestellt. Ich bin Hauptkommissar Lorenz Hölzl. Und mit wem habe ich das Vergnügen?«

»Das brauche ich Ihnen nicht zu sagen!«

»Stimmt, aber es würde unsere Konversation erheblich erleichtern, finden Sie nicht auch?«

»Na gut. Ich heiße Banju. Und Sie bekommen uns hier nicht weg, wir haben nichts Verbotenes getan!«

»Angenehm, Banju. Aber was machen Sie eigentlich hier? Warum haben Sie sich ausgerechnet diesen Ort für Ihre kleine Kommune ausgesucht?«

Lorenz merkte, dass die Spannung ein wenig abnahm und die Zündschnur langsamer glomm. Er bemühte sich weiterhin um einen ruhigen und gelassenen Ton und eine beschwichtigende Körpersprache.

»Uns gefällt es hier einfach. Dieser Ort hat eine gute Energie«, behauptete Banju und fügte vorsichtshalber noch einmal an: »Und es ist unser Recht, hier zu sein!«

»Die sind doch nur wegen dem Hanf hier!«, tönte es aus Ranzners Ecke.

»Das ist eine abstruse Behauptung!«, keifte Wortführerin Banju zurück, und das Feuer an der Zündschnur begann von Neuem zu lodern.

Lorenz rieb sich die Nasenflügel mit den Fingerspitzen. »Okay, Herrschaften, so kommen wir hier nicht weiter. Was ich euch auf jeden Fall verbieten kann und hiermit auch tue, ist das Feuermachen. Schaut euch um, es ist staubtrocken und die Waldbrandgefahr dementsprechend hoch. Und, halt, lasst mich ausreden, ich werde prüfen, inwiefern die Gemeinde selbst Einwände gegen eure Anwesenheit vorbringt, denn meines Wissens«, er blickte zu seinen Kollegen und zu Ranzner und erntete nur verlegenes Kopfschütteln, »ist das noch nicht geschehen. Also könnt ihr vorerst bleiben. Jedes Feuer allerdings, das in den nächsten zwanzig Minuten noch brennt, wird mit einem Bußgeld belegt, verstanden?« Lorenz hatte während seiner kleinen Ansprache den Rücken durchgestreckt und eine natürlich dominante Haltung eingenommen.

Banju sah aus, als wollte sie noch einmal Einspruch erheben, biss sich dann aber auf die Zunge und begnügte sich mit einem grimmigen Blick, ehe sie auf dem barfüßigen Absatz kehrtmachte und davonrauschte, ihr buntes Gefolge im Schlepptau.

Als Lorenz sich umdrehte, blickte er direkt in Ranzners grimmiges Gesicht. Vielleicht bildete Lorenz sich das ein, aber es schien, als würde in den Augen des Försters purer Hass glimmen. Doch auf wen? Auf ihn? Auf die Camper? Schwer zu sagen, und eigentlich interessierte ihn der unsympathische Mann auch nicht im Geringsten. Lorenz hatte andere Probleme. Zum Beispiel seine Kollegen.

»Du hast denen mehr Zeit verschafft«, maulte Lallinger.

»Stimmt, und euch auch. Jetzt kontrolliert ihr beiden eben, ob die Vögel sich an das Feuerverbot halten. Und wenn nicht, habt ihr wenigstens eine Handhabe.«

»Und wenn sie nicht auf uns hören?«

»Dann holt ihr die Feuerwehr«, entgegnete Lorenz genervt, »und sorgt für rechtliche Klarheit, indem ihr den Grundstückseigentümer befragt. Der Herr Oberförster ist das ja allem Anschein nach nicht.« Die letzten Worte hatte er in Richtung Ranzner gesprochen, dessen mürrisches Auftreten ihm gewaltig auf den Keks ging.

»Wenn das hier, hnnn, eskaliert, weiß ich schon, wen ich zur Verantwortung ziehe«, sagte der Oberförster gerade laut genug, dass Lorenz ihn verstehen konnte.

Er beschloss, ihn zu ignorieren, und wandte sich an von Hohenfels, der wieder in Schweigen verfallen war und nun völlig überfordert wirkte. »Auf geht's, wir verschwinden von hier. Lallinger, Kerschl, an die Arbeit!«

Als Lorenz und von Hohenfels am Hof von Frau Gruber aus dem Auto gestiegen waren, empfing sie der Geruch von gebratenem Fleisch und Gemüse. Die alte Frau konnte so kochen, dass bereits der Duft ihrer Speisen imstande war, Arterien zu verstopfen.

Das Anwesen schmiegte sich an einen Ausläufer des Schwarzenbergs, lag leicht erhöht und bot einen wunderbaren Blick über Bad Feilnbach. Dass das Haus vor drei Jahren einem Feuer zum Opfer gefallen war, bei dem Frau Gruber und Lorenz fast ums Leben gekommen waren, war heute nicht mehr zu erkennen. Frau Gruber galt Gerüchten zufolge als außerordentlich wohlhabend, und tatsächlich hatte sie keine Kosten gescheut, ihren Hof wieder in gleicher Form aufbauen zu lassen. Angeblich ohne jedwede Versicherungszahlung. Von derlei Geschichten unbeeindruckt hatte sich die Natur längst den damals ebenfalls zerstörten Garten wieder zurückerobert, ein Efeu war an der Südseite des Gebäudes bereits bis fast unters Dach geklettert, und wilder Wein überwucherte die gemütliche Laube, die den hinteren Teil der Terrasse beanspruchte. Die beiden hölzernen Liegen standen wie eh und je im Schatten des großen Kirschbaumes und lockten Lorenz mindestens so sehr wie der verführerische Duft aus der Küche. Nach der Trennung von Franzi war Lorenz wieder bei Frau Gruber eingezogen und aufgenommen worden, als wäre er niemals weg gewesen. Als er eines Tages mit verheulten Augen, Koffer und Rucksack neben sich vor ihrer Tür gestanden hatte, hatte ihn die alte Frau nur in den Arm genommen und dann in sein altes Zimmer geführt, das sie seit seinem Auszug zwei Jahre lang gepflegt hatte, als wäre es immer noch von ihm bewohnt.

Mochte sich alles auch in stetem Wandel befinden, eines änderte sich scheinbar nie: Frau Gruber. Mit ihren mittlerweile über achtzig Jahren war sie rüstig wie eine zwanzig Jahre jüngere Frau und versprühte nach wie vor eine Energie und Lebensfreude, die ihre Gesellschaft bei jeder Begegnung zu einem besonderen

Erlebnis machte. Lorenz vermutete das Geheimnis ihrer Jugend in ihrem kindlichen Gemüt, das sie sich trotz aller Strapazen, die das Leben gegen sie aufgefahren hatte, stets bewahrt und gepflegt hatte.

»Mmm, des riecht aber wieder lecker hier!«, behauptete von Hohenfels, als er die Küche enterte, während Lorenz es sich auf der Hausbank gemütlich machte. »Und auf die Nachspeise freu ich mich auch schon!«

Seit Franzi nicht mehr kam, hatte Frau Gruber in von Hohenfels ein neues Mündel gefunden, das sie bemuttern konnte. Und von Hohenfels dankte es ihr, indem er, ohne es freilich zu ahnen, in die Rolle des perfekten Enkelsohns schlüpfte. Nur mit dem falschen Dialekt.

»Des heißt ned lecker, sondern guad, wir sind hier in Bayern, ned in Österreich, Ferdl!«, hörte Lorenz Frau Gruber durch das offene Küchenfenster schimpfen, wusste jedoch, wie sehr sie sich insgeheim über das Lob freute. »Kannst gleich den Tisch decken! Und es gibt an Strudl danach, extra für dich!«

Kurz darauf kam von Hohenfels wieder zum Vorschein und balancierte ein mit Geschirr beladenes Tablett vor sich her. Lorenz ignorierte seinen pikierten Blick, wohl wissend, dass sein Kollege niemals den Mut aufbringen würde, ihn laut zur Mithilfe beim Tischdecken aufzufordern, und widmete sich erneut dem Panorama. Als könnte es kein Wässerchen trüben, lag Bad Feilnbach in kitschiges Frühsommerlicht gebadet unter ihnen und bemühte sich, weiterhin beschaulich und unschuldig zu wirken. Eben so, als hätte es die ganzen Vorfälle rund um Heimatpornofilme und geheime Swingerorgien niemals gegeben. Die Bemühungen Feilnbachs, Gras über die Sache wachsen zu lassen, waren erfolgreich gewesen. Kein findiger Geschäftsmann hatte die Situation ausgenutzt, um Touren zur Mordalm oder zu den Schauplätzen des Pornodrehs anzubieten, und auch der Trubel um das Asylbewerberheim hatte sich gelegt. Lorenz hatte gehört, dass Anoosh Kapuns Asylantrag vor ein paar Monaten endgültig abgelehnt und er mitsamt seiner Schwester und Mutter abgeschoben worden war. Der Sternenhof, immer noch im Besitz des Russen Alexander Barranow, hatte sich zum ertragreichen Wellnesshotel gemausert, und sollten dort noch Swingerorgien stattfinden, so drang zumindest nie mehr etwas davon an die Öffentlichkeit. Irgendwie war es der kleinen Gemeinde gelungen, wieder zur Normalität eines unrentabel gewordenen Kurortes zurückzukehren, der Innovationen mit äußerstem Argwohn begegnete und dessen bevorzugte Fortbewegungsrichtung rückwärts war.

Der letzte große Medienauftritt des Ortes war also lange her gewesen. Bis der Hanf nach Bad Feilnbach gekommen war.

Von Hohenfels hatte mittlerweile den Tisch fertig gedeckt, wuchtete den ersten Topf heran und riss Lorenz damit aus seinen Gedanken.

Eigentlich hatte er keinen großen Hunger, aber er wusste, dass Frau Gruber die Verweigerung von Nahrungsaufnahme als schweren persönlichen Affront werten würde, und fischte sich deshalb einen Kartoffelknödel auf den Teller, den er großzügig in Bratensoße ertränkte. Leider bemerkte die Hausherrin trotz seiner ausgeklügelten Verschleierungstaktik – er hatte gewartet, bis von Hohenfels seinen ersten Bissen kostete und zu Frau Grubers Entzücken in lautes Schwärmen verfiel, und währenddessen unauffällig die große Salatschüssel vor den eigenen Teller gestellt –, dass er sich nichts vom Braten genommen hatte.

»Lorenz, warum isst du kein Fleisch?«, fragte sie spitz. »Schmeckt's dir etwa ned?«

Lorenz legte das Besteck beiseite. »Maria«, seufzte er, »müssen wir dieses Gespräch denn nun wirklich immer und immer wieder führen?«

»Aber der Braten ist mir doch so herrlich gelungen, und des Fleisch hat so eine gute Qualität. Ganz zart ist des. Des kannst du ned einfach verschmähen.«

Frau Gruber schien den Tränen nahe, aber Lorenz kannte sie lange genug, um zu wissen, dass es sich bei ihrem Gefühlszustand wiederum um eine Taktik ihrerseits handelte. So liberal die alte Frau sonst gegenüber allen Dingen des Lebens eingestellt war, so sehr sträubte sie sich gegen die Vorstellung, dass jemand zum Vegetarier werden könnte – und dann auch noch jemand, der ihre Küche bereits genossen hatte.

»Frau Gruber, des ist der beste Schweinebraten, den ich jemals kost'n durft, ganz ehrlich«, blökte von Hohenfels schmatzend und rettete damit die Situation.

Die alte Frau schnaubte verächtlich, konnte sich aber ein stolzes Lächeln nicht verkneifen. Für heute würde sie sich geschlagen geben und Lorenz nicht mehr behelligen, aber er wusste, dass allenfalls die Schlacht, keinesfalls jedoch der Krieg gewonnen war.

»Warts ihr beim Feichtl?«, fragte sie scheinheilig.

Also war das Scharmützel doch noch nicht vorüber. Ihr war sehr wohl bekannt, dass Lorenz ihr niemals etwas von laufenden Ermittlungen erzählen durfte und es gemeinhin auch nicht tat. Aber nun hatte sie die Lücke in seiner Deckung ausgemacht, wusste, dass er nicht mehr weiter über seinen neu erworbenen Vegetarismus zu debattieren bereit war, und schlug gnadenlos zu.

»Woher hast du das schon wieder? Das ist doch noch keine zwei Stunden her«, entgegnete Lorenz, obwohl er wusste, dass Frau Gruber bestens ins Feilnbacher Stammtisch- und Hausfrauentratsch-Netzwerk eingebunden war. Nicht zuletzt deshalb, weil sie Lorenz ab und an doch mal entscheidende Informationen entlocken konnte. Welche sie dann umgehend dem lokalen Informationsfluss zuführte und damit selbst zu den begehrtesten Nachrichtenquellen zählte.

»Die Liesl hat mich angerufen, und die weiß es von ihrem Mann, dem Ernst, der ist doch bei der Feuerwehr«, gestand sie freimütig. »War des Brandstiftung?«

Lorenz sparte sich die üblichen Ermahnungen, zumal sich die Geschichte sowieso in Windeseile im Ort herumsprechen würde. »Ich geh mal davon aus, ja. Irgendwer hat dem Feichtl sein Feld angezündet«, antwortete er und nahm sich noch einen halben Knödel, um mit ihm die Reste seiner Soße auf dem Teller aufzutunken.

Frau Gruber setzte ihren Miss-Marple-Blick auf und mutmaßte: »Bestimmt war des derselbe, der wo auch die Scheune vom Schwinder angezündet hat.«

»Durchaus denkbar, ja«, stimmte Lorenz erneut verhalten zu.

Frau Gruber fasste auch seine sich daran anschließenden Gedanken in Worte: »Aber des ist doch schon arg verdächtig, dass zwei von drei Bauern, die sich in Feilnbach für des Marihuana beworben haben, jetzt sabotiert worden sind und einer nicht. Meinst, des kommt noch? Dass auch jemand beim Hirnsteiger was anstellt?«

»Auszuschließen ist das nicht«, murmelte Lorenz nachdenklich.

»Vielleicht ist die Lösung aber auch ganz einfach, und dieser … Hirnsteiger steckt dahinter, weil er einfach nur seine Konkurrenten loswerden wollt?«, mischte sich von Hohenfels schmatzend ein. Er hielt kurz inne, tippte sich mit der Gabel an die Nase und ergänzte: »Aber des wär doch schon sehr blöd von dem. Viel zu offensichtlich.«

Lorenz nickte. »Wir müssen uns den Kerl trotzdem mal zur Brust nehmen. Außerdem brauchen wir einen Termin bei der Behörde, von der diese Ausschreibung stammt und die sie überwacht. Wäre sinnvoll zu wissen, mit welchen Konsequenzen der Schwinder und der Feichtl jetzt zu rechnen haben und ob die damit aus dem Rennen sind. Ferdl, da kümmerst du dich drum.« Und weil Frau Gruber gerade wieder ansetzte weiterzubohren, wechselte Lorenz blitzschnell das Thema: »Freust dich schon aufs Gaufest, Maria?«

Frau Gruber schluckte den Köder und winkte gelangweilt mit der Hand. »Ah geh«, sagte sie. »Des ist doch jedes Mal desselbe. An Haufen Trachtler rennen im Dorf herum, zwingen sich in einen Gottesdienst, auf den sie keine Lust haben, nur um sich danach in ein völlig überfülltes Bierzelt zu hocken, fettige Brathendl zu fressen und fader Blasmusik zuzuhören.«

Die Antwort überraschte Lorenz. Vor dem Brand hatte Frau Grubers Hof einem Heimatmuseum in nichts nachgestanden. Der Hausgang, das Treppenhaus und die Wände all ihrer privaten Zimmer waren mit Bildern, die Menschen in Tracht zeigten, Urkunden und anderen Brauchtums-Devotionalien zugehängt gewesen. Und auch nach dem Wiederaufbau ihres Hauses hatte sie begonnen, von überallher alte Bilder zusammenzutragen und damit wieder die Flure zu dekorieren. Lorenz wusste, dass sich die rüstige Frau früher viel im Trachtenverein engagiert hatte.

Allerdings erinnerte er sich auch noch an die flammende Rede, die sie ihm damals, kurz nachdem sie sich kennengelernt hatten, gehalten hatte. Mit leuchtenden Augen hatte sie von wilden Jugendabenteuern im Trachtenverein erzählt und bedauert, wie rückständig und bigott in ihren Augen die heutigen Trachtler manchmal waren. Trotzdem hatte er vermutet, dass das große Gautrachtenfest einen höheren Stellenwert in ihrer Gunst einnehmen würde.

»Ich bin zu alt für des gestelzte Brimborium«, fuhr sie fort. »Was mich viel mehr interessieren tät, sind die Buben und Mädels droben im Jenbachtal. Da soll's ja ziemlich rundgehen.«

»Oh, ganz wilde G'sellen sind des«, fühlte sich von Hohenfels verpflichtet beizutragen, während er sich großzügig an Frau Grubers Strudel bediente. »Bei denen waren wir heut auch schon.«

»Echt, warum denn des?«, wollte Frau Gruber wissen und bemühte dabei ihren unschuldigsten Blick.

»Weil die da wildcampen und der Förster sie deshalb anzeigt hat«, sprudelte von Hohenfels los, ohne auch nur eine Sekunde darüber nachzudenken, dass Frau Gruber gerade von der Detektivin zurück zur Klatschreporterin mutiert war.

»Der Ranzner, des fade Griesnockerl?«, quietschte die alte Dame vergnügt. »Es wird Zeit, dass ich mir des da oben mal mit eigenen Augen anschau.« Sie zögerte kurz und ergänzte: »Ach, wissts was, Burschen? Da geh ich heut gleich mal rauf.«

Lorenz bedauerte, dass er diesem Aufeinandertreffen nicht selbst beiwohnen konnte, hegte aber keinen Zweifel, dass er später einen Bericht mit allen Details erhalten würde. Mindestens von Frau Gruber selbst.

»Und für uns beide wird's Zeit, dass wir dem Hirnsteiger auf den Zahn fühlen«, sagte Lorenz an von Hohenfels gewandt, der sich gerade mit einer Serviette den Mund abtupfte. »Mal sehen, wie sich der Gute erklärt, dass unser Feuerteufel ihn bislang verschont hat.«

Franz Hirnsteigers gewaltiger Hof schmiegte sich oberhalb von Au an einen Hügel und wartete mit wunderbarer Aussicht über die Umgebung auf. Die Gemeinde Bad Feilnbach bestand aus siebenundsiebzig Ortsteilen, wobei die vier größten Bad Feilnbach, Dettendorf, Litzldorf und Au waren. Nun war »Au« in Bayern ein recht verbreiteter Ortsname, der deshalb oft mit einem Zusatz daherkam. Das Au bei Bad Feilnbach bestand, obwohl es mittlerweile mitten im Gemeindegebiet lag, auf den – historisch nicht ganz korrekten, denn damals war Aibling noch kein Kurbad gewesen – Namen »Au bei Bad Aibling«. Und verwirrte mit dem Festhalten an der geografisch längst überholten Benennung regelmäßig die Touristen. Der oft diskutierte Kompromiss, Au den Beinamen »vorm Gebirg« zurückzugeben, den es vor dem Aibling-Zusatz getragen hatte und der eine akzeptable Alternative zum eigentlich korrekten »bei Bad Feilnbach« gewesen wäre, hatte sich bis heute nicht durchgesetzt.

Enthusiastische Sonnenstrahlen und wolkenlos blauer Himmel verliehen dem Hirnsteiger-Anwesen den Anstrich einer Postkarte. Und das trotz der klinischen Sterilität, in der sich der Hof vor Lorenz und von Hohenfels ausbreitete. Alle Gebäude wirkten, als wären sie gestern erst fertiggestellt worden. Das riesige Bauernhaus strahlte satt weiß getüncht, und auch die Holzverkleidung des oberen Stockwerkes nebst den zahlreichen mit Blumenmeeren geschmückten Balkonen sah aus wie frisch gehobelt und gestrichen. Das angrenzende Stallgebäude stand da wie aus dem Ei gepellt und für einen Fertighauskatalog fotografiert. Der Besitzer des Anwesens legte eindeutig großen Wert auf Äußerlichkeit, und Lorenz hätte sich nicht gewundert, wären sie gleich jemandem begegnet, der auf allen vieren durchs Gras kroch und mit einer Nagelschere Halme kürzte. Stattdessen wurden er und von Hohenfels Zeugen eines spektakulären Fluchtversuchs.

Als die beiden Beamten den Innenhof betraten, gab es zunächst ein Riesengebrüll und -geschrei. Dann stürmten achthundert Kilogramm Lebendgewicht in Form einer laut wiehernden braunen Masse aus Fleisch und Fell auf Lorenz und seinen Kollegen zu, begleitet von lustigem Glockengeläut und dem verzweifelten Rufen zweier stämmiger Männer, die an langen Leinen hinter dem durchgehenden Kaltblutpferd mitgezogen wurden. Instinktiv gab Lorenz von Hohenfels einen Stoß, der diesen geradewegs ins akkurat geharkte angrenzende Blumenbeet verfrachtete, während er selbst beherzt ins Zaumzeug des Pferdes griff und sich mit aller Kraft gegen das Bewegungsmoment des Ausreißers zu stemmen versuchte. Doch das gewaltige Tier verfügte über mehr Kraft, als Lorenz erwartet hatte, und riss ihn ein paar Schritte lang mit, ehe es sich der Kaltblüter anders zu überlegen schien, auf der Stelle kehrtmachte und sich schnaubend vor Lorenz aufbäumte. Überrascht wich dieser einen Schritt zurück, blieb dann wie angewurzelt stehen und hob seine freie Hand. Hinter ihm riefen die Männer Warnungen in seine Richtung, doch Lorenz hörte sie nicht. Plötzlich fühlte er sich geerdet, war ganz bei sich. Die Zeit blieb stehen, und es gab nur noch ihn und das bockige Pferd. Seine andere Hand umfasste immer noch den Zügel, an dem er nun sanft, aber bestimmt zog und dabei beruhigende Worte sprach. Sie ergaben nicht wirklich einen Sinn, verfehlten ihre Wirkung aber dennoch nicht. Das Pferd fiel zurück auf alle viere, riss den Kopf noch ein wenig umher, ehe es schwitzend und laut schnaufend zur Ruhe kam und Lorenz mit einer Art interessiertem Wahnsinn in den Augen musterte.* Erst jetzt nahm Lorenz wahr, dass der Kaltblüter ein Kummet, einen gepolsterten Bügel, der um den Hals von Zugtieren gelegt wird und den man oft bei Leonhardi- oder Oktoberfestgespannen sieht, auf den Schultern trug, an dem Glocken bimmelten. Die beiden Männer, die das fliehende Pferd verfolgt hatten, näherten sich jetzt vorsichtig. Einer ergriff die Zügel, während der andere dem Tier ebenso vorsichtig das Geschirr abnahm, was es widerstandslos geschehen ließ. In dem Hof standen noch weitere Männer und Frauen, von denen eine Person jetzt ebenfalls auf Lorenz zulief, während von Hohenfels sich aus dem Gebüsch schälte.

»Also, ich möcht fast sagen, dass ich, nun, schon ziemlich beeindruckt bin!« Der Mann stand vor Lorenz und streckte ihm die Hand hin. Er war groß gewachsen und trug einen Kranz lichten

---

* Wie kaum ein anderes Lebewesen lebt das Pferd ausschließlich im Augenblick. Wenn es frisst, dann frisst es. Wenn es durchgeht, dann geht es durch. Es denkt nicht daran, was vor ein paar Sekunden gewesen ist oder was die Zukunft bringen könnte. Einzig, was es vor seinen Augen sieht, zählt. Die perfekte Voraussetzung für Zufriedenheit und Glück. Deshalb werden Pferde von Menschen oftmals für wahnsinnig gehalten.

schwarzen Haars um den ansonsten kahlen Kopf. Er mochte vielleicht Ende dreißig oder Anfang vierzig sein, sein markantestes Merkmal war die wahrhaft aristokratisch geschwungene, gewaltige Nase. »Ich bin Franz Hirnsteiger«, sagte der Mann, und sein Händedruck stellte sich als unerwartet weich und kraftlos heraus, ganz anders, als sein strammer Auftritt hatte erwarten lassen.

»Ihr Pferd mag wohl keine Glocken«, vermutete Lorenz und blickte dem davontrottenden Tier hinterher.

Hirnsteiger wedelte mit der Hand. »Ach, der Rebenwind, der muss sich da erst noch dran gewöhnen. Aber bis zum Festumzug kriegen wir das schon hin.«

»Der Gaul heißt Rebenwind?«, fragte Lorenz fasziniert. Der schwere, bullige Kaltblüter versuchte gerade, eine paar Blumen aus dem Beet zu rupfen, während ihm die beiden Männer das restliche Zaumzeug abnahmen. »Milchlastwagen« oder »Mähdrescher« wären eindeutig passendere Namen für das riesige Pferd gewesen.

»Jawoll!«, verkündete Hirnsteiger mit stolzgeschwellter Brust und voller Ernst. »Stammt aus hervorragender Zucht, möchte fast sagen, aus der vielleicht besten.« Er blickte von Lorenz zu von Hohenfels und wieder zurück. »Aber mit wem habe ich denn eigentlich die Ehre?«

»Hauptkommissar Hölzl, Kripo Rosenheim. Und das ist Kommissar von Hohenfels. Heute Nacht gab es einen weiteren Brandanschlag auf einen Ihrer Kollegen, dieses Mal hat's Herrn Georg Feicht erwischt. Warum wir hier sind, können Sie sich jetzt wahrscheinlich denken«, antwortete Lorenz.

Hirnsteiger runzelte die Stirn. »Oh weh, der arme Feichtl. Ich werde Ihnen natürlich gern helfen, wenn ich dazu in der Lage bin. Bitte kommen S' mit.«

Hirnsteiger führte die beiden Beamten um das Haus herum auf eine prächtige Terrasse mit herrlichem Blick ins Gebirge. Dort saß bereits ein sehr alter Mann mit Glatze und dichtem weißen Rauschebart, den Hirnsteiger ihnen als seinen Vater vorstellte. Ein großer gelber Sonnenschirm spendete kühlen Schatten, und es duftete nach der Liaison von Frühling und Sommer. Trotz der

Akkuratesse, mit welcher der die Terrasse umgebende Garten angelegt worden war, erschien er Lorenz geradezu paradiesisch und stand dem Idyll zu Hause bei Frau Gruber in nichts nach. Wer sich darin wohl verwirklichte? Sicherlich nicht Franz Hirnsteiger, das konnte sich Lorenz beim besten Willen nicht vorstellen.

»Nehmen S' Platz«, sagte der Landwirt und setzte sich an die Stirnseite des schweren Holztisches.

»Mögts einen Schnaps?«, fragte der alte Mann, der wie ein Stoffbär mit Bewegungsmelder in der Spielzeugabteilung eines Kaufhauses plötzlich zum Leben erwacht war. Ohne eine Antwort abzuwarten, zog er einen abgewetzten Flachmann aus der Brusttasche und hielt ihn erst von Hohenfels, dann Lorenz und schließlich seinem Sohn hin. Als alle drei ablehnten, zuckte er nur mit den Schultern und genehmigte sich selbst einen großen Schluck. Den er allerdings nicht lange genießen konnte, da sein zerbrechlicher Körper gleich darauf von einem heftigen Hustenanfall durchgeschüttelt wurde.

»Herr Hirnsteiger, wie geht des jetzt eigentlich mit der Bewerbung für die Ausschreibung weiter, wo Ihre beiden Mitbewerber quasi ausm Rennen sind?«, fragte von Hohenfels unbedarft, als er es sich auf der Hausbank bequem gemacht und das Angebot Hirnsteigers, eine Tasse Espresso mit Wasser oder, wie der Österreicher es nannte, einen Verlängerten, angenommen hatte.

Franz Hirnsteigers Gesichtsausdruck verdunkelte sich kurz, ehe er einen tiefen Atemzug nahm und wie jemand antwortete, der sich mit einer derartigen Frage nicht zum ersten Mal konfrontiert sieht: »Was macht Sie denn so sicher, dass es uns nicht auch noch erwischt?«

»Wir wünschen Ihnen das natürlich nicht, und ausschließen können wir das erst recht nicht, aber wir würden's gern verhindern, wenn wir könnten«, antwortete Lorenz. »Darum sind wir hier. Haben Sie eine Ahnung, warum jemand Brandanschläge auf die Herren Schwinder und Feicht verübt hat?«

»Na, wegen dem Drecks-Marihuana halt«, mischte sich Hirnsteiger senior ein und genehmigte sich einen weiteren Schluck aus dem Flachmann, dem wiederum ein röchelndes Husten folgte.

»Mein Vater neigt zu einer, ich möchte es mal so bezeichnen:

drastischen Ausdrucksweise. Aber es könnt schon sein, dass er recht hat. Immerhin hat das Projekt ja nicht nur Befürworter.«

»Wie meinen Sie das?«, hakte Lorenz gerade nach, als sie von Hirnsteigers Frau unterbrochen wurden, die mit von Hohenfels' Espresso und Keksen auftauchte.

Sie reichte Lorenz' Kollegen die Tasse, der diese in einem Zug leerte und sich ausgiebig bedankte. Die Frau stellte sich als Barbara vor und war auffallend hübsch und freundlich. Eigentlich gar nicht Hirnsteigers Liga, dachte Lorenz. Mit Ausnahme ihrer Nase, die war schon vom selben Kaliber wie seine. Wenngleich sie bei den beiden in vollkommen unterschiedliche Richtungen zeigte. Die Nase des Hausherrn deutete so steil gen Boden, dass er damit jeden Adler neidisch gemacht hätte. Ihre hingegen zeigte nach oben und ähnelte damit einer höchst formidablen Sprungschanze.

»Schaun S', eigentlich hab ich mich vor allem um den Hanfanbau beworben, weil ich als Vorstand des Bauernverbands mit gutem Beispiel vorangehen mag«, antwortete Franz Hirnsteiger und lenkte Lorenz' Aufmerksamkeit von der Nasenästhetik wieder zurück auf seine Frage. »Man könnt sagen, dass die Landwirtschaft in einer Zwickmühle ist. Der Markt verändert sich, genauso wie die Menschen. Ich mein, wir Bauern, wir müssen uns anpassen, möchte sagen, mit der Zeit gehen. Was der Feichtl mit seinem Nutzhanf macht, ist der richtige Weg, könnte man behaupten. Und auch das Marihuana bietet uns Landwirten ganz neue Chancen. Aber«, Hirnsteiger sah wieder vorsichtig zu seinem Vater hinüber, »in den Köpfen vieler Leute ist der Hanf halt immer noch eine Droge, und Drogen sind böse.«

»Du hättst dich da niemals anmelden dürfen, Bub. Des ist eine Riesenschande für uns, und wir werden des teuer bezahlen«, grantelte der alte Hirnsteiger.

»Da sehen Sie's«, behauptete sein Sohn.

»Moment«, schaltete sich Lorenz ein, »hab ich das richtig verstanden? Sie wollen mir sagen, dass Sie sich also nur um das Projekt beworben haben, weil Sie sich in Ihrer Rolle als Vorstand dazu verpflichtet sahen? Kommen Sie schon, wer bitte soll Ihnen das glauben? Da steckt doch auch richtig viel Geld drin. Ich möchte wetten, dass, wer auch immer in Feilnbach den Zuschlag bekommt, ausgesorgt hat.«

»Ich würde Ihnen gern etwas zeigen«, sagte Hirnsteiger. »Wären Sie einverstanden, wenn ich Sie beide auf dem Hof herumführe, während ich Ihnen Ihre Frage beantworte?« Lorenz war gespannt, was der Landwirt vorhatte, und stimmte dem Vorschlag zu.

Auch Hirnsteiger senior schien an der Führung teilnehmen zu wollen. Er löste sich umständlich von seinem Platz auf der Eckbank, ergriff einen knorrigen Stock und wackelte hinter seinem Sohn her.

Lorenz und von Hohenfels folgten den beiden Männern zurück in den jetzt verlassenen Innenhof.

»Ich möchte gern ehrlich zu Ihnen sein, Herr ... Hauptkommissar war es, richtig?«, begann Franz Hirnsteiger und breitete die Arme aus. »Ich kann mit Stolz sagen, dass unser Betrieb richtig gut dasteht. Ich möchte fast behaupten, dass wir oder besser mein Vater, der den Grundstein gelegt hat, im Laufe der Zeit ein paar sehr gute Entscheidungen getroffen haben.«

Er führte die beiden Beamten in das große Stallgebäude, das, hätten sich darin nicht an die einhundert Milchkühe befunden, mehr an die sterile Fertigungshalle einer Papierfabrik erinnerte als an einen Bauernhof. Lorenz hatte so etwas schon einmal vor ein paar Jahren gesehen, als ihn die Ermittlungen im Dirndl-Porno-Fall zu Johann Neuberger geführt hatten. Auch dessen Betrieb war ihm damals überraschend modern und automatisiert vorgekommen, doch der Stall der Hirnsteigers toppte diesen noch einmal um Längen. Gerade als sie das Gebäude betreten hatten und Lorenz sich an die Brüstung lehnte, die den Rundgang vom Tierfreilauf trennte, ließ eine wiederkäuende Kuh einen dicken Fladen fallen. Sofort erwachte in der Nähe ein kastenförmiger Apparat zum Leben, und ein Schlitz öffnete sich im Boden. Die kleine Maschine schob den Kot in die entstandene Öffnung, die sich daraufhin wieder verschloss, und kehrte in ihre Ladestation zurück.

Franz Hirnsteiger bemerkte Lorenz' Blick und kommentierte stolz: »Unter der Halle befindet sich ein Güllekeller mit Klärvorrichtung. Die Roboter sorgen dafür, dass es im Stall niemals schmutzig wird oder stinkt. Wir arbeiten mit mobilen Melkrobotern und ferngesteuerten Fütterungsanlagen. Alles zum Wohl der Tiere.«

Tatsächlich sahen die Kühe überaus zufrieden und sauber aus. Nur ein Teil der Herde hielt sich im Inneren auf, viele Rinder standen im angrenzenden großzügigen Freilauf und genossen die Sonne.

»Sie wollen uns jetzt also weismachen, dass Sie so erfolgreich sind, dass Sie die zusätzliche Finanzspritze eines lukrativen Marihuana-Anbaus nicht nötig haben?«, fragte Lorenz, während er einen weiteren Roboter erspähte, der gerade an eine fressende Kuh heranfuhr, einen Arm ausstreckte und widerstandslos am Euter andockte, um mit dem Melken zu beginnen. »Haben Sie denn keine erhöhten Belastungen durch all den technischen Schnickschnack?«

»Man könnte sagen, dass all dies hier aus eigener Kraft und mit eigenen Mitteln finanziert wurde«, prahlte Hirnsteiger junior und breitete die Arme aus.

»Dann tun S' des doch«, ließ sich von Hohenfels aus dem Hintergrund leise und aggressiv vernehmen.

»Bitte was?«, fragte Franz Hirnsteiger, aus dem Konzept gebracht.

»Schon gut«, beeilte sich Lorenz zu sagen und verkniff sich nur mühevoll ein Kichern bei der Vorstellung, wie sehr Hirnsteiger mit seinem ausgeprägten Faible für schwammige Formulierungen und Konjunktive an von Hohenfels' Nervenkostüm rütteln musste. »Warum haben sich eigentlich nicht mehr Ihrer Kollegen um das Projekt beworben? Drei erscheinen mir etwas wenig für so eine große Gemeinde.«

Franz Hirnsteiger führte die beiden Beamten wieder hinaus in den sonnigen Hof, während er antwortete: »Das ist mir, das möchte ich betonen, selbst ein unverständliches Rätsel. Ich hab bei der letzten Bauernversammlung wirklich für die Sache geworben und dacht, ich hätt die Vorzüge klar herausgestellt. Ich hab den Feichtl seinen Nutzhanfanbau erklären lassen, sogar ein Vertreter der zuständigen Regierungsstelle war da, aber scheinbar hat alles nichts gebracht. Sie müssen mir wirklich glauben, wenn ich sage, dass ich am allermeisten überrascht war, dass es am Ende nur diese drei Bewerbungen gab.«

»Sind die Anforderungen vielleicht zu hoch?«, mutmaßte Lorenz. Direkt an den Milchviehstall schmiegte sich ein kleineres Gebäude in deutlich traditionellerer Bauweise. Aus einem der offenen Fenster ragte der Kopf von Rebenwind.

»Könnte ich jetzt so nicht behaupten«, antwortete Hirnsteiger. »Die Auflagen sehen eigentlich nur regelmäßige Kontrollen durch die Landesopiumstelle vor, daneben muss der Anbauer die Sicherheit der Felder gewährleisten.«

»Da hast du dann doch die ganze Zeit des drogensüchtige G'schwerl auf deinem Hab und Gut herumlungern«, grummelte der alte Hirnsteiger wieder, der seinem Sohn immer noch wie ein Schatten folgte.

»Jetzt reiß dich bitte mal zusammen, Papa!«, entfuhr es dem Junior nun erstmalig in überraschender Heftigkeit. »Wir haben das Thema doch nun wirklich schon zur Genüge diskutiert. Hanf ist keine Droge, des ist eine Medizin!«

»Ah, hör mir mit dem Märchen auf. Des Zeug gehört verboten und sonst nix«, erwiderte der Alte.

Franz Hirnsteiger wandte sich wieder an Lorenz und zuckte entschuldigend mit den Schultern. »Tut mir leid, wie Sie sehen, sind wir beide diesbezüglich wohl generationsbedingt unterschiedlicher Meinung. Haben Sie sonst noch Fragen?«

»Wo waren Sie heute Nacht gegen fünf Uhr morgens?«, erkundigte sich Lorenz routiniert.

Franz Hirnsteiger überlegte kurz und antwortete dann: »Ich bin um fünf in den Stall gegangen. Des können Sie sogar überprüfen, weil ich ihn videoüberwache und die Aufnahme vierundzwanzig Stunden zwischenspeichere. Und davor war ich bei meiner Frau im Bett. Wenn Sie auch des überprüfen wollen …«

»Schon gut, das reicht mir fürs Erste«, sagte Lorenz. »Hast du noch was, Ferdl?«

Sein Kollege musterte Hirnsteiger senior, der dessen Blick misstrauisch funkelnd erwiderte, öffnete den Mund, schloss ihn wieder und schüttelte den Kopf.

»Nein, vorerst nicht. Wegen mir können wir abrücken«, sagte er.

Also verabschiedeten sie sich von den beiden Landwirten und schlenderten zurück zum Wagen.

»Spuck's schon aus«, drängte Lorenz.

Von Hohenfels zögerte. »Kann sein, dass ich mich irr ...«, begann er schließlich, »aber ... nein, des müsst stimmen. Der alte Hirnsteiger hat Lungenkrebs.«

»Woran hast du das erkannt?«, hakte Lorenz nach. »An seinem Husten?«

»Nein«, antwortete von Hohenfels. »Oder eher: auch. Eindeutiger sind die Schwellungen im Gesichts- und Armbereich. Des spricht für eine Einengung der herznahen Venen, und des wiederum ist ein Anzeichen für einen Krebs in der Lunge.«

Sie erreichten das Auto, und Lorenz startete den Motor. »Medizinisches Marihuana hilft bei Krebsleiden«, sagte er. »Wenn du recht hast, was ich nicht bezweifle, würde das erklären, warum sich der Junior so für den Hanf begeistert. Und warum es ihn umso trauriger machen dürfte, dass sich sein alter Herr so dermaßen dagegen sträubt.«

Tief in Gedanken versunken fuhren die beiden zurück ins Präsidium.

Lorenz versuchte gerade, sich in eine sterbenslangweilige Akte zu vertiefen, als sein Festnetztelefon klingelte. Das Geräusch war ihm so fremd, dass er erschrak. Er hätte nicht mehr sagen können, wann er das Telefon zuletzt benutzt hatte, normalerweise verwendete er nur noch sein Handy. Zum Glück bewies der Anrufer Durchhaltevermögen und ließ es so lange läuten, bis Lorenz unter einem Papierstapel endlich das Gesuchte fand und etwas außer Atem abhob.

»Hauptkommissar Hölzl«, sagte er schroff.

»Lorenzo!«, tönte es aus dem Hörer. »*Figlio mio!* Wie geht es dir?«

Lorenz war so überrascht, die Stimme seines Vaters zu hören, dass er für ein paar Augenblicke sprachlos war. Lorenz' deutschstämmige Mutter hatte damals nach seiner Geburt entschieden, dass sie nach Deutschland zurückkehren würde und Lorenz bei ihr aufwachsen sollte, was er bis zu ihrem frühen Tod auch getan hatte. Sie und sein italienischer Vater hatten nie geheiratet, was Lorenz' Nachnamen Hölzl erklärte. Sein alter Herr hieß Alessandro Abruzzi und besaß eine kleine Hühnerzucht in Galatina in der Region Apulien, unten am Absatz des italienischen Stiefels. Lorenz und er unterhielten einen gesunden Telefonkontakt und pflegten trotz der Entfernung ein inniges Verhältnis. Und doch hatte er in diesem Moment nicht im Geringsten mit dem Anruf seines Vaters gerechnet.

»Gut, Papa, mir geht's gut, ein bisschen stressig, aber das ist ja nichts Neues«, antwortete Lorenz. »Warum rufst du mich auf dem Festnetz an?«

»Weil dein Handy aus ist«, behauptete Alessandro Abruzzi.

Eine blitzschnelle, beinahe schon instinktive Überprüfung der Aussage bestätigte sofort deren Richtigkeit. Lorenz hatte wieder einmal vergessen, den Akku aufzuladen. »Tatsache«, murmelte er mit Blick auf das Gerätedisplay, auf dem die entleerte Batterie blinkte. »Und was verschafft mir die Ehre deines Anrufs?« Im Hintergrund hörte Lorenz die Geräusche einer Menschenmenge und ... das Krähen eines Hahnes.

»Ich bin hier!«, erwiderte sein Vater.

»Wie, du bist hier? Hier in ... etwa hier in Rosenheim?«, entfuhr es Lorenz fassungslos.

»Jawoll!«, freute sich sein Vater, und ein herzhaftes »Kikeriki!« untermalte seinen Ausruf. »Kannst du mich vom Bahnhof abholen?«

Hoffnungslose Überforderung überrollte Lorenz, und er suchte erfolglos nach Worten, die seiner Verwirrung gerecht würden. Sein Vater war hier, in Rosenheim, jetzt, in diesem Moment, ohne dass er sein Kommen angekündigt oder die kleinste Absicht dazu in der Vergangenheit geäußert hatte? Lorenz kapitulierte.

»Okay, Papa«, sagte er. »Ich bin in zwanzig Minuten bei dir.«

Als Lorenz im Schritttempo am Haupteingang des Rosenheimer Bahnhofs vorbeifuhr, sah er seinen Vater bereits auf der obersten

Stufe der großen Treppe vor dem Hauptgebäude warten. Neben ihm ein großer, altmodischer Koffer und zwei Weidenkörbe, aus denen lange bunte Federn ragten. Lorenz hielt am Taxistand und winkte.

Obwohl sich die beiden bestimmt fünf Jahre nicht mehr gesehen hatten, hatte sich Alessandro Abruzzi kaum verändert. Lorenz' Körpergröße war eindeutig ein Geschenk seiner Mutter gewesen, denn sein Vater führte klischeegerecht nur italienische Ein-Meter-Sechzig ins Feld. Dafür hatten sie den schütteren Haupthaarwuchs gemeinsam, wenngleich sein Vater sich das spärliche Resthaar in einem dünnen Kranz um den Kopf herum wuchern ließ. Unter der Nase prangte ein dichter Schnurrbart, der gespiegelt in Form von voluminösen Brauen nochmals über jedem seiner blauen Augen rankte. Zahlreiche tiefe Lachfältchen komplettierten die Erscheinung eines durch und durch fröhlichen und das Leben bejahenden Mannes.

Sein Vater winkte freudestrahlend zurück, packte seine Taschen und lief zu Lorenz' Wagen herüber. Die beiden Männer umarmten sich herzlich, und Lorenz öffnete den Kofferraum, um das Gepäck zu verstauen.

»Da sind nicht wirklich Vögel drin, oder, Papa?«, fragte er und beäugte misstrauisch die beiden gefiederten Körbe.

Hinter ihnen hupte es, und ein Taxifahrer stieß wüste Beschimpfungen aus.

»Ohne meine beiden Hähnchen, meine *pollastri*, hätte ich niemals verreisen können«, behauptete sein Vater und stellte die beiden Körbe in den Fond des Wagens. Aus einem der beiden drang dabei ein leises Gackern.

Lorenz blieb keine Zeit, um lange zu diskutieren, denn die Gesichtsfarbe des Taxifahrers wechselte gerade von Dunkelrot zu etwas, das im nächsten Moment mit einem unschönen Geräusch explodieren würde, und hinter ihm hupten und warteten bereits weitere Wägen.

»Also, Papa, was führt dich zu mir?«, fragte Lorenz, als sie den Taxifahrern wieder das Feld überlassen hatten.

»Darf ein alter Herr seinen lieben Sohn etwa nicht ohne Grund besuchen?«, antworte Alessandro Abruzzi. »Wer weiß, wie lange ich noch die Gelegenheit dazu habe. Schönes Auto hast du da übrigens.« Anerkennend strich er über das Armaturenbrett.

Die italienische Mentalität war mit der deutschen nicht zu vergleichen, das wusste Lorenz, durch dessen Adern immerhin zur Hälfte südländisches Blut floss, nur allzu gut. Auf der einen Seite die zielstrebigen, fleißigen und akkuraten Deutschen, auf der anderen die leidenschaftlichen, chaotischen und temperamentvollen Italiener. Im Falle seines Vaters kamen noch die Eigenschaft der Heimatverbundenheit und der Umstand dazu, dass er Italien noch nie zuvor verlassen hatte. Seine weiteste Reise war eine Pilgerfahrt nach Rom gewesen, ein paar Wochen nach dem Tod von Lorenz' Mutter. Und jetzt war er hier, in Bayern, bei seinem Sohn, der das immer noch nicht recht fassen konnte. Daheim in Galatina war es durchaus üblich, unangemeldet bei Freunden und Nachbarn vorbeizuschneien, die dann alles stehen und liegen ließen und ein gutes, lebhaftes Gespräch genossen. Der Augenblick war dem Italiener bedeutend wichtiger als dem Deutschen*, Augenblicke ließen sich nicht in Kalendarien mit Terminen planen, woran die Italiener ohnehin kein Interesse hatten. Der Apulier in Lorenz wunderte sich also nicht über den plötzlichen Besuch seines Vaters, während der deutsche Beamte in ihm sich überrumpelt fühlte.

»Hast du schon eine Bleibe, oder möchtest du bei mir auf Frau Grubers Hof schlafen?«, fragte Lorenz, während er den Wagen über den Rosenheimer Brückenberg in Richtung Berge steuerte.

»Wenn es dir nichts ausmacht, *figlio mio*, dann würde ich gern bei dir wohnen«, lautete die freudestrahlende Antwort.

Die restliche Fahrt unterhielten sich Vater und Sohn über die Heimat Italien und die väterliche Hühnerzucht, um die sich im Moment angeblich die Nachbarn kümmerten. Das Thema lieferte wie immer ausgiebig Gesprächsstoff.

Frau Gruber arbeitete im Garten und winkte Lorenz schon von Weitem zu, ohne zu ahnen, wen er in seinem Auto beförderte. Entsprechend erstaunt war die alte Frau, als der kleine, gemüt-

---

* Die Italiener ähneln hierin den Pferden.

lich wirkende runde Italiener aus dem Wagen kletterte und mit großen Augen das Anwesen betrachtete.

»Hier wohnst du?«, fragte Alessandro Abruzzi mit kindlicher Faszination. »Das ist ja ein wahrer Palast!« Dann erblickte er Frau Gruber.

Lorenz hatte in der Vergangenheit schon ein paarmal den Gedanken gehegt, die beiden miteinander bekannt zu machen. Zwei Menschen, die ihm am Herzen lagen wie kaum jemand anderes auf dieser Welt. Beide seit vielen Jahren alleinstehend, weil der Tod ihnen ihre Partner genommen hatte. Dass ihre Begegnung auf diese Weise und ohne seine Planung geschehen würde, daran hätte er nicht einmal im Traum gedacht.

Als die beiden alten Leute einander ansahen, erstarrten sie beinahe augenblicklich und glotzten wie zwei fremde Pferde, die sich zum ersten Mal auf der Weide begegnen und herauszufinden versuchen, ob das Gegenüber zu bekämpfen oder zu begatten ist. Offenbar entschied sich die Natur für Letzteres, denn dem ausgiebigen Starren folgte ein beinahe synchrones Grinsen, bevor beide aufeinander zueilten und sich in die Arme fielen.

Lorenz widerstand dem Drang, sich verwundert die Augen zu reiben, und schlenderte kopfschüttelnd um den Wagen herum zum Kofferraum. Wie viel verrückter konnte es noch werden? Als er den Koffer seines Vaters heraushievte, fiel sein Blick wieder auf die beiden Körbe mit den Hähnen, die sein alter Herr ganz vergessen zu haben schien. Nun, er würde die Viecher sicher nicht anrühren.

»Endlich lernen wir uns kennen«, flötete sein Vater gerade in gebrochenem Deutsch, und italienischer Charme quoll aus seinen sämtlichen Poren. »Mein Lorenzo hat mir schon so häufig von Ihnen erzählt, was der Schlingel mir aber verschwiegen hat, ist, wie wunderschön Sie sind!«

»Und mir gegenüber hat er mit keinem Wort erwähnt, was für einen galanten Vater er hat«, schnurrte Frau Gruber, und Lorenz wurde heiß und kalt zugleich.

Immerhin würden die beiden gut miteinander auskommen. »Vergiss deine Gockel nicht«, brummte er, als er an den beiden keine Zeit vergeudenden Turteltauben vorbeirauschte. Dass sein

Vater hier einziehen würde, stand nach dieser Begrüßung außer Frage, also trug er den Koffer ins Haus.

»Ah!« Alessandro Abruzzi, der Schwerenöter, riss aufgeregt die Arme in die Höhe. »Ich muss Ihnen unbedingt etwas zeigen.«

»Nenn mich doch Maria!«, rief ihm Frau Gruber hinterher, als er zurück zum Auto lief, die beiden Körbe holte und sie vor ihr abstellte.

»Maria«, sagte er feierlich, »darf ich vorstellen? Das sind meine beiden Hähne Giovanni und Fabrizio. Mein ganzer Stolz. Ich hätte sie niemals allein zu Hause lassen können.«

Frau Gruber sah etwas irritiert auf die beiden gefiederten und leise gluckenden Körbe neben ihren Füßen hinab, bis Alessandro Abruzzi auffiel, dass er ein wichtiges Detail vergessen hatte. Er öffnete die Schleifen an den Tragegriffen, dann den Deckel und zog jeweils einen prächtigen Gockel hervor. Sobald die beiden Tiere die plötzliche Freiheit um sich herum spürten, plusterten sie sich auf und krähten glücklich. Lorenz' Vater setzte sie auf den Boden, und sofort begannen sie, auf dem Hof nach etwas Fressbarem zu picken.

Frau Gruber klatschte vergnügt in die Hände. »Mei, so schöne Vogerln!«, behauptete sie. »Die fressen bestimmt auch Schnecken?«

Als Lorenz sich sicher war, dass sein Vater bei Frau Gruber gut aufgehoben sein würde, verabschiedete er sich und schlug den Weg zurück nach Rosenheim ein. Er fuhr auf die Kufsteiner Straße und hatte schon fast die Ortschaft verlassen, da ging es plötzlich nicht mehr weiter. Weil Feilnbach bei Weitem nicht groß genug war, um auf natürliche Weise Verkehrsstaus zu produzieren, vermutete Lorenz als Ursache der stockenden Wagenkolonne das große Feuerwehrauto, das weiter vorne mit Blaulicht auf der Straße stand. Dummerweise war er nicht mehr der Letzte in der Schlange, eine Umkehr war also nicht mehr möglich. Es ging im Schleichtempo vorwärts, und Lorenz hatte immerhin wieder einmal die Gelegenheit, sich in Gelassenheit zu üben und nicht vor Wut die Zähne ins Lenkrad zu schlagen. Als er endlich bis auf Höhe des Feuerwehrautos vorgedrungen war, erkannte er den wahren Grund für den kleinen Stau. Und der war nicht etwa ein Verkehrsunfall oder ein Feuer, sondern ein paar Feuerwehrmänner, die die Straße mit Bändern absperrten.

Erst jetzt realisierte Lorenz, dass die Straße in diese Richtung zum Gautrachtenfest führte und die Feuerwehr wohl gerade den Parkplatz abgrenzte. Als er sich damals von der Stadt aufs Land hatte versetzen lassen, hatte sich Lorenz noch darüber gewundert, dass die Feuerwehren auf dem Land auch solch niedere Dienste, genannt Sicherheitswachen, verrichten mussten. Dazu gehörte auch ganz profaner Parkplatzdienst bei Großveranstaltungen. Die geleisteten Stunden machten sich dann gut in den Jahresberichten und halfen dabei, die sündhaft teuren roten Autos vor dem Gemeinderat zu rechtfertigen, wenn es mal wieder nicht oft genug gebrannt hatte.

Mittlerweile hatte Lorenz sich an den Anblick gewöhnt, und er beschloss, sich den kurzen Umweg über Wiechs zu gönnen, um einen Blick auf das Festgelände zu werfen.

Die drei großen Zelte standen bereits, Fahnen wehten im Wind, und die Straßenlaternen auf der Zufahrtsstraße waren mit hübschen Blumengebinden verziert worden. Alles schien bereit für die Eröffnung am Freitag. Lorenz selbst hatte noch nie ein Gautrachtenfest besucht. Sein Wissen darüber beschränkte sich auf das, was er von Frau Gruber und seinen Freunden aufgeschnappt hatte. Er wusste, dass jeder Gauverband ein Mal jährlich ein solches Fest veranstaltete. Bad Feilnbach gehörte zum Gauverband I und war mit seinen über einhundert Vereinen gleichzeitig der älteste und größte Zusammenschluss bayrischer Gebirgstrachten-Erhaltungsvereine. Jeder Verein konnte sich um die Ausrichtung des alljährlichen Festes bewerben, und in diesem Jahr hatte sich Bad Feilnbachs Trachtenverein durchgesetzt, weil die hiesigen Trachtler ein Jubiläum zu feiern hatten. Aus organisatorischer Sicht war eine Veranstaltung in dieser Dimension nicht ganz unproblematisch und konnte deshalb ohnehin nur von größeren und besser aufgestellten Vereinen durchgeführt werden.

Lorenz hatte erst vor ein paar Tagen das Programm in der Tageszeitung gesehen und war erstaunt gewesen, dass sich das

Fest über zehn volle Tage hinzog und es neben dem klassischen Bierzeltbetrieb fast jeden Abend einen besonderen Höhepunkt gab. Alles begann mit einem Bieranstich am Freitag, dann standen Politikerbesuche, Konzerte diverser Musikkapellen, ein Auftritt der berühmten Kabarettistin Stella Freiberg, ein Heimatabend und sogar das Gastspiel einer angesagten österreichischen Rockband auf dem Programm. Letzteres wurde allerdings nicht vom Trachten-, sondern vom Feilnbacher Dirndl- und Burschenverein veranstaltet. Damit nutzten die Trachtler eine Grauzone ihrer Statuten aus, denn offiziell war es ihnen nicht erlaubt, im Rahmen eines Gaufestes etwas der Trachtensache Fremdes zu präsentieren, worunter auch moderne Musik und Künstler fielen. Als legendär galt nach wie vor der Fall, bei dem der Auftritt einer mittlerweile weltberühmten bayrischen Brassmusikkapelle in die Kritik geraten war, weil die Musiker bei ihrem Auftritt ohne Haferlschuhe barfuß auf der Gaufestbühne gestanden hatten. Wollte allerdings ein anderer Verein die vorhandene Infrastruktur der Veranstaltung nutzen, konnte er das tun. Und da die meisten Mitglieder des Dirndl- und Burschenvereins auch dem Trachtenverein angehörten …

Vor allem die jüngeren Vereinsmitglieder wünschten sich einen weltoffeneren Umgang mit dem Thema Tracht und nicht nur eine unveränderte Bewahrung des Bestehenden. Die Reibung, die durch die beiden Lager entstand, sorgte zwar für kontinuierlichen Funkenschlag, konnte den Trachtenvereinen jedoch im Großen und Ganzen wenig anhaben. Mitgliederschwund gehörte jedenfalls nicht zu ihren Problemen.

Das Gautrachtenfest in Bad Feilnbach würde seinen Höhepunkt am zweiten Festsamstag und -sonntag erfahren. Der Festabend am Samstag bildete den Rahmen für die Jubiläumsfeier des Trachtenvereins. Hochrangige Politiker, Vertreter aller Gauverbände und deren Trachtenvorstände wurden dann empfangen und hofiert. Auf einen langen, offiziellen Teil folgte ein mindestens ebenso langer inoffizieller, aller Voraussicht nach an der großzügig angelegten Bar des Hauptzeltes. Hier bestand dann die Herausforderung darin, nicht allzu heftig abzustürzen, denn sonst würde sich der sonntags folgende Festtag mit seinem

Feldgottesdienst, dem Umzug und dem anschließendem Gelage als ziemliche Qual gestalten.

Natürlich erreichte die Veranstaltung eine solche Dimension, die es unmöglich machte, nicht die ganze Ortschaft mit hineinzuziehen. Niemand, der in Feilnbach wohnte, konnte dem Trachtenfest entfliehen. Offiziell war natürlich jeder stolz darauf, dass das Gaufest in Bad Feilnbach stattfinden durfte, und die Gemeinde nahm das Fest gern als Marketinginstrument mit.

Zu der in Watte gepackten Bayrisches-Brauchtum-Wohlfühlatmosphäre wollten so nervige Begleiterscheinungen wie durchs Dorf laufende, barfüßige Hippies verständlicherweise gar nicht passen, und Lorenz konnte sich ein stilles Lächeln nicht verkneifen, als er sich während der Fahrt in die Inspektion bunt gekleidete und bekiffte Sinnsucher mit Federn in den Haaren und Gitarren auf dem Rücken vorstellte, wie sie am Straßenrand standen und den endlosen, ernst dreinblickenden Trachtlern auf ihrem Festzug durch das Dorf zujubelten.

Der Montag vor dem Beginn des Gautrachtenfestes

Am nächsten Tag um die Mittagszeit bog Lorenz in die Auffahrt zu Frau Grubers Hof ein und hielt auf dem Parkplatz davor, auf dem der alte Lada Taiga seiner Wirtin mit geöffnetem Kofferraum stand.

Als Lorenz und von Hohenfels ausgestiegen waren und auf dem Weg aus Bruchsteinplatten zur Haustür liefen, kam ihnen die alte Frau mit einem gewaltigen Rucksack auf dem Rücken entgegengelaufen. Sie steckte in nagelneuen Wanderklamotten, trug schwere Bergschuhe an den Füßen und sah aus, als bereitete sie sich auf die Erstbesteigung der Zugspitze vor. Auf den Rucksack war ein Schlafsack geschnallt, links baumelte eine große Trinkflasche, rechts hingen zwei Wanderstöcke. Trotz der Größe ihrer Last war ihr Schritt fest, und sie grinste übers ganze Gesicht.

»Gut, dass ich euch noch treff!«, rief sie schon von Weitem. »Ich hab euch einen Eintopf g'macht, vegetarisch, extra für dich, Lorenz, der steht im Topf aufm Herd, müssts euch nur aufwärmen.«

»Wo willst du denn hin?«, fragte Lorenz überrascht.

»Wir schlafen im Jenbach-Camp! Heut Abend gibt's da eine Schwitzhütte! Des wollt ich immer schon mal ausprobieren.« Frau Gruber sah aus, als wäre sie vor Aufregung am liebsten von einem Bein aufs andere gehüpft.

»Was ist denn bitte eine Schwitzhütte?«, wollte von Hohenfels wissen und blickte Frau Gruber mit großen Augen an.

»Des ist so eine Art rustikale Sauna«, antwortete die alte Frau. »Schaut aus wie ein Iglu und wird aus Weiden oder Haselnussruten zusammengesteckt und dann mit Decken abgedichtet. Anschließend werden da glühende Steine reingelegt, und man schwitzt.« Und als von Hohenfels seine Augen noch weiter aufriss, ergänzte sie: »Ned nackt, sondern angezogen. Für Schamanen ist des eine verlässliche Methode, um Kontakt zu den vier Elementen Feuer, Erde, Wasser und Luft aufz'nehmen. Des ist nix Versautes, wie du jetzt vielleicht glaubst.«

Von Hohenfels schien tatsächlich erleichtert oder vielleicht auch enttäuscht, so genau ließ sich das nicht sagen, Lorenz war hingegen etwas anderes aufgefallen.

»Wir?«, fragte er misstrauisch.

In diesem Moment rumpelte sein Vater aus der Tür, eine große Reisetasche über die Schulter geworfen.

»Du willst auch mit?«, rief Lorenz entgeistert. »Aber du bist doch gestern erst angekommen! Hast du überhaupt schon mal in einem Zelt geschlafen?«

Alessandro Abruzzi stellte die Tasche ab und legte Lorenz die Hände auf die Schultern. »*Figlio mio*, mach dir um deinen alten Herrn keine Sorgen. Ich habe mein ganzes Leben lang geschuftet, jetzt ist es Zeit für Urlaub. Und wie könnte ich den besser genießen als zusammen mit dieser wunderschönen Frau?« Wie um seine Worte zu unterstreichen, legte er den Arm um Frau Gruber.

»Ihr beide geht aber ran«, wunderte sich Lorenz.

»Campen in Ihr'm Alter?«, entfuhr es nun auch von Hohenfels. Die folgende Stille war geprägt von deutlicher Anspannung.

Lorenz war sich sicher, dass sein Kollege das nicht aus Bösartigkeit gesagt hatte, sondern weil er Frau Gruber mochte und sich um sie sorgte, doch von Hohenfels bereute seine unbedachten Worte sofort und schrumpfte wie eine Garnele in einer heißen Pfanne zusammen.

»Als ich so alt war wie du, junger Mann, bin ich vor dem Frühstück zur Aiblinger Hütt'n hochgelaufen und zurück.« Und mit bedeutungsschwangerem Blick auf dessen Bauchumfang, an dem sie nicht ganz unschuldig war, fügte sie schneidend hinzu: »Du allerdings würdest ja schon aus der Puste kommen, wenn ich dich in den ersten Stock raufschicken würde, um die Fenster zu schließen.« Sie hielt ihren tadelnden Blick nicht länger durch und begann zu kichern. »Na, des soll später der Lenz machen.«

Sie stellte sich auf die bestahlkappten Zehenspitzen und wuschelte dem geknickten von Hohenfels durchs Haar, was ihm ein scheues Lächeln und ein gestammeltes »'tschuldigung, Frau Gruber …« entlockte.

»Schon gut, Bub, macht dir um mich keine Sorgen. Und du auch nicht, Lenz. Aber jetzt müssen wir endlich los, wir sind eh schon spät dran. Ihr wisst ja, wo wir sind, wenn was ist!«, rief sie vergnügt, und die beiden Männer sahen ihr nach, als sie den Rucksack in den Lada wuchtete und die Tür zuknallte.

Lorenz' Vater war ihr hinterhergedackelt, ehe ihm einfiel, dass er schon wieder seine beiden Hähne vergessen hatte. »Ich kann Fabrizio und Giovanni nicht hierlassen!«

»Dann hol sie rasch, wir nehmen die beiden mit«, sagte Frau Gruber durch das heruntergekurbelte Fenster und machte dabei eine wedelnde Handbewegung.

Der kleine Italiener flitzte zurück ins Haus und kam wenig später mit den beiden Tragekörben wieder zum Vorschein. Es kam zu einem kleinen Tumult, als er die beiden Hähne, die sich bereits unter dem Kirschbaum eingerichtet hatten, einfing, bevor er sie endlich in die Körbe stopfte. Faszinierenderweise waren die Tiere von jenem Moment an still, als sich die Deckel über ihnen schlossen und nur noch ihre prächtigen Schwanzfedern herausguckten. Zufrieden kehrte Alessandro Abruzzi zum Auto zurück, verstaute die Gockel und setzte sich zu Frau Gruber in den Wagen.

Die legte hörbar krachend den Gang ein, dann tuckerten die beiden winkend davon.

Von Hohenfels drehte sich zu Lorenz, zuckte mit den Schultern und fragte mit hohler Stimme: »Und nun?«

Lorenz seufzte. Dass Maria Gruber alles andere als eine normale Seniorin war, hatte er längst erkannt. Dass aber nun auch sein Vater ein solch merkwürdiges Verhalten an den Tag legte, irritierte ihn doch sehr. Doch im Moment hatte er eigentlich ganz andere Sorgen, also antwortete er: »Nun gehst du in die Küche und machst uns den Eintopf warm, während ich rauf ins Obergeschoss laufe und die Fenster schließe.«

Zwanzig Minuten später saßen die beiden Männer auf der Hausbank und löffelten ihre Teller leer.

Lorenz war gerade fertig geworden und fingerte nach seinen Zigarillos, als sein Telefon klingelte. Er angelte es aus der Tasche seines Jacketts und warf einen Blick auf das Display. »Der Eibl Bernhard«, murmelte er überrascht und nahm das Gespräch an.

Bernhard Eibl war Bad Feilnbachs Kurdirektor und seit ein

paar Jahren ein guter Freund von Lorenz. Im sich stets drehenden Personalkarussell Feilnbachs war Eibl die einzige Konstante. Mit vielen guten Innovationen und Ideen hatte er für eine kontinuierliche Steigerung der Übernachtungszahlen in der Gemeinde gesorgt und war bei der Bevölkerung überaus beliebt. Sein bisher größter Coup war der neue Mountainbike-Park in Bad Feilnbach gewesen. Eibl hatte erkannt, dass die Infrastruktur für solch ein Projekt schon so gut wie vorhanden war. Nur noch eines Lifts zur Lergret Alm hatte es bedurft, für den er allerdings schnell einen Investor gefunden hatte. Vor eine größere Herausforderung hatten ihn da schon die zahlreichen Wald- und Wiesenbesitzer am Schwarzenberg gestellt, durch deren Grundstücke nun die verschiedenen Downhill-Abfahrten zurück nach Bad Feilnbach führten. In diesem Gebiet konnte man angeblich fünf Kilometer durch einen Wald rasen und dabei den Grund von drei verschiedenen Besitzern durchqueren.

Außerdem teilten von diesen immer noch viele die unter den Almbauern weit verbreitete Einstellung, Mountainbikes seien zu verteufeln, weil sie (im Gegensatz zu ihren Kühen) die Almwiesen kaputt machen und die Wanderer stören würden. Schließlich hatte sie Eibls Argumentation umstimmen können, dass das Projekt nur minimaler Eingriffe in die Natur bedürfe, der Ort sich einen zukunftsträchtigen Tourismuszweig durch das immer beliebter werdende Bergradfahren erschließen würde und Fahrräder doch bitt schön höchst umweltfreundlich seien und wunderbar zu einem Naherholungsort passen würden. Und dann hatten da auch noch ein paar dicke Schecks nachgeholfen. Letztere natürlich sehr diskret und nur als Entscheidungshilfe gedacht. Vor etwa einem Jahr war der neue Park eingeweiht worden und hatte sich als wahre Gelddruckmaschine entpuppt, da Bad Feilnbach sämtliche Münchner, die bisher nach Samerberg zum Mountainbiken gefahren waren, schon dreißig Kilometer vorher abfing und sich an ihnen eine goldene Nase verdiente.

Lorenz und Eibl trafen sich regelmäßig mit ein paar anderen Freunden zum Pokern, und auch sonst verband die beiden auf den ersten Blick grundverschiedenen Männer vieles. Zwar war Eibl Vater zweier Kinder und glücklicher Familienmensch und Lorenz weit davon entfernt, die Hölzl-Dynastie fortzuführen, die Herzen in der Brust der beiden nach Bayern Zugezogenen schlugen aber im selben Rhythmus. Kaum einem anderen Menschen hatte Lorenz so viel Persönliches anvertraut wie seinem Freund Bernd.

Nach den üblichen Begrüßungsfloskeln kam Eibl ohne Umschweife auf den Punkt: »Was ich dir jetzt erzähl, hast du wie üblich nicht von mir. Es kocht in Feilnbach, wieder mal. Der Gemeinderat meint, diese Hippies müssen weg. Jetzt, wo alle Augen auf uns gerichtet sind wegen dem Gautrachtenfest, das am Freitag beginnt! Und wir wegen dieser Marihuana-Geschichte eh schon wieder viel zu sehr im Fokus der Medien stehen. Es braut sich was zusammen. Und was immer das auch ist, es darf sich keinesfalls zur Zeit vom Gaufest entladen. Die Bürgermeisterin will ihren Einfluss geltend machen, damit die Polizei das Lager im Jenbachtal räumt.«

Lorenz runzelte die Stirn. In der Stimme des Kurdirektors schwang etwas mit, das er in all den Jahren ihrer Freundschaft nur allzu oft gehört hatte: Eibl druckste herum, weil er sich zierte, mit der ganzen Wahrheit herauszurücken.

»Ich kenn dich lang genug, Bernd, um zu wissen, dass du mich nicht deshalb anrufst. Klar, das alles klingt schon sehr dramatisch, erklärt aber nicht, warum du mir das erzählst. Wenn's wirklich brennen würde, hätte ich das doch von offizieller Stelle erfahren.« Dann kam ihm plötzlich eine Idee in den Sinn. »Oder liegt es vielleicht daran, dass du nicht willst, dass die Polizei das Lager im Jenbachtal räumt?« Ein Lächeln schlich sich auf Lorenz' Gesicht.

»Nun ja, ähm, du weißt ja, ach, Mist!«, schnaufte Eibl resigniert.

Lorenz konnte nicht mehr an sich halten und brach in schallendes Gelächter aus. »Mona ist auch da oben, stimmt's?«, fragte er prustend.

»Natürlich«, gestand Eibl. Seine Frau interessierte sich schon seit Langem für Esoterik und Spiritualität, nahm regelmäßig an Hexenzirkeln teil und organisierte schamanische Rituale im eigenen Garten. Mona Eibl trieb ihren Mann, dessen Grundfesten auf einem unerschütterlichen Konservatismus standen, regelmäßig an den Rand der Verzweiflung, wenn sie darauf beharrte, sein Büro auszuräuchern, wildfremde Frauen nackt auf seinem Grundstück um das Feuer in seinem Grill tanzten oder er an seinem Dienstwagen befestigte kleine Drudenfüße fand. Und trotzdem liebten sich die beiden so sehr, wie Lorenz es noch bei keinem zweiten Paar erlebt hatte.

»Kannst du da nicht was machen?«, fragte Eibl flehend. »Ich will nicht, dass ihr mit einem Einsatzkommando anrückt und diese Spinner mit großem Bohei vertreibt. Erstens wäre das von unserem schlauen Gemeinderat sicherlich zu kurz gedacht, denn gute Presse gibt das bestimmt keine, und zweitens wäre Mona schwer enttäuscht und verärgert.«

Lorenz hegte keinen Zweifel, dass für seinen Freund das letzte Argument weitaus stärker als das erste wog, versicherte ihm aber natürlich dennoch loyal: »Mach dir keine Sorgen. Ich schau, was ich tun kann. Ich muss eh demnächst mal wieder rauf, weil Frau Gruber und, das wirst du nicht glauben, mein Vater auch zum Zelten ins Jenbachtal gezogen sind. Mona ist also in guter Gesellschaft.«

»Dein Vater ist in Feilnbach?«, fragte Eibl ungläubig. »Davon hast du mir ja gar nichts erzählt.«

»Weil niemand überraschter über sein Auftauchen ist als ich.«

Die beiden Freunde bestätigten einander noch, dass sie sich spätestens am nächsten Pokerabend wiedersehen würden, und beendeten das Gespräch.

Lorenz blickte auf die Uhr. »Ich muss noch mal ins Büro, würde vorher aber gern eine Runde laufen gehen. Willst du mit?«

Von Hohenfels schien keine große Lust zu verspüren. »Zu viel Natur is ungesund«, antwortete er.

»Dabei wäre Frau Gruber sicherlich stolz, wenn du dich ein bisschen mehr bewegen würdest.«

»Haha«, machte von Hohenfels säuerlich. »Die Frau Gruber mag mich auch so, der muss ich nix beweisen.«

Daran zweifelte Lorenz nicht. Er ahnte aber zu diesem Zeitpunkt noch nicht, wie sehr Frau Gruber auch ihn mochte, beziehungsweise wie sehr sie sich für sein seelisches Wohlergehen einsetzte. Und welche Überraschung der Besuch im Jenbachtal für ihn bereithalten würde.

Freitag, der Tag, an dem das Gautrachtenfest beginnt

Bis es so weit war, verstrichen allerdings erst drei lange Bürotage. Da die Beamten bezüglich der beiden Brandanschläge derzeit keine heiße Spur zu verfolgen hatten, erforderten andere Arbeiten Lorenz' Aufmerksamkeit. Eine davon war der Streit zweier Rosenheimer Nachtclubbesitzer, die sich gegenseitig so lange das Leben zur Hölle gemacht hatten, bis einer dem anderen die Kripo auf den Hals hetzte, indem er behauptete, sein Konkurrent würde Menschenhandel betreiben. Die Aussage konnte er sogar mittels belastendem Videomaterial beweisen. Im Keller der Bar hatten Lorenz' Kollegen fünf rumänische Prostituierte gefunden, die an ein großes Rosenheimer Freudenhaus hätten verschachert werden sollen. Die Akte des Bordellbesitzers war auf Lorenz' Schreibtisch gelandet, weil er sich ja mit den »Schweinkram-Fällen« auskenne, wie sich Melinda Singer, seine neue Chefin, ausgedrückt hatte.

Sich die Zuständigkeit für den intern sogenannten Jenbach-Hippie-Fall übertragen zu lassen, hatte Lorenz nur einen Anruf gekostet. Nach der Aufklärung der Dirndl-Swinger-Affäre und der Verhaftung der damaligen Polizeidirektorin Johanna Maier hätte er eigentlich deren Nachfolge antreten sollen, hatte aber keine Ambitionen in diese Richtung gehegt und das Angebot abgelehnt. An seiner statt übernahm Melinda Singer den Direktorenposten. Lorenz kannte sie noch aus der Zeit, in der sie die Rosenheimer Gerichtsmedizin geleitet hatte. Er hatte sie damals wärmstens für das Amt empfohlen. Ihre Beziehung hatte sich seither stetig entwickelt, sodass Lorenz das erste Mal in seiner Karriere unter einer Führung diente, die er mochte. Sie arbeiteten auf Augenhöhe zusammen, weshalb er ganz offen mit Singer reden konnte und keine abstruse Geschichte erfinden musste, um zu begründen, warum er unbedingt in einen bestimmten Fall involviert werden wollte. Singer hatte ihm zwar einen Gegengefallen abgeluchst, doch Lorenz nahm diesen für den Freundschaftsdienst gern in Kauf.

Das Lager erinnerte Lorenz an einen alten Indianerfilm. Nur die Feuerstellen fehlten, scheinbar hatte seine Drohung geholfen. Zwischen den Zelten herrschte reger Betrieb. An provisorischen Essensständen hatten sich bunt gekleidete Männer und Frauen jeden Alters versammelt, um einander Gesellschaft zu leisten. Eine Schiefertafel verkündete das überschaubare Angebot, es gab Spinatspätzle und einen Couscoussalat sowie indische Käse-Roti. Der Duft, den die Gerichte verströmten, erinnerte Lorenz an eine längst vergangene Zeit, als er jung und voller Enthusiasmus mit einem Rucksack durch die Welt gestromert war. Wann war er eigentlich das letzte Mal verreist? Irgendwie schien sich immer etwas dazwischenzuschieben, etwas vermeintlich überaus Wichtiges, das keinen Aufschub duldete und spontanes Reisen unmöglich machte. Mit Franzi hatte er es in drei Jahren Beziehung tatsächlich nicht geschafft, auch nur ein einziges Mal länger als ein Wochenende wegzufahren. Kurze Ski- und Wellnessurlaube, ja. Aber kein Abenteuer, das einen in ein fremdes Land führt, den Kopf verdreht und die Sinne vernebelt, bis man schließlich wieder zu sich selbst findet und Geschichten sammelt, die einen bis ans Lebensende begleiten.

Als er durch das Hippielager schritt, traf in Lorenz nagendes Fernweh auf tobenden Liebeskummer, und der Zusammenprall beider Emotionen gebar jene Sehnsucht, die einen dazu brachte, auf der Stelle alles liegen und stehen zu lassen und an einem warmen Ort am Meer in einer Hütte am Strand noch einmal von vorne zu beginnen. Dabei bot zumindest das Wetter gerade keinen Grund für trübsinnig-verwegene Fluchtgedanken, denn der Sommer schien sich endgültig gegen den Frühling durchgesetzt zu haben. Wärmende Sonne heizte die frisch erblühte Natur angenehm auf. Lorenz zog das Sakko aus und warf es sich über die Schulter.

Wo auf dem Gelände mochten sich Frau Gruber und sein Vater aufhalten? Das Lager war größer, als er bei seinem ersten Besuch vermutet hatte, noch dazu nicht einsehbar und von vielen Sträucher- und Baumreihen durchzogen. Er ging an einem besonders großen Baum vorbei, an dessen Stamm jemand ein Sonnensegel befestigt hatte, das zudem an Pflöcken im Boden verankert war und so einen rudimentären Witterungsschutz bot. Darunter saß eine Gruppe Menschen im Kreis, die einem alten Mann mit langen weißen Haaren lauschte. Obwohl der Greis eindeutig europäischer Herkunft war, strahlte er etwas Indianisches aus, und seine Zuhörerschaft, die fast ausschließlich aus jungen Frauen bestand, hing gebannt an seinen Lippen. Lorenz widerstand der Versuchung, sich ebenfalls zu der Runde zu gesellen und zuzuhören, und setzte seine Suche fort. Ein paar Meter weiter befand sich ein Bereich, der an einen Zeltplatz auf einem Festival erinnerte. An einen Zeltplatz auf einem sehr alternativen Festival, dachte Lorenz, als er durch die Reihen der Behausungen wanderte. Hier und dort hockten junge, etwas verklärt wirkende Menschen, unterhielten sich, tranken oder rauchten miteinander. Aus manchem Eingang ragten die Beine von Dösenden und Schlafenden, Wäsche hing zum Trocknen in der Sonne auf zwischen den Bäumen gespannten Schnüren. Es roch nach Räucherstäbchen und Hanf und ein bisschen auch nach schlecht funktionierenden sanitären Anlagen. Aber nur die Bewohner eines Zeltes hielten Haustiere in Form zweier italienischer Gockel. Und tatsächlich fand Lorenz dort seinen Vater in einem Campingstuhl dösend, eine Pfeife schmauchend, den Blick auf den träge dahinfließenden Fluss gerichtet, in dem gerade ein paar junge Mädchen unter großem Gekreische im eiskalten Wasser zu baden versuchten.

»Schöner Ausblick, was?« Lorenz ließ sich neben seinen Vater in einen freien Stuhl fallen.

»*Ti saluto con affetto*, Lorenzo«, begrüßte ihn Alessandro Abruzzi und lächelte. »Ein wunderbarer Ort! Fast wie zu Hause!«

»Wo ist Frau Gru… ich meine, Maria?«, fragte Lorenz und steckte sich einen Zigarillo an.

»Bei irgendetwas mit Gong. Ich habe sie gestern schon zum Yoga begleitet. Hat Spaß gemacht.«

Lorenz biss sich auf die Zunge. Sein Vater offenbarte ganz neue Seiten an sich. Aber besser ein auf seine alten Tage weltoffener und neugieriger Lebemann als ein introvertierter und altersstarrer Knacker. »Qigong«, vermutete Lorenz. »Magst du sie, ich mein, die Maria?«

»Sie ist eine tolle Frau«, antwortete sein Vater, »und ich habe in meinem Leben so viel Zeit verschwendet. Ich habe beschlossen, dass jetzt der Genuss dran ist. Wenn meine Zeit abläuft, möchte ich nichts bereuen müssen.«

Er lehnte sich weit im Stuhl zurück, überkreuzte die ausgestreckten Beine und zog an seiner Pfeife. Eine Zeit lang saßen Vater und Sohn einträchtig schweigend nebeneinander und beobachteten die Mädchen am Fluss.

»Ein Bier wär jetzt recht. Aber so etwas gibt's hier natürlich nicht. Was führt dich eigentlich hierher?«

Lorenz erzählte ihm von dem Versprechen, das er seinem Freund Eibl gegeben hatte.

»Lorenzo, du bist ein guter Kerl«, erwiderte sein Vater. »Aber du bist viel zu traurig. Was bedrückt dich so?«

»Die Liebe«, seufzte Lorenz. »Es vergeht halt immer noch kaum ein Tag, an dem ich nicht an Franzi denken muss.« Sein Herz zog sich schmerzhaft zusammen, als die Bilder der letzten Jahre wieder auf ihn einströmten und er ihnen schutzlos ausgeliefert war. Natürlich hatte er versucht, die Erinnerung an seine Ex-Freundin aus seinem Bewusstsein zu verdrängen, doch die fühlte sich dort scheinbar sehr wohl, belästigte mit Vorliebe seine anderen Gedanken und zertrümmerte die restliche Einrichtung.

Alessandro Abruzzi sagte lange Zeit nichts und sah seinen Sohn nur mit einem sonderbaren Blick an. »Hast du das Mädchen wirklich geliebt?«, fragte er schließlich.

Lorenz überlegte. Wie glücklich sie gewesen waren. Und wie sehr er sie immer noch vermisste. Einmal mehr ertappte er sich bei der Frage, ob sie noch bei ihm wäre, wenn er um ihre Hand angehalten hätte. Und wie üblich hatte diese Frage jene andere im Schlepptau, in der es um die Gründe ging, warum er es nicht getan hatte. Weil ihm eine Hochzeit antiquiert erschien. Weil Franzi immer von einer kirchlichen Trauung geschwärmt hatte, wofür Lorenz sich so gar nicht hatte erwärmen können. Nein, es war gut so, wie es gekommen war.

Maria Gruber hatte immer wieder tröstende Worte für ihn gefunden. »Des Leben is wie eine Zugreise«, hatte sie ihm gesagt, als er mit Tränen in den Augen unter dem Kirschbaum gesessen hatte und so verzweifelt wie noch nie zuvor in seinem Leben gewesen war. »Manchmal haben wir des Glück, ein Stück der Reise im selben Abteil sitzen zu dürfen, ehe man selbst oder der andere umsteigen muss und einen anderen Zug nimmt.«

Damals war Lorenz der alten Frau um den Hals gefallen und hatte hemmungslos Rotz und Wasser geheult, bis alles raus gewesen war, was raus hatte müssen. Aber ob er Franzi wirklich geliebt hatte? Nun, zumindest glaubte er das. Die Liebe hatte er sicher in sich verwahrt. Zusammen mit der Sammlung anderer schöner Erlebnisse. Ab und an dachte er vorsichtig an die Erinnerung, um zu testen, ob sie noch schmerzte.

Vor ein paar Wochen hatte er Franzi in Rosenheim in einem Eiscafé zusammen mit einem anderen Mann sitzen sehen. Nur ganz kurz, als er auf dem Weg zu seinem Auto vorbeigeeilt war. Seitdem hatte er sich oft das Hirn darüber zermartert, um wen es sich dabei wohl gehandelt haben mochte. Ihren neuen Freund? Natürlich hatte er nicht den Mut aufgebracht, sie zu fragen.

Bis etwa zu diesem Zeitpunkt hatten Lorenz und sie noch sporadisch Kontakt gehabt, meist war er es gewesen, der ihr eine kurze Nachricht schrieb oder auf ihren Anrufbeantworter sprach. Als er beides einstellte, war auch von ihrer Seite nichts mehr gekommen, und Lorenz hatte sich seinem Schicksal gefügt. Seither lenkte er sich mehr oder weniger erfolgreich mit Arbeit ab, und mit dem Frühling war sein geschundenes Herz denn auch endlich taub geworden.

Lorenz nickte und merkte, dass seine Augen feucht wurden. Beschämt wandte er sich ab, als er die Hand seines Vaters auf seiner Schulter spürte.

»Dann lass sie ziehen«, flüsterte der. »Wahre Liebe lässt frei.«

Lorenz fand Frau Gruber schließlich in einem großen roten Zelt, dessen Wände aufgerollt waren, sodass es lediglich als Schattenspender diente. Sein Vater hatte nicht mitkommen wollen, seinem Sohn aber den Weg beschrieben.

Frau Gruber stand mit leicht gespreizten Beinen in der ersten Reihe einer Gruppe von etwa fünfzehn Frauen und Männern. Sie hatte die Knie leicht gebeugt und umfasste mit den Händen einen unsichtbaren Ball. Die anderen Teilnehmer taten es ihr gleich. Frau Gruber war mit Abstand die älteste Person unter überwiegend jungen Frauen und ein paar Männern mittleren Alters. Lorenz entdeckte auch Mona Eibl, die in der dritten Reihe stand. Die Frauen sahen sehr konzentriert aus, ihre Augen waren geschlossen.

Er setzte sich in den Schatten eines Busches auf einen Stein, von wo aus er seine alte Freundin beim Qigong beobachten konnte. Er erinnerte sich, wie er sich auf einer seiner früheren Reisen auch daran versucht und die chinesische Bewegungskunst mit ihren Übungen für Konzentration und Entspannung sowie mit Kampfsportelementen als zu langweilig und spannungsarm empfunden hatte. Wenn er allerdings jetzt die Gesichter der Männer und Frauen betrachtete, erkannte er in ihnen die tiefe Ruhe und Gelassenheit, nach der er sich gerade so sehr sehnte.

Die Einzige, die die Augen nicht geschlossen hatte, war die junge Frau, deren leisen Anweisungen die Gruppe folgte. Just in dem Moment, als sie sich anscheinend Lorenz' neugieriger Musterung ausgesetzt fühlte, sah sie zu ihm herüber, ihre Blicke trafen sich, und die Kruste um Lorenz' Herz bekam einen krachenden Sprung. Wärme breitete sich in sanften Wellen in seinem Körper aus, und er spürte, dass ihm die Röte ins Gesicht schoss, als sich ihre Lippen zu einem freundlichen Lächeln formten, ehe sie sich wieder ihren Schülern widmete. Sie war wunderschön. Ihr langes dunkles Haar hatte sie zu einem Kranz um den Kopf gewunden und festgesteckt. Sie trug kurze Leggins und ein so weit ausgeschnittenes Sportshirt, dass sie ohne den BH darunter auch genauso gut nackt hätte sein können. Das gewagte Kleidungsstück verbarg kaum etwas von ihrem schlanken, trainierten Oberkörper. Ihre braun gebrannte Haut schien zu leuchten, und ein Tattoo in Form einer verschnörkelten Blätterranke reichte ihr von einem Oberarm über die Schulter zum andern und zog sich vermutlich auch noch an ihrem Rücken hinunter. Ein weiteres Tattoo, wahrscheinlich eines aus Henna, prangte auf ihrer linken Hand. Die Lehrerin war nicht groß, vielleicht eins fünfundsechzig, und mochte Anfang dreißig sein. Lorenz musste sich arg konzentrieren, um die schöne Qigong-Meisterin nicht pausenlos anzustarren, während er auf das Ende der Sitzung wartete.

Zehn Minuten später verbeugten sich alle mit vor der Brust gefalteten Händen.

Als Frau Gruber Lorenz erspähte, quiekte sie erfreut auf und winkte aufgeregt. »Lenz, da geh mal her!« Und an die Qigong-Lehrerin gewandt: »Des is der, von dem ich dir erzählt hab.«

Die alte Frau war aufgeregt wie ein kleines Kind, und auch Lorenz' Herz pochte wie verrückt, während er sich betont lässig schlendernd näherte.

»Lenz, des ist die Mila«, plapperte Frau Gruber drauflos. »Ich mach bei der morgen einen Tantra-Kurs.«

Lorenz vergaß für einen Moment zu atmen und verschluckte sich hustend. Das lag nicht an Mila, die ihm aus der Nähe betrachtet sogar noch schöner erschien als zuvor und ihm erneut ein umwerfendes Lächeln schenkte, sondern war der Vorstellung von Frau Gruber als Tantrikerin geschuldet. Hatte Tantra nicht etwas mit Orgien, ausschweifendem Sex und einem Katalog an abgefahrenen Stellungen zu tun? Der Vorführer in Lorenz' Kopfkino legte schamlos libidoschmelzende Filmrollen auf. Trotzdem brachte er ein »Ähm, das ist … großartig?« heraus.

Mila konnte sich nicht mehr halten und prustete los.

Für Lorenz klang ihr Gelächter wie die lieblichen Schalmeien eines Engelchors. Er errötete.

Als Mila sich beruhigt hatte, reichte sie ihm die Hand. »Grüß dich, Lenz, es freut mich wirklich, deine Bekanntschaft machen zu dürfen, Maria hat mir schon viel von dir erzählt.«

Lorenz überhörte sogar den Lenz, eine Ansprache, die er zutiefst verabscheute und eigentlich nur bei Frau Gruber duldete. Eigentlich aber auch nur deshalb, weil sie sich beharrlich weigerte, ihn mit seinem vollen Namen anzusprechen, und bei Diskussionen zu diesem Thema plötzlich zu einer alten und tattrigen Greisin wurde, bis Lorenz schließlich entnervt kapitulierte. Milas Händedruck war überraschend kräftig, ihre Haut fühlte sich weich und herrlich kühl an. Am liebsten hätte er sie gar nicht mehr losgelassen.

Doch dann zündete Frau Gruber, die neben ihnen aufgeregt von einem Bein aufs andere trat, die nächste Bombe: »Du musst da auch mitmachen, Lenz! Die Mila sagt, dass des Tantra ideal ist, um deinen Liebeskummer zu heilen. Dann jammerst du endlich nimmer den ganzen Tag rum.«

Sein Kopf schoss herum. Die alte Frau wirkte vollkommen unschuldig. Außer kindlicher Freude konnte der schockierte Lorenz, der seine Hand nun rasch Milas entzog, nichts aus ihrem Gesichtsausdruck herauslesen.

»Na ja, so habe ich das aber nicht gemeint, Maria«, versuchte Mila zu retten, was zu retten war, doch die Dampfwalze Gruber war in Fahrt gekommen und betätigte kräftig die Hupe.

»Vielleicht ned im Wortlaut, aber des Tantra, hast du gesagt, kann psychische Verletzungen heilen, die in zwischenmenschlichen Beziehungen entstanden sind. Und als ich dich gefragt hab, ob des auch bei Liebeskummer funktioniert, hast du Ja gesagt. Und hier haben wir jetzt so ein Exemplar«, sie deutete mit dem Zeigefinger auf Lorenz' Brust, »dem wir dringend den Kopf graderücken müssen.« Und an Lorenz gewandt: »Lenz, du musst Tantriker werden.«

Von Frau Gruber würde Lorenz viel später, als die aktuellen Vorkommnisse bereits zu Lagerfeuergeschichten geworden waren, erfahren, dass es in Feilnbach, so lange sie zurückdenken konnte, noch nie eine Demonstration gegeben hatte. Phlegmatismus war ein elementarer Wesenszug der Menschen, die in Bad Feilnbach lebten. Die großen Revolutionen und bahnbrechenden Innovationen überließen sie lieber anderen. Das Aufbegehren gegen Ungerechtigkeit und Politik[*] fand in der verschlafenen Gemeinde, wenn überhaupt, an den Stammtischen statt und blieb auch dort, wenn das letzte Glas Weißbier geleert worden war und Stallarbeit oder die nudelholzschwingende Frau zu Hause warteten. Was politisches und gesellschaftliches Feuer und Engagement anbelangte, war Bad Feilnbach seit jeher ein verlässliches Biotop für das schweigende Rückgrat, die verträgliche Masse oder allenfalls den verhaltenen Mitläufer. Die Welt konnte schon passieren, aber bitte schön außerhalb der Ortsgrenzen.

---

[*] Was nicht selten ein und dasselbe ist.

Was sich am Freitag, an dessen Abend in Bad Feilnbach der Bieranstich des Gautrachtenfests stattfinden würde, abspielte, war demnach so etwas wie eine kleine Revolution. Auf seinem Weg zurück in die Inspektion nach Rosenheim wurde Lorenz nämlich Zeuge einer Demonstration. Er wusste nicht, ab wie viel Teilnehmern man von einer richtigen Demonstration sprechen konnte, vielleicht waren die etwa zwanzig mit Schildern und Transparenten bewaffneten und sehr ernst dreinblickenden Männer und Frauen auch einfach nur ein trauriger Tumult oder ein verärgerter Haufen. Jedenfalls besetzten sie den Bad Feilnbacher Dorfplatz vor dem großen Supermarkt, und Lorenz konnte nicht anders, als anzuhalten, auszusteigen und sich das Spektakel aus der Nähe anzusehen. Die Demonstranten hatten sich gleich zwei Streitthemen ausgesucht. Zum einen die Legalisierung des Hanfs, zum anderen schien sich ihr Protest auch gegen das Jenbachtal-Camp zu richten. Zumindest hielten zwei ältere Männer ein Transparent mit der Parole »Hippies raus aus Feilnbach!« in den Händen. Zu seiner Überraschung entdeckte Lorenz ein vertrautes Gesicht in der kleinen Rotte: Oberförster Ranzner in Arbeitskleidung – Bundhose, Bergstiefel, grünes Hemd und Filzhut – trug ein Schild mit der Aufschrift: »Nein zum Drogenhanf!« Er unterhielt sich gerade mit zwei älteren Frauen, eine sichtbar lebhafte Diskussion.

Nachdem Lorenz sein Auto geparkt hatte, schlenderte er heran und stellte sich neben das Trio.

»Stell dir mal vor, dir begegnet so einer, der was geraucht hat und dann ganz berauscht ist und in seiner Traumwelt lebt, auf der Straße und meint, dass du ihm was Böses willst, und greift dich an?«, eiferte sich eine der beiden Damen. Gesetztes Alter, ordentliche unauffällige Kleidung und eine Dauerwelle wiesen sie als typische Vertreterin jener Mitbürgerinnen aus, die einen Supermarkteinkauf immer auch als Chance auf eine angeregte Unterhaltung mit Bekannten oder notfalls auch Wildfremden sehen. Und die stets mit sehr viel Kleingeld und Zeit ausgestattet sind und beim Bezahlen immer vor einem an der Kasse stehen. Besonders dann, wenn man selbst es eilig hat.

»Kiffer laufen doch nicht aggressiv herum und greifen andere

Leut an. Ich glaub, da verwechselst du grad was, Hilde«, warf die andere skeptisch ein.

»Es gilt, hnnn, jedenfalls als gesichert, dass der regelmäßige Konsum von Marihuana psychisch abhängig macht und des bis hin zu irreversiblen Persönlichkeitsveränderungen, hnnn, führen kann«, sagte Ranzner und musste wegen des extralangen Satzes gleich zwei Mal pfeifend Luft holen. Und mit einem Blick auf Lorenz, der an kalter Ausstrahlung nichts seit ihrem ersten Treffen im Jenbachtal eingebüßt hatte, ergänzte er: »Natürlich ist auch der Alkohol im Übermaß, hnnn, gesundheitsschädlich und kann süchtig machen. Aber im Gegensatz zum Hanf, der ja aus dem, hnnn, Orient kommt, ist der Alkohol, ob's einem nun passt oder nicht, hierzuland kulturell akzeptiert.«

»Guten Tag, Herr Ranzner«, begrüßte Lorenz den Förster. »Haben Sie ein neues Hobby?«

Die beiden Frauen musterten Lorenz mit dem untrüglichen Gespür von Leuten, die eine gute Straßenvorstellung zu schätzen wissen. Vor allem, wenn sich diese später auch noch weitertratschen lässt. Und genau eine solche schien sich gerade vor ihren Augen anzubahnen.

»Ich gehe hier nur meiner Bürgerpflicht nach«, behauptete Ranzner. »Sollten Sie sich nicht lieber um die, hnnn, Belagerer im Jenbachtal kümmern?«

Einige der bei Ranzner stehenden Demonstranten blickten bereits interessiert in ihre Richtung und näherten sich vorsichtig. Schräg gegenüber dem Supermarkt, auf der anderen Seite des Dorfplatzes, strahlte das renovierte Rathaus im Sonnenlicht. Just in diesem Moment öffneten sich die automatischen Schiebetüren am Eingang und spuckten ein kleines Kamerateam, bestehend aus einem Kameramann, Assistenten und einem Reporter, aus.

Den Reporter kannte Lorenz, weil er schon ein paarmal beruflich mit ihm zu tun gehabt hatte. Er hieß Georg J. Hailer und gehörte zu den angenehmeren Vertretern seiner Zunft. Was in seinem Fall bedeutete, dass er nicht nur Agenturmeldungen verwurstete, sondern gern auch mal selbst für eine Reportage recherchierte. Vor knapp zwei Jahren hatte er in enger Zusammenarbeit mit Lorenz eine angesehene Aufarbeitung des Dirndl-Swinger-Falls erstellt.

Der kleine Tross bewegte sich schnurstracks auf die Demonstranten zu. Für die Protestler verhieß das Fernstehteam Aufmerksamkeit, und eine aufgeregte Unruhe erfasste die Meute. Auf viele Menschen übt die Anwesenheit einer Fernsehkamera eine tief verwurzelte Faszination aus, und wenn es sich auch nur um die eines kleinen, unbedeutenden Regionalsenders handelt, dessen Programm so schwer zu empfangen ist, dass man etwas sehr Kompliziertes mit Medien studiert haben muss, um den entsprechenden Kanal im heimischen Fernsehgerät zu sehen.

»Grüß Gott, wer ist denn hier der Sprecher?«, fragte Hailer, während seine Kollegen die Kamera in Position brachten. Sein Blick wanderte über die Menge und blieb kurz an Lorenz hängen. Er zog eine Augenbraue hoch und lächelte, doch Lorenz winkte nur stumm ab und trat zwei Schritte zur Seite. Wie auf ein geheimes Signal hin teilte sich die Menge und wich kollektiv zurück, um Ranzner zu exponieren.

Der Förster sah sich erstaunt um, fing sich aber schnell. Er straffte die Schultern, übergab sein Schild einer Frau, die hinter ihm stand, und antwortete: »Wie es aussieht, hnnn, wär des dann wohl ich.«

Hailer stellte sich vor und verkündete, er habe gerade die Bürgermeisterin interviewt und würde jetzt ein paar Passantenstimmen sammeln wollen.

Auch Ranzner nannte seinen Namen und willigte ein, die Fragen des Reporters zu beantworten.

»Bitte erklären Sie, Herr Ranzner, warum Sie gegen Marihuana demonstrieren, besonders jetzt, wo der Staat bereits ein Pilotprojekt für den legalen Hanfanbau gestartet hat. Die Legalisierung ist damit so gut wie durch.«

Ranzner kratzte sich an der Schläfe und antwortete: »Noch ist es nicht zu spät. Sechshunderttausend junge Menschen haben in, hnnn, Deutschland ein Problem mit ihrem Cannabiskonsum. Wenn wir nicht zulassen wollen, dass diese, hnnn, Zahl weiter ansteigt, dann dürfen wir den Zugang zu der Droge durch die Legalisierung nicht noch erleichtern!«

»Das ist doch alles ein Werk der Lobbyisten«, mischte sich nun die Frau ein, die sich vor den amoklaufenden Hanfrauchern fürchtete.

»Und das ist gar nicht so weit hergeholt«, ließ sich die Frau hinter Ranzner vernehmen, der er zuvor sein Schild gereicht hatte. Sie wirkte unaufgeregt und sah aus wie eine nette Grundschullehrerin oder gutmütige Hausärztin. »Der Konsum von Cannabis, insbesondere der regelmäßige, kann zu massiven Schädigungen bei Jugendlichen führen. Das Spektrum der Erkrankungen reicht von leichter Abhängigkeit bis zu schwerer Psychose. Wird der Hanf nun verharmlost, vor allem von besagten Lobbyisten, die in der Legalisierung natürlich ein Millionengeschäft wittern und nicht müde werden zu predigen, was für eine harmlose Substanz Cannabis doch sei, trägt das nur dazu bei, dass gerade junge Menschen zum Joint greifen.«

Ranzner drehte sich um und grunzte anerkennend.

»Es gibt aber eben auch immer mehr Stimmen, die behaupten dass ein Verbot von Drogen wie Marihuana wirkungslos sei, die Prohibition quasi versagt habe«, goss Hailer Öl ins Feuer. »Die Verbotspolitik habe enormen gesellschaftlichen und sozialen Schaden angerichtet, weil die Kriminalisierung den Schwarzmarkt befördere und somit einen wirksamen Jugend- und Verbraucherschutz verhindere. Eins Komma acht Milliarden Euro hat der Staat für Justiz und Polizei in diesem Sektor letztes Jahr ausgegeben. Das Geld könnte man nach einer Legalisierung doch auch in Suchtprävention und Jugendschutz stecken, oder, Herr Ranzner?«

Ironischerweise waren die maßgeblichen Impulse zur Legalisierung von Cannabis ausgerechnet aus Deutschlands einstmals konservativstem Bundesland gekommen: aus Bayern. Als zum ersten Mal in dessen Geschichte eine Superkoalition aus Kleinparteien den verfilzten Platzhirsch CSU abgelöst hatte. Eine ihrer ersten Reformen war das prestigeversprechende Hanflegalisierungsprojekt gewesen.

Neben viel Beifall, Zuspruch und Goldgräberstimmung ob sich plötzlich erschließender neuer Märkte bedeutete das allerdings auch, dass sich nun eine ganze Generation, die ein Leben lang von ihrer Obrigkeit eingetrichtert bekommen hatte, Marihuana sei eine schlimme Droge, deren Konsum, Besitz und Handel drakonisch bestraft werden mussten, eines Feindbildes beraubt sah. Solche Gedanken ließen sich nicht so einfach aus den Köpfen von Menschen vertreiben, die es gewohnt waren, auf gut ausgetrampelten Gedankenpfaden zu wandeln.

Förster Ranzner sah jedenfalls so aus, als wünschte er sich umgehend an einen anderen Ort oder sein Schild zurück, um sich hinter ihm zu verstecken. Vielleicht bildete sich Lorenz das aber auch nur ein, denn im nächsten Moment wechselte Ranzner die Taktik und ging wieder in die Offensive. Ohne die Frage des Reporters zu beantworten, rief er: »Schauen Sie doch mal ins Jenbachtal hinauf! Dort hat sich eine ganze Rotte übler Subjekte eingefunden, die den lieben langen Tag hemmungsloser Illegalität frönt! Zustände sind das, das sag ich Ihnen. Unzucht, Drogenkonsum, Umweltzerstörung. Und unsere Behörden«, Ranzner gönnte sich einen bösen Seitenblick auf Lorenz, »sind machtlos gegen das Gesindel. Unser Staat hat schon lange seine Macht verloren. Es wird Zeit, dass wir frommen Bürger aufwachen und für unsere Heimat und Sicherheit einstehen!«

Der Oberförster war so in Fahrt, dass er sogar sein rasselndes Atmen vergessen hatte. Die kleine Schar hinter ihm, die mittlerweile um viele weitere Schaulustige und Neugierige angewachsen war, grölte zustimmend oder klatschte.

Ein Lächeln umspielte Hailers Lippen. Der Reporter schnitt im Geiste sicher schon seinen Beitrag. Szenen wie diese waren das Salz in der Suppe einer jeden dramatisch überzogenen Regionalreportage, in denen die obligatorischen Befragungen sonst gern redundant und bemüht wirkten. »Vielen Dank für Ihre Einschätzung, Herr Ranzner. Natürlich werden wir uns das besagte Camp noch ansehen. Können Sie uns den Weg dahin beschreiben?«, fragte Hailer.

Ranzner erfüllte ihm den Wunsch nur allzu gern.

Nachdem der Reporter sich von dem Förster verabschiedet hatte, schlenderte er zu Lorenz und reichte ihm die Hand. »Dienstlich hier?«, fragte er.

»Nur zufällig vorbeigekommen«, antwortete Lorenz wahrheitsgemäß. »Dankbares Thema für eine Story, oder?«

»Allerdings«, bestätigte Hailer. »Wir haben schon gutes Material von der Bürgermeisterin, die so offensichtlich ratlos zwischen den Stühlen der verschiedenen Interessensgruppen sitzt, dass es mir fast schon in der Seele wehtut. Aber eben nur fast.« Er zwinkerte. »Die Einlage hier war nicht von schlechten Eltern, und wenn dieses Hippie-Lager nun noch hält, was Herr Ranzner verspricht …«

»Ich würde Ihnen noch einen Besuch im Bierzelt empfehlen, so unter uns«, lachte Lorenz. »Aber seien Sie gnädig mit den armen Feilnbachern.«

»Kann ich Ihnen nicht versprechen«, antwortete Hailer. »Sie wissen ja mittlerweile auch, was sich am besten verkauft. Jetzt muss ich aber weiter, der Pulitzerpreis wartet!« Er sammelte sein Kamerateam ein und verabschiedete sich von Lorenz.

Ranzner hatte sie während ihres Gesprächs beobachtet.

Als Lorenz sich zu seinem Auto aufmachte, schlenderte er nahe an dem Förster vorbei, legte ihm freundschaftlich die Hand auf die Schulter und raunte ihm so leise zu, dass nur sie beide es hören konnten: »Überspannen Sie den Bogen nicht. Ich behalte Sie im Auge. Es gibt da oben im Camp ein paar Menschen, die stehen unter meinem persönlichen Schutz.«

Der Förster zuckte zusammen, als wäre er ertappt worden. Dann reckte er das Kinn angriffslustig nach vorne und wollte zu einer Antwort ansetzen, doch Lorenz machte auf dem Absatz kehrt und ignorierte ihn. Fröhlich pfeifend lief er zu seinem Geländewagen zurück, während ihn von hinten hasserfüllte Blicke zu durchbohren versuchten.

Samstag, noch acht Tage bis zum Höhepunkt des Gautrachtenfestes

Es fiel Lorenz schwer, sich zu konzentrieren. Er hatte sich heute schon viel zu oft dabei ertappt, wie er sehnsüchtig auf seine Armbanduhr starrte. Sollte er das wirklich tun? Das war doch verrückt. Jede vernünftige Faser seines Körpers bestätigte ihm, dass es das war. Unverantwortlich, leichtsinnig. Dummerweise hatte eine ganz eigene, wundersame Macht Besitz von ihm ergriffen und breitete sich nun von der Herzgegend aus schleichend in seinem ganzen Körper aus. Diese Macht war imstande, alle Vernunft in ihm zu korrumpieren. Sie übernahm die Kontrolle über Lorenz' Körper und ließ ihn scheinbar grundlos grinsen und schwitzen, und sosehr er sich auch bemühte, er kam sich dabei nicht einmal besonders dumm vor, sondern genoss das längst verloren geglaubte Gefühl. Ein Gefühl, dessen Zutaten Vorfreude, Lust, Aufregung, Sehnsucht und wohlige Schauer waren, die mit einer kleinen Prise Spannung und Nervenkitzel verfeinert wurden, und das nach so langer Zeit des seelischen Fastens vorzüglich mundete. Er wusste, dass es zwecklos war, sich zu wehren und besonnen sein zu wollen. Er würde heute Nachmittag ins Jenbachtal hinauffahren und Milas Einladung zu diesem Tantra-Schnupperkurs annehmen. Als er gestern regelrecht überstürzt aus dem Camp geflohen war, hatte Mila ihm zum Abschied angeboten, sie heute zu besuchen und an ebenjenem Kurs teilzunehmen, um sich ein eigenes Bild zu machen.

Mila. Wenn Lorenz an die schöne Tantrikerin dachte, rumorte es in ihm wie in einer Schmetterlingsvoliere. Konnte man sich so schnell in jemanden verlieben? Er musste es herausfinden.

Sie hatte ihm aufgetragen, neben bequemer Kleidung auch einen Sarong, also einen vor allem im südostasiatischen Raum weit verbreiteten, knöchellangen Rock, der dort vorrangig von Männern bei religiösen Zeremonien getragen wird[*], mitzubrin-

---

[*] Götter mögen keine nackten Knie.

gen. Das stellte Lorenz vor ein Problem, und als er in Frau Grubers Hof vor seinem Schrank stand, war ihm plötzlich nichts gut genug, was in die Kategorie »bequem« gepasst hätte. Seine stilvollen Anzüge erschienen ihm kaum angebracht, und unter seinen Sportklamotten war nichts dabei, worin er sich Mila hätte zeigen wollen. Also entschied er sich für eine Jeans und ein Poloshirt, und weil er natürlich auch keinen Sarong hatte, packte er eine alte Tischdecke ein, die er in der Kommode im Flur gefunden hatte.

Da er viel zu früh dran war, tigerte er ruhelos durch den Garten. Wo blieb Eibl nur? Sie würden noch zu spät kommen. Ob er allein fahren sollte? Lorenz schalt sich einen Narren und versuchte mehr oder weniger erfolglos, sich zusammenzureißen. Was war nur los mit ihm?

Er setzte sich auf den Liegestuhl unter dem Kirschbaum, atmete ein paarmal tief durch und entspannte sich. Endlich hörte er ein Motorengeräusch.

Bernhard Eibls Wagen hielt am Tor, und Lorenz hastete ihm entgegen, riss die Beifahrertür auf und sprang ins Auto.

»Du hast es aber eilig«, kommentierte sein Freund und setzte den Wagen zurück.

Lorenz hatte sich dem Kurdirektor bei ihrem gestrigen Pokerabend anvertraut und um dessen Rat gebeten. Der hatte sich daraufhin nicht mehr eingekriegt, weil er von seiner Frau verdonnert worden war, ebenfalls am Workshop teilzunehmen. Lorenz hatte gestern außer einem kurzen Gruß keine Worte mit Mona Eibl gewechselt und war aufgewühlt aus dem Camp geflohen, im Gepäck Milas Einladung und den Bauch voller Schmetterlinge. Im Gegensatz zu Lorenz freute sich Bernhard Eibl keineswegs auf ihren kleinen Ausflug.

»Ich habe einen Berg von Arbeit. Ich sag's dir, das Gaufest treibt mich noch in den Wahnsinn. Wir sind restlos ausgebucht, es gibt keine freien Betten mehr, und immer noch steht unser Telefon nicht still. Meine Mädels im Büro drehen mir bald durch. Ich bin froh, wenn der Zirkus vorüber ist«, erzählte Eibl.

»Heut ist Samstag«, sagte Lorenz. »Entspann dich.«

Dann fiel ihm etwas ein, was er Eibl eigentlich schon gestern beim Pokern hatte fragen wollen, was dann allerdings im bierseligen Beisammensein untergegangen war. »Hast du was von der kleinen Demo mitbekommen?«

»Die vorm Supermarkt? Davon gehört, ja. Gestern sind neben ein paar Leuten von der Presse übrigens auch der Neuberger und sein Stab wieder bei der Bürgermeisterin vorstellig geworden, um sich zu beraten. Die machen einen Riesenzinnober um den Festabend und den Umzug in einer Woche. Alle sollen nach deren Pfeife tanzen. Und dann ist da noch die Sache mit dem Dorn.« Ein Lächeln umspielte die Lippen des Kurdirektors.

»Dorn? Nie gehört.«

»Solltest du aber. Ein gewiefter Kerl ist das. Hat sich seinen Unterhalt bisher mit einem Online-Versandhandel für Kifferzubehör verdingt und wittert nun, wahrscheinlich zu Recht, seine große Chance. Er hat bereits investiert und sich einen Laden in Feilnbach gemietet. Und zwar nicht irgendeinen.« Eibl gönnte sich eine bedeutungsschwangere Pause.

»Nein«, entfuhr es Lorenz verblüfft. Seit er wieder in Feilnbach und bei Frau Gruber wohnte, nahm er unvermeidlich auch wieder am örtlichen Dorftratsch teil. Im Herzen Bad Feilnbachs hatte es bis vor Kurzem einen traditionsreichen Metzger gegeben. Einen jener Sorte, bei denen man den Verkäuferinnen auf den ersten Blick noch ihre Zunft ansah, kleine Kinder bei jedem Besuch eine Scheibe Gelbwurst bekamen und wo die unvermeidliche Frage »Darf's sonst noch was sein?« ein heiliges Mantra war. Doch als sich mit der Zeit immer mehr Filialen großer Supermarktketten rund um die und in der Gemeinde angesiedelt hatten, verloren die Schnitzlers immer mehr Kunden, und alle Kampagnen, die kleinen Einzelhändler in der Ortsmitte zu retten, verliefen erfolglos im Sande. Man musste Anton Schnitzler immerhin zugutehalten, länger als viele seiner Kollegen durchgehalten und gekämpft zu haben, ehe auch er kapituliert und seinen traditionsreichen Laden direkt im Herzen Bad Feilnbachs neben der Kirche zur Vermietung ausgeschrieben hatte. Seither war das große Rätselraten um die neue Nutzung der ehemaligen Metzgerei in vollem Gange.

»Doch«, freute sich Eibl, der Lorenz' Gedankengänge natürlich erraten hatte. »Bist wohl schon zu lange nicht mehr durch die Ortsmitte gefahren, am letzten Wochenende hat der Dorn begonnen, die Schaufenster zu dekorieren.«

»Wir haben jetzt also einen Laden für Kifferzubehör mitten in Feilnbach?«, fragte Lorenz.

»Das ist mehr als nur ein Laden, Dorn hat sich auch eine Schanklizenz besorgt und prüft derzeit angeblich, wie die Chancen für die Genehmigung eines Coffee-Shops stehen.«

»Für so ein Lokal wie in Amsterdam, wo man zum Hanfrauchen hingeht?«

»Genau. Aber das Beste weißt du noch gar nicht: Dorn nennt seinen Laden ›Himmelreich‹. Macht sich prima, gleich neben der Kirche. Der Pfarrer war schon Klinken putzen bei der Bürgermeisterin. Ich sag's ja, ein Irrenhaus.« Eibl kicherte. »Und am übernächsten Sonntag werden achttausend Trachtler am frisch eröffneten Himmelreich vorbei andächtig betend zum Feldgottesdienst marschieren.«

Jetzt konnte sich auch Lorenz nicht mehr zurückhalten, und den Rest der kurzen Fahrt verbrachten die beiden Freunde lachend und scherzend, sodass Lorenz für kurze Zeit seine Aufregung vergaß.

Sie meldete sich jedoch mit voller Wucht zurück, als er und Eibl den Trampelpfad hinunter zum Fluss wanderten.

Lorenz führte den Kurdirektor, der zum ersten Mal im Lager war, zu dem roten Zelt, in dem er gestern Frau Gruber beim Qigong gefunden hatte. Dessen Wände waren heute heruntergelassen, und obwohl es noch hell war, brannten zwei Fackeln links und rechts der Eingangsöffnung. Eine Gruppe von etwa zwanzig Männern und Frauen hatte sich eingefunden und wartete.

Eibl zeigte sich beeindruckt von den Ausmaßen des Camps. »Von den Erzählungen her hätte ich angenommen, dass sich hier allenfalls ein paar verrückte Wilde, und meine Frau natürlich, austoben und ein bisschen Indianer spielen, aber das ist ja fast schon eine kleine Stadt!«, staunte er.

»Wenn Feilnbach dir kündigt, kannst du dich ja hier bewerben, vielleicht brauchen die auch bald einen Kurdirektor«, sagte Lorenz.

Sie entdeckten Frau Gruber und Mona Eibl, die sich mit ein

paar anderen Frauen unterhielten. Als seine Vermieterin Lorenz und Eibl erspähte, winkte sie die Männer zu sich.

»Lenz, des freut mich aber, dass du dich traust und gekommen bist«, frohlockte die alte Frau für alle anderen Anwesenden hörbar und knuffte ihrem Ziehenkel in die Seite.

Bernhard Eibl umarmte seine Frau und küsste sie zärtlich auf die Stirn. Auch Lorenz' Vater fand sich in der kleinen Menschenmenge, etwas abseits stehend und genüsslich an seiner Pfeife saugend. Lorenz gesellte sich zu ihm.

Und dann war es schließlich so weit, Mila trat aus dem Zelt und stellte sich vor die versammelten Leute. Augenblicklich verstummten die Gespräche der Anwesenden, und alle Blicke richteten sich auf die Kursleiterin. Sie sah hinreißend aus. Ihre dunklen Haare flossen über ihre Schultern. In eine der Strähnen hatte sie eine lange dunkelrote Feder geflochten und um ihren Oberkörper ein breites weißes Tuch gewickelt. Ihre kleinen runden Brüste zeichneten sich deutlich darunter ab. Sie trug einen ebenso weißen Rock, der an beiden Seiten fast bis zum Hintern geschlitzt war. In den Händen hielt sie einen kleinen Gong, den sie nun mit einem Hämmerchen einmal schlug.

Als das Summen verklungen war, sagte sie: »Ich heiße euch alle ganz herzlich beim heutigen Tantra-Einführungsseminar willkommen. Es freut mich, dass sich so viele eingefunden haben.« Sie ließ ihren Blick bedächtig über alle Teilnehmer wandern, und als sie Lorenz erblickte, huschte ein Lächeln über ihre Lippen.

»Lasst mich erzählen, was euch heute hier erwartet«, fuhr Mila fort. »Wir beginnen mit einer allgemeinen Einführung zum Thema Tantra. Ihr werdet etwas über seine Ursprünge, die dahinterstehende Philosophie und darüber, wie Tantra für euch nützlich sein kann, erfahren. Nach einer kleinen Pause habt ihr Gelegenheit, eine tantrische Massage auszuprobieren, und anschließend lassen wir den Abend zusammen mit dem ganzen Camp beim Ecstatic Dance ausklingen.«

Lorenz' Gedanken überschlugen sich. Tantra-Massage? Tanzen und dann auch noch ekstatisch? Worauf zur Hölle hatte er sich da nur eingelassen? Doch für einen Rückzieher war es jetzt zu spät, zumal Mila ihn bereits entdeckt hatte.

Zusammen mit der Menschenmenge um ihn herum wurde er in das Zelt hineingespült und nahm neben den Eibls auf dem mit Teppichen und Kissen ausgelegten Boden im Schneidersitz Platz. Es war angenehm kühl und schummrig, der Duft von Räucherstäbchen hing in der Luft. Sonnenstrahlen, die hier und da durch die Zeltplane drangen, brachen sich im Rauch des Räucherwerks und erlangten so eine kurze, vergängliche Körperlichkeit. Zusätzliches Licht spendeten ein paar Kerzen. Vor Lorenz saß Frau Gruber neben seinem Vater auf den Knien. Sie schien gespannt wie ein Flitzebogen. Immer wieder drehte sie sich um und zwinkerte Lorenz verschwörerisch zu. Sie sah aus wie jemand, der sich teuflisch darüber freut, dass ein eingefädelter Plan wie am Schnürchen klappt.

Mila hatte sich vor der Gruppe ebenfalls auf ein Kissen gesetzt, die Augen geschlossen, als würde sie meditieren. Nach und nach kamen die Leute um Lorenz herum zur Ruhe und taten es Mila gleich. Nur er selbst war viel zu aufgeregt, um sich zu entspannen, und sah sich verstohlen um. Das Publikum bestand aus einer erstaunlich homogenen Mischung. Es befanden sich in etwa gleich viele Frauen wie Männer im Zelt, doch der Altersdurchschnitt wurde durch Frau Gruber und Lorenz' alten Herrn enorm angehoben. Die beiden waren die mit Abstand Ältesten im Bunde, die anderen schienen zwischen Mitte zwanzig und Ende vierzig zu sein. Lorenz und Bernhard Eibl waren die Einzigen, die keine in Lorenz' Augen seltsamen Klamotten trugen. Was in diesem Fall so viel bedeutete wie: Die Männer, mittlerweile sogar sein Vater, hatten weite Fischerhosen und bunte Hemden mit Westen an, die Frauen ebenso farbenfrohe, recht freizügige Kleider. Zudem entdeckte er viel Ethno-Schmuck, Dreadlocks und Tattoos.

Im Zelt war es mittlerweile mucksmäuschenstill. Nur die gedämpfte Geräuschkulisse des Lagers und das gelegentliche Rascheln von Stoff oder Knacken von Gelenken, wenn sich jemand bewegte, um in eine bequemere Position zu wechseln, waren zu vernehmen.

Und dann öffnete Mila die Augen und begann mit ihrem Vortrag. Sie erzählte, dass Tantra nichts mit dem gemein habe, als das es landläufig in den modernen Medien und im Volksglauben dargestellt wurde. Stattdessen handele es sich um eine uralte indische Philosophie, deren Kern vereinfacht laute: Sei glücklich, und du wirst die Welt zu einem besseren Ort machen.

»Wir Tantriker glauben, dass jede Erfahrung und jede Wahrnehmung die Einladung zu einer Liebesbeziehung ist«, sagte Mila mit weicher Stimme. »Dabei ist es egal, ob diese Liebesbeziehung flüchtig wie zum Beispiel der Geschmack einer Erdbeere im Frühling oder ein warmer Sonnenstrahl auf der Haut ist oder eine längere Wahrnehmung, etwa ein schöner Sommerabend oder eine sinnliche Begegnung mit einem Menschen.«

Lorenz hing gebannt an ihren Lippen, während Mila von Energien im Körper redete, um die sich alles drehe und die man aktivieren und nutzbar machen könne.

»Die stärkste Energie in der Natur ist die Sexualenergie«, fuhr sie fort. »Im Tantra nennen wir sie Kundalini-Energie. Sie ist die Quelle allen Lebens.«

Und weil man im Tantra lernen könne, diese Energie zu befreien, zu entfachen und so zu lenken, dass sie einen direkt zu einer Erfahrung des Göttlichen katapultiere, würde man Tantra oft auch den »schnellen Weg zur Erleuchtung« nennen.

Es folgten Vorstellungen und Erläuterungen verschiedener Meditationspraktiken und Entspannungsübungen sowie ein kurzer Exkurs in die Menschheitsgeschichte und zum Umgang mit Sexualität. Schnell ging Mila noch auf deren Stigmatisierung und Kontrolle ein, ehe sie verkündete, dass es jetzt eine kurze Pause geben werde, während der alle das Zelt verlassen sollten.

Als Lorenz ins Freie trat, neigte sich der Tag dem Abend zu. Das Licht floss wie Vanillesoße aus dem Tal, ließ aber die frühsommerliche Wärme zurück.

»Irgendwie gar nicht so blöd, das Ganze, oder?«, räumte Bernhard Eibl ein. »Haben sich scheinbar echt Gedanken gemacht, die alten Inder. Drum Augen auf bei der Religionswahl!«

»Hat's dir auch gefallen?«, wollte Frau Gruber von Lorenz wissen.

Der wollte der alten Frau zwar einerseits die Genugtuung verwehren, brachte das aber angesichts ihrer Freude nicht übers

Herz. »Das ist schon eine spannende Sache. Das Gesamtbild erkenne ich im Moment zwar noch nicht, aber ich kann schon verstehen, worin die Faszination von Tantra liegt.« Und dann fragte er möglichst beiläufig: »Wisst ihr, was es mit diesem Massage-Programmpunkt auf sich hat?«

»Das wird Mila uns sicher gleich erklären«, antwortete Mona Eibl und legte den Arm um die Hüfte ihres Mannes. »Bist du schon aufgeregt?«

»Ja«, antworteten Lorenz und Bernhard Eibl synchron.

»Dich hab ich eigentlich gar nicht ...«, begann sie, unterbrach sich dann aber und stimmte ins Lachen der beiden Männer ein.

»Mach dir keine Sorgen, das wird sicher nur eine Vorführung, keine praktische Übung. Und wenn doch ...« Sie drückte ihrem Mann einen Kuss auf die Wange.

»Und ich?« Lorenz hoffte sehr, dass sich sein Entsetzen gespielt anhörte. Verstohlen wanderte sein Blick über die anderen Anwesenden, und er meinte zu erkennen, dass die meisten tatsächlich paarweise hier waren.

»Auf mich brauchst du nicht zu spekulieren«, eröffnete ihm Frau Gruber und sprach damit einen Gedanken aus, den Lorenz sich nicht einmal getraut hatte zu denken, so sehr entsetzte er ihn. »Denn ich habe meine Wahl schon getroffen.« Mit nur sehr halbherziger Diskretion blinzelte sie Lorenz' Vater an und bekam es auf wundersame Weise hin, kokett und unschuldig zugleich zu wirken.

Alessandro Abruzzi nickte der alten Frau galant lächelnd zu, und Lorenz dachte verzweifelt an Hundewelpen. Süße, flauschige Hundewelpen.

Schließlich ertönte wieder ein Gong, und die Seminarbesucher strömten zurück ins Zelt. Mila hatte die Pause genutzt, um das Interieur etwas umzugestalten. Wo sie eben noch gesessen hatte, lag jetzt ein Mann auf einer Matte. Lorenz vermutete, dass er unter dem Sarong, der seine Hüfte bedeckte, nackt war. Mit seinen üppigen blonden Locken und dem muskulösen Körper sah er unverschämt gut aus. Ohne dagegen ankämpfen zu können, stieg brodelnde Eifersucht in Lorenz auf. Wo kam der denn plötzlich her?

»Oh, oh«, hörte Lorenz Eibl noch leise scherzen, ehe Mila allen gebot, sich einen Platz zu suchen, und ihren Vortrag begann.

»Eigentlich hat die tantrische Massage nichts mit der ursprünglichen tantrischen Tradition zu tun und sich erst viel später aus dem sogenannten Neo-Tantra entwickelt. Da es aber kaum ein wirkungsvolleres und einfacheres Mittel gibt, um die sexuelle Kraft schnell erfahrbar zu machen, erfreut sie sich unter heutigen Tantrikern großer Beliebtheit. Deshalb habt ihr wahrscheinlich auch alle schon mal davon gehört, in der Regel aber in Form ziemlich wilder und übertriebener Geschichten. Lasst uns heute also zum Ursprung zurückkehren.«

Bei diesen Worten legte Mila eine Hand auf die Brust des vor ihr liegenden Mannes. »Das ist Jack. Er stellt sich euch heute als Anschauungsobjekt zur Verfügung.«

Die Damen im Publikum ließen vereinzeltes Kichern und den einen oder anderen Seufzer vernehmen. In Lorenz brodelte es stärker.

»In jeder Sekunde fließt Energie durch unseren Körper, aber bei vielen Menschen ist der Energiefluss blockiert. Mit einer Tantra-Massage kann man die Energie wieder zum Fließen bringen. Und zwar losgelöst von jedem Leistungsdruck. Sex darf Spaß machen. Er darf sinnlich und lustvoll sei. Er ist unser direkter Draht zum Göttlichen in uns. Jack, würdest du dich bitte auf den Bauch legen?«

Während Mila sich die Hände mit Öl einrieb und dann begann, den Rücken des Mannes mit kreisenden Bewegungen zu massieren, ging sie weiter auf die menschliche Sexualität ein. Am meisten faszinierten Lorenz die Erläuterungen über den männlichen Orgasmus. Bei einer Ejakulation verliere ein Mann Unmengen an lebenswichtiger Energie, so Mila, die er im Moment seines Orgasmus herausschleudere. Die moderne Sexualerziehung nebst Pornoindustrie habe die männliche Ejakulation zum Höhepunkt des Akts und gleichzeitig zu dessen Ende gemacht, obwohl der Mann eigentlich genauso wie die Frau multiorgastisch sei. Deshalb auch die phantastischen Geschichten von ausufernden, stundenlangen Liebesakten, die man dem Tantra hinlänglich nachsagte. Da es an deren Ende jedoch zu keiner Ejakulation und damit zu keinem

Energieverlust komme, könne der Mann seine Energie stattdessen mit jener der Frau austauschen, sodass sich das Liebespaar am Ende eines solchen Aktes noch für Stunden und manchmal Tage erfrischt und keineswegs ausgelaugt fühle.

Mila hatte sich von den Schultern über den Hintern zu den Beinen und Füßen vorgearbeitet, währenddessen Jack immer wieder sichtbar wohlig erschauert war und, wie Lorenz befand, viel zu theatralisch gestöhnt hatte. Als er sich jetzt wieder umdrehte, verrutschte ihm der Sarong und entblößte kurz sein stattliches und halb erigiertes Glied, was für eine kurze Unruhe im ohnehin schon spannungsgeladenen Zelt führte. Als Mila sich auf Jacks Schoß setzte, um ihm Brust und Schultern zu massieren, fielen Lorenz fast die Augen aus dem Kopf.

»Wir beschränken uns selbst, indem wir lediglich unsere Geschlechtsorgane als erogene Zonen wahrnehmen«, dozierte sie währenddessen. »Dabei kann jede Stelle des Körpers zu einer erogenen Zone werden, wenn wir sie nur richtig stimulieren.« Sie variierte ihre Haltung, um mit ihren Fingerspitzen den Bereich unter dem Bauchnabel zu berühren.

Jack stöhnte jetzt deutlich hingebungsvoller.

Eibl beugte sich zu Lorenz herüber und raunte ihm zu: »Mit dem würdest du doch jetzt sicher gern tauschen, stimmt's?«

Der kindische Teil in Lorenz spielte tatsächlich eher mit dem Gedanken, das Zelt sofort zu verlassen, doch Neugierde und Lust hielten ihn am Platz. Und seine Folter ging unmittelbar in Runde zwei. Denn als Mila mit Jack fertig war, tauschten die beiden die Rollen. Während Jack sich den Sarong um die Hüften band, entkleidete sich Mila ohne jede Scham vollständig und legte sich auf den Bauch. Lorenz begann zu schwitzen. Auch die anderen anwesenden Männer rutschten unruhig auf ihren Plätzen hin und her oder starrten gebannt nach vorne. Lorenz war hin- und hergerissen zwischen der Bewunderung von Milas Schönheit und dem Drang, Jack an den blonden Locken aus dem Zelt zu schleifen und im Fluss zu ertränken.

Während dieser nun seinerseits begann, Milas Rücken über den nackten Hintern, an dem er Lorenz' Meinung nach viel zu lange verharrte, bis zu den Füßen zu massieren, erläuterte sie in aller Ruhe die Vorgehensweise, gab Tipps und machte Anmerkungen. Und natürlich kam irgendwann auch der Punkt, an dem Mila sich umdrehte, um mit Hilfe von Jacks Händen dem Publikum zu demonstrieren, wie man herrliche Frauenbrüste nach tantrischer Lehrart liebkoste.

»Danke, Jack, das genügt«, sagte Mila schließlich, richtete sich auf und band sich ihr weißes Tuch wieder um den Oberkörper. »Jetzt habt ihr die Gelegenheit, euch mit einem Partner zusammenzutun und das, was Jack und ich euch gerade gezeigt haben, selbst auszuprobieren. Wenn ihr euch gefunden habt, nehmt euch eine der Matten aus der Ecke, bedient euch an Öl und Federn und setzt euch im Meditationssitz gegenüber.«

Lorenz schwitzte plötzlich noch stärker, während ihm kalte Schauer über den Rücken krochen. Panisch sah er sich um. Links von ihm musste er mitansehen, wie sein Vater sich lächelnd zu Frau Gruber drehte. Rechts von ihm umarmten und küssten sich die Eibls. Zu seiner Erleichterung bemerkte er, dass auch einige Teilnehmer das Zelt verließen, und er beeilte sich, es ihnen gleichzutun. Doch als er aufstehen wollte, spürte er eine sanfte Berührung an der Schulter.

»Brauchst du noch eine Partnerin?«

Lorenz wandte sich um. Er hatte Mila ganz aus den Augen verloren, die jetzt hinter ihm stand und ihn anlächelte. Kurz erwog er, sie zu fragen, ob sie wirklich ihn meinte, wurde sich aber schnell bewusst, wie albern das gewirkt hätte. Sie meinte definitiv ihn. Steckte Maria Gruber etwa hinter der ganzen Sache? Er spähte zu seiner alten Freundin hinüber, die gerade damit beschäftigt war, sich auszuziehen. Da Lorenz nicht vorzeitig erblinden wollte, konzentrierte er sich schnell wieder auf Mila.

»Du musst nicht, wenn du nicht willst«, sagte sie. »Aber Angst brauchst du auch keine zu haben. Es wird dir gefallen, ich verspreche es.«

Nun. Was hatte er zu verlieren? Alles, antwortete das Ego. Nichts, widersprach das Bauchgefühl, trat dem Verstand vorsichtshalber in die Magengrube und flüsterte dann: Aber gewinnen kannst du.

»Okay«, sagte Lorenz zögernd. »Ich bin dabei.«

»Wunderbar!« Mila schien sich tatsächlich und wahrhaftig zu freuen. Leichtfüßig sprang sie zu den Matten, schnappte sich eine, dazu noch eine Feder und Öl, setzte sich im Schneidersitz vor Lorenz und lächelte ihn ermutigend an.

Aufgeregt nahm auch er wieder Platz, und der Gong ertönte erneut. Jack hatte ihn geschlagen.

»Lasst uns beginnen mit Ansehen den anderen in die Augen«, begann er in brüchigem Deutsch.

Lorenz versuchte, sich zu entspannen. Was nicht so leicht war mit einer wunderschönen, halb nackten Frau ihm gegenüber, die ihn mit ihren funkelnden Augen anstrahlte. Also gut, dachte er. Einfach nur in die Augen sehen. Sollte doch nicht so schwer sein.

Als er zu schielen begann, presste Mila kurz die Hand auf ihren Mund, um nicht loszulachen. »Schau nur auf ein Auge, dann klappt's«, flüsterte sie.

Er befolgte ihren Rat, und nach ein paar Minuten verlor er sich in ihrem sanften Blick und fiel in eine leichte Trance. Wie intensiv sich allein diese berührungslose Begegnung anfühlte!

Mit einem weiteren Gongschlag kündigte Jack den Beginn der Massage an. »Wählt nun bitte, wer soll beginnen«, sagte er.

»Ich will.« Mila lächelte. »Darf ich?«

»Natürlich«, antwortete Lorenz unsicher und beobachtete, wie sie sich auf den Bauch legte, den Knoten des Sarongs öffnete, indem sie die Hüften anhob, und das Tuch auf ihren Hintern hinunterschob, sodass sie Lorenz ihren Rücken nackt und frei präsentierte

»Nehmt zuerst Öl auf Hände, verreibt und beginnt dann mit Massieren die Schulter«, dozierte Jack.

Lorenz tauchte die Finger in die goldene Flüssigkeit, verteilte sie in seinen Handflächen und legte diese vorsichtig auf Milas Schulterblatt. Mila erschauerte wohlig unter der Berührung. Ihre Haut fühlte sich wunderbar an, weich und warm. Ein lockender Duft ging von ihr aus und stieg ihm in die Nase. Er arbeitete sich bis zu ihrem Steißbein vor und verharrte unschlüssig.

»Du darfst«, flüsterte sie.

Und er wollte auch. Lorenz zog den Sarong beiseite und entblößte Milas runden Apfelpo. Dann massierte er die beiden

Backen zunächst in großzügigen Kreisen, die nach und nach immer enger wurden. Wie zufällig berührte er mit seinen Händen dabei immer wieder die Rück- und Innenseiten ihrer Schenkel und erhaschte einen Blick auf ihr Geschlecht, das feucht und neugierig zwischen ihren Pobacken hervorspitzte. Mila stöhnte, und auch in Lorenz wuchs die Lust. Als Jack anordnete, dass jetzt Beine und Füße des Partners an der Reihe seien, war Lorenz fast froh, sich vom Epizentrum wieder etwas entfernen zu können.

Im Zelt herrschte mittlerweile eine knisternde Atmosphäre. Die meisten Anwesenden waren nackt, Hitze und das gelegentliche Stöhnen und Seufzen der Massierten hingen in der Luft wie das Summen sehr unanständiger Musen.

Als Mila sich schließlich umdrehte und er damit begann, ihren linken Arm zu behandeln, nestelte sie mit der rechten Hand an Lorenz' Jeans herum und fragte unschuldig: »Möchtest du die nicht ausziehen?«

Lorenz sah sich um und stellte überrascht fest, dass er als einer der wenigen noch vollständig bekleidet war. Rasch streifte er T-Shirt und Hose ab und ließ nur die Boxershorts an, die bereits eine deutlich sichtbare Ausbeulung aufwiesen. Nach dem zweiten Arm wandte er sich den Brüsten zu. Mila hatte die Augen geschlossen und lächelte erwartungsvoll. Lorenz tauchte seine Finger noch einmal in das Öl und ließ die Spitzen zärtlich über Milas kleinen, aber vollen Busen gleiten. Er liebkoste die harten Nippel so, wie Jack es zuvor bei ihr getan hatte, und ließ anschließend auch ihre Schultern und den Hals nicht aus. Er nahm sich viel Zeit und genoss es, den fremden Körper zu liebkosen.

Als Jack schließlich zum Tausch der Positionen aufrief, zitterte Lorenz vor Anspannung am ganzen Körper und legte sich auf den Bauch.

Mila verknotete ihren Sarong wieder und drapierte Lorenz' Tischdecke über seine Hüften. »Zieh deine Unterhose aus«, flüsterte sie ihm ins Ohr.

Er tat wie ihm geheißen und schloss die Augen. Ihre Berührungen waren professionell und sicher. Aus ihnen sprach Erfahrung, und Lorenz entspannte sich. Im Gegensatz zu ihm strich sie ihm immer wieder zärtlich mit der Feder über die elektrisierte

Haut. Schließlich musste auch er sich umdrehen, und zu Lorenz' großer Überraschung setzte sich Mila so, wie sie es zuvor bei Jack getan hatte, auf seinen Schoß.

»Geht's, oder bin ich zu schwer?«, fragte sie.

»Geht«, keuchte Lorenz und spürte im nächsten Moment ihre Hände auf seiner Brust. Sie musste seine Erektion deutlich fühlen. Mehr noch, er bildete sich ein, dass sie ihren Unterleib, von dem ihn nur der Stoff seines Tischtuchs trennte, langsam hin und her bewegte. Als er aufblickte und sie mit wippenden Brüsten auf sich sitzen sah, ermahnte sie ihn sofort, die Augen wieder zu schließen, und er gehorchte folgsam. Den Rest der Massage nahm Lorenz wie in einem wunderschönen, quälenden Traum wahr. Stück für Stück rutschte Mila auf seinen Beinen nach unten, er spürte, wie ihr nackter Hintern über seine Beine glitt, als sie sich mit den Händen seiner Hüfte näherte und die Tischdecke dabei immer wieder verrutschte und von ihr nachlässig zurück an Ort und Stelle gezogen wurde. Ohne dass sie ihre Geschlechtsteile berühren mussten, bereiteten sich die beiden eine Lust, die für Lorenz eine völlig neue Erfahrung darstellte. Und als es schließlich vorbei war und Mila sich auf ihn legte und ihren Kopf auf seine Schulter bettete, während Jack eine beruhigende Meditationsmusik laufen ließ, wünschte Lorenz sich, noch ewig in der Position bleiben zu können.

Was natürlich unmöglich war. Nach einiger Zeit erhob sich Mila vorsichtig, verknotete ihren Sarong wieder über der Brust und schlich vorsichtig zu Jack zurück.

Wenig später erhob sie die Stimme und verabschiedete die Teilnehmer des Workshops, nicht ohne sie alle zum anschließenden Ecstatic Dance einzuladen.

Vor dem Zelt atmete Lorenz ein paarmal tief durch und sog begierig die angenehm kühle Luft ein. Mittlerweile war es Nacht geworden. Jemand hatte ein Lagerfeuer entzündet, und die obligatorische Gitarre durfte natürlich auch nicht fehlen.* Doch noch

---

* Aus einem geheimnisvollen Grund ziehen Lagerfeuer *immer* Gitarristen an. Diese haben meist lange Haare, sind barfuß und spielen »Country Roads«. Zum Mitsingen fühlen sich immer jene Zuhörer animiert, deren Stimmen denen liebeswerbender, schwer erkälteter Amphibien ähneln.

sang niemand, und der Gitarrist mit der langen Zottelmähne mühte sich lediglich an einer unaufdringlichen und verträumten Melodie.

Lorenz gesellte sich zu den Eibls und versuchte dabei fieberhaft, die heftig turtelnde Maria Gruber zu übersehen, die mit seinem Vater im Schlepptau gerade im Schatten der Zelte verschwand. Er tauschte sich kurz mit seinem Freund aus, dann ließen sich die beiden Männer von Mona Eibl erklären, um was genau es sich beim Ecstatic Dance handelte.

»Jeder tanzt für sich zum Rhythmus der Musik. Es ist eine Art Meditation und macht süchtig, ihr werdet es lieben«, schwärmte sie und klatschte dabei aufgeregt in die Hände.

Lorenz war sich dessen noch nicht so sicher, aber wenn es bedeutete, dass er weitere Zeit mit Mila verbringen konnte, würde er eben auch tanzen. Wenn es denn sein musste, auch ekstatisch.

Schließlich sammelten sich die ersten Leute vor dem Zelt. Diesmal gab es keine Einführung oder Erklärung, stattdessen setzte plötzlich ein treibender Beat ein, untermalt von sphärischem Indianergesang. Die Musik dröhnte kraftvoll aus den Boxen und fuhr Lorenz sofort in die Glieder.

»Lass uns tanzen!«, rief Mona Eibl und zog ihren verzweifelten Mann hinter sich her ins Zelt.

Lorenz folgte ihnen wenig später.

Die anderen Tänzer hatten bereits begonnen. Die meisten davon waren junge Leute, attraktive Frauen und Männer, spärlich bekleidet, mit schwingenden Dreadlocks und behängt mit klirrendem Schmuck. Der gleichbleibende Takt der Musik hüpfte von Bewusstsein zu Bewusstsein, wackelte mit den Hüften und bewegte sich unkontrolliert, wild und zügellos. Manche tanzten selbstvergessen allein, andere eng umschlungen mit einem Partner.

Lorenz fühlte sich in den Rhythmus ein. Zunächst wippte er nur mit dem Kopf, dann bewegte er versuchsweise Hüfte und Beine und schließlich den ganzen Körper. Er wurde mitgerissen. Die Musik verwandelte sich in ein Indianer-Mantra, und die Leute tanzten und stampften, als wimmelte es auf dem Boden von Kakerlaken. Auch Lorenz hüpfte ausgelassen auf der Stelle. Er ließ sich von der Musik leiten und verlor sich in ihr. Vergessen waren seine Fälle, Franzi, seine Sorgen, Nöte und Probleme. Er war ganz bei sich, mehr, als er es je durch Meditation oder eine andere Entspannungsübung geschafft hatte. Als er wie aus einer Ahnung heraus die Augen für einen Moment öffnete, tauchten neben ihm Mila und Jack auf. Zu nah beieinander für Lorenz' Geschmack. Viel zu nah. Zuerst versuchte er, die beiden zu ignorieren, dann tanzte er sich an Mila heran und strich mit der Hand über ihre Hüfte. Sie hatte sich umgezogen, trug jetzt ein fast bodenlanges, trägerloses Sommerkleid, das bereits feucht von Schweiß war. Auch Lorenz standen die Tropfen schon auf der Stirn, doch das war ihm egal. Mila drückte sich an ihn und blickte ihm tief in die Augen, während sie weiter dem Takt der Musik folgte. Jack hatte verstanden und wandte sich einer anderen Frau zu.

Wie im Rausch, losgelöst von der Welt, tanzten sie vielleicht eine halbe Stunde, vielleicht auch länger, bis alle Fasern in Lorenz' Körper nach Wasser und einer Pause schrien.

Als er sich verschwitzt und glücklich mit einem Glas in der Hand vor dem Zelt auf einem Baumstamm niederließ, von dem aus man einen guten Blick auf die tanzende Menge hatte, fiel ihm plötzlich eine Gestalt ins Auge, deren Anwesenheit hier ihm so abwegig erschien wie die eines Veganers im Schlachthaus. Er musste sich geirrt haben, ganz sicher. Mila stand währenddessen ein paar Schritte entfernt von Lorenz und unterhielt sich mit zwei Frauen. Doch als er seinen Blick wieder Richtung Tanzfläche wandte, war *er* wieder da. Unmöglich. Er konnte es keinesfalls sein. Lorenz musste trotzdem nachsehen. Er stand auf, stellte das Glas zurück neben den Wasserspender und bahnte sich einen Weg durch die tanzenden und schwitzenden Leiber.

Er traute seinen eigenen Augen nicht. Vor ihm hampelte etwas unbeholfen, aber voller Enthusiasmus, tropfnass und mit glückseligem Grinsen im Gesicht sein Kollege Andreas Kerschl im Takt der Musik herum. Mit geschlossenen Augen hatte er Lorenz nicht kommen sehen, der jetzt vor ihm stand und ihn so verblüfft anglotzte, als handelte es sich bei dem fülligen Polizisten um ein glitzerndes, sternstaubniesendes Einhorn.

Kerschl war barfuß, trug eine bunte Flickenhose, die von einer

Kordel in Position gehalten wurde, dazu eine lilafarbene Weste und sonst ... nichts. Als ahnte er, dass er beobachtet wurde, öffnete er plötzlich ein Auge und ... erstarrte. Seine in Zeitlupe herunterklappende Kinnlade bewies: Er hatte ganz offensichtlich genauso wenig mit seinem Vorgesetzten an diesem Ort gerechnet wie andersherum.

»Aha!«, platzte es aus Lorenz heraus. Ein klügerer Kommentar war ihm nicht eingefallen. Doch dieses von Herzen kommende »Aha!« war das ehrliche Destillat seines aktuellen Gefühlszustands und stellte das Ergebnis dieses scheinbar immer verrückter werdenden Tages dar.

Und dann passierte etwas sehr Wunderliches, an das sich die beiden Männer später nur noch verlegen erinnern würden. Es mochte an der aufgeladenen Atmosphäre liegen, der besonderen Stimmung, an den im Gleichklang zum herrlichen Beat schlagenden Herzen der Menschen um sie herum. Vielleicht war es auch der Ort selbst, dem eine besondere Kraft innewohnte und der Menschen aus sich herausgehen ließ und ihr inneres Kind befreien konnte. Jedenfalls breitete Andreas Kerschl in diesem speziellen Moment die Arme aus, Lorenz tat es ihm gleich, und die beiden Männer umarmten sich mitten auf der Tanzfläche.

Lorenz kam als Erster wieder zu sich und wurde sich des feucht an ihm klebenden, grinsenden Kerschls bewusst. Er befreite sich aus dessen glitschigem Griff und deutete mit dem Kopf in Richtung Zeltausgang.

Kerschl nickte als Zeichen, dass er verstanden hatte.

Doch die nächste Überraschung folgte auf dem Fuß, in diesem Fall hatte sie rot lackierte Zehennägel und trug ein wuchtiges Zierband mit Glöckchen um den Knöchel. In Kerschls Fahrwasser befand sich tatsächlich eine Frau. Eine, die Lorenz auch noch kannte!

»Banju, stimmt's?« Lorenz reichte ihr vor dem Zelt die Hand.

Sie musterte ihn abschätzig und wandte sich dann mit fragendem Blick an Kerschl.

»Er ... ähm ... er ist in Ordnung«, stotterte der. »Einer von den Guten«, schob er hastig hinterher.

Banju schien das zu genügen. Sie zuckte mit den Schultern

und warf sich Lorenz an die Brust. Umarmungen waren hier wohl die gängige Art der Begrüßung.

Lorenz tätschelte Banju hilflos den Rücken, ehe er sie dezent von sich schob, was zur Folge hatte, dass sie sich sofort an Kerschl heftete, als wären die beiden besonders stark geladene Magnete.

»Hast du etwa die Fronten gewechselt?«, scherzte Lorenz.

Zu Kerschls Tanzschweiß gesellte sich nun noch jener der Verlegenheit. Er zerfloss quasi, was Banju allerdings nichts auszumachen schien. Vermutlich sah sie in dem gemütlichen Polizisten einen riesigen Teddybären. Einen sehr feuchten riesigen Teddybären.

»Ja, ähm, ich hab mir ein paar Tag freigenommen«, stammelte er. »Ich weiß, dass ihr mich eigentlich für die Ermittlungen gebraucht hättet, aber Banju, nun, ich, ähm, ich musste einfach …«

»Schon gut«, erlöste Lorenz ihn lachend und bewahrte seinen mit einem seltenen Moment grandioser Selbstüberschätzung gesegneten Kollegen damit vor weiterer Verlegenheit. Jede Polizeiinspektion überall auf der Welt besaß einen Kerschl. Einen Kollegen, der irgendwie immer schon da gewesen war, der durch seine Inkompetenz, Faulheit oder schlicht Gemütlichkeit irgendwo mittig auf der Karriereleiter hängen geblieben war und es sich dort bequem gemacht hatte. Auf Andreas Kerschl traf eine Mischung aller drei Komponenten zu, noch ergänzt durch eine ordentliche Portion Nettigkeit. Denn so nervig Kerschl auch sein mochte, man konnte ihn einfach nicht *nicht* mögen. Man konnte ihm jede unliebsame Aufgabe übertragen, Kerschl erledigte sie auf seine verträumt-chaotische Art. Stets langsamer als alle anderen und mit hoher Fehleranfälligkeit, aber er tat es, und das immer ohne Murren. Und als ganz normaler Streifenpolizist gehörte die Bearbeitung von Kriminalfällen sowieso nicht zu seinem Aufgabenbereich. Ihn darauf hinzuweisen brachte Lorenz allerdings beim besten Willen nicht übers Herz, zumal die Vorstellung von Kerschl mit einem weiblichen Wesen in ihm nach wie vor eine Faszination auslöste, die Forscher verspüren müssen, wenn sie das erste Mal eine seltene und als eremitisch geltende Lurchart beim Balztanz beobachten dürfen.

Deshalb antwortete Lorenz großzügig: »Schon gut, wir haben

alles unter Kontrolle. Und sollten wir deine Expertise brauchen, wissen wir ja jetzt, wo wir dich finden.« Es gelang ihm tatsächlich, die Worte ohne den geringsten Anflug von Ironie auszusprechen, und sie verfehlten ihre Wirkung nicht.

Kerschl lächelte erleichtert, und Banju klebte noch etwas dichter an ihm.

Später in jener Nacht, Lorenz hatte sich mit Mila noch einmal die Seele aus dem Leib getanzt und hockte nun zufrieden erschöpft am Lagerfeuer, fühlte er sich zum ersten Mal seit langer Zeit wieder richtig frei.

Maria Gruber war mit ihrem Verehrer in Person seines Vaters längst verschwunden und vertiefte wahrscheinlich gerade rheumafreundlich die neu erlernten Tantra-Kenntnisse. Wohin Kerschl und seine Banju sich verzogen hatten, wollte er ebenfalls besser nicht wissen. Die Eibls kuschelten wie ein frisch verliebtes Pärchen auf der anderen Seite des prasselnden Feuers. Mona hatte ihren Mann mehrmals gebeten, doch heute Nacht bei ihr im Zelt zu schlafen, doch der Kurdirektor war hart geblieben. Er müsse trotz Feiertag unbedingt zeitig im Büro sein, in dem es, wie er nochmals betonte, drunter und drüber gehe. Lorenz war ihm dafür insgeheim dankbar, denn sonst hätte er sich ernsthaft Gedanken darüber machen müssen, wie er die Nacht im Jenbachtal-Camp verbringen würde. Vielleicht hätte er Mila einfach fragen sollen, ob er bei ihr übernachten konnte. Doch sie hatte keine Andeutung in diese Richtung gemacht, zumindest redete er sich das ein, und natürlich fehlte ihm auch der Mut zu fragen. Außerdem war das hier, so sonderbar und ungewöhnlich es sich auch gestaltet haben mochte, ihr allererstes Date gewesen.

»Sehen wir uns morgen Abend wieder?«, fragte sie plötzlich schüchtern und strich ihm dabei mit der Hand über die immer noch nackte Brust.

Alle sich bereits im Ruhemodus befindlichen Lebensgeister Lorenz' erwachten augenblicklich wieder zu neuem Leben, und sein Puls beschleunigte sich vor Freude. So lange, bis ihn die herbe Erkenntnis traf, welchem noch zu bringenden Opfer er zu verdanken hatte, heute überhaupt hier zu sein. Er sank wieder in sich zusammen.

»Geht leider nicht«, murmelte er. »Ich muss morgen Abend aufs Gautrachtenfest. Kesselfleischessen. Das war der Deal, damit mir meine Chefin den Fall hier übertragen hat.«

»Den Fall?«, fragte Mila argwöhnisch.

»Die Gemeinde Feilnbach möchte euer Camp räumen lassen. Weil ihr nicht schicklich genug seid für das Gautrachtenfest. Ich habe mich gemeldet und gesagt, dass ich mich um euch kümmern und nach dem Rechten sehen werde. Im Gegenzug dafür hat mir meine Chefin das Versprechen abgenommen, an ihrer statt die Polizei am Sonntagabend zu vertreten.«

Mila starrte lange nachdenklich schweigend ins Feuer. Schatten tanzten über ihr schönes Gesicht und malten ein feuriges Aquarell. Von allen möglichen Antworten, die sie hätte geben können, hatte Lorenz die, die sie ihm tatsächlich gab, am wenigsten erwartet: »Hast du schon eine Begleitung?«

Kurz war er sprachlos. »Du willst nicht wirklich zum Kesselfleischessen des Gautrachtenfestes mit mir gehen, glaub mir. Hast du auch nur den Hauch einer Ahnung, was dich dort erwartet?«, fragte er entgeistert.

»Nein, aber ich bin immer offen für neue Erfahrungen«, erwiderte Mila schmunzelnd. »Außerdem wäre das nur gerecht, schließlich hast du dich heute auch mir zuliebe in unbekannte Gefilde vorgewagt.«

»Aber«, protestierte Lorenz, doch es gelang ihm nicht wirklich, überzeugend zu wirken. Und eigentlich fand er Milas Vorschlag sogar ziemlich reizvoll.

»Ach, halt die Klappe«, verkündete sie. »Ich hab mich sowieso längst entschieden: Ich komme mit. Und jetzt küss mich endlich, verdammt noch mal.«

Der Kesselfleisch-Sonntag

Als Lorenz am Abend auf den Jenbachtal-Parkplatz einbog, wartete Mila bereits auf ihn. Einmal mehr stockte ihm der Atem, denn er erkannte die schöne Tantrikerin kaum wieder. Sie steckte in einem hellroten Dirndlkleid, das ihr wie auf den Leib geschneidert war.

»Leider sitzt es so gut, dass darunter kein Platz mehr für Unterwäsche war«, hauchte sie ihm ins Ohr, nachdem er die Passform des Dirndls bewundernd angemerkt hatte.

Das Kleid reichte ihr übers Knie und wurde von einer weißen Bluse mit Carmen-Ausschnitt und einer dunkelgrünen Schürze komplettiert. Ihre Haare hatte sich Mila locker hochgesteckt.

»Die Schuhe nerven«, beschwerte sie sich, als Lorenz den Wagen startete. »Aber barfuß käme wahrscheinlich nicht so gut an?«

»Wo hast du das überhaupt her? Schleppst du etwa immer ein Trachtenoutfit mir dir herum?«, fragte Lorenz.

»Nein, sicher nicht«, antwortete Mila lachend. »Das hat mir eine Workshop-Teilnehmerin geliehen. Ist sonst nicht unbedingt mein Stil, wie dir vielleicht aufgefallen ist. Da siehst du mal, was ich für dich alles auf mich nehme. Schicke Hose, übrigens. Und schicker Mann.« Sie strich mit der Hand über Lorenz' Lederhose und kam dabei seinem Schritt gefährlich nahe.

»Ich habe plötzlich gar keine Lust mehr auf dieses blöde Bierzelt«, ächzte Lorenz und zupfte an seiner plötzlich engen Hose herum.

»Nichts da, wir gehen jetzt da hin. Wo ich mich schon extra in Schale geworfen habe«, beharrte Mila.

Bis zur Eskalation verlief der Abend recht gewöhnlich und harmonisch. Lorenz erntete mit Mila an der Seite viele bewundernde wie auch abschätzige Blicke, was jedoch keinen der beiden störte. Eine Frau wie Mila mit ihren Tattoos, ihrem exotischen Look und dem im Vergleich farbenfrohen Dirndl fiel in solch einer

Umgebung nun mal auf. Und Lorenz hatte es dank der beiden gelösten Fälle zu einer gewissen zweifelhaften Berühmtheit in Bad Feilnbach gebracht. Zusammen mit den Eibls residierten sie in der VIP-Box und hatten von dort einen passablen Blick auf das urtümliche Spektakel, das ein bayrisches Kesselfleischessen für gewöhnlich bot. Beim Kesselfleisch handelt es sich um eine sehr spezielle bayrische Delikatesse. Bauch- und Kopffleisch nebst Innereien vom Schwein werden so lange in einem Kochtopf gegart, bis das Fleisch an etwas erinnert, das schon sehr lange tot ist und sich im fortgeschrittenen Verwesungszustand befindet.

Was die dargebotene Folklore anbelangte, ließ sich das Gaufest nicht lumpen und fuhr ausschließlich große Kaliber auf. Von der musikalischen Untermalung durch eine Spezialcombo der Feilnbacher und der Auer Musikkapelle über Auftritte der örtlichen Plattler-Gruppen bis hin zu einer Vorstellung der Feilnbacher Walküren, einem regional überaus beliebten Trio singender Frauen mit satirischem Liedgut, war alles dabei. Für einen Außenstehenden war das alles trotzdem schwer zu ertragen, weshalb Lorenz außerordentlich froh über Milas überaus unorthodoxen Vorschlag war.

»Ich brauche eine Pause«, flüsterte sie ihm ins Ohr. »Lass uns draußen was rauchen, sonst halte ich nicht länger durch.«

»Ich werde dich jetzt nicht fragen, woher du das Zeug hast«, sagte Lorenz ein paar Minuten später, als die beiden in der lauen Frühsommernacht auf einer Bank an einem Feldweg abseits des Zeltplatzes saßen und Mila mit geschickten Handgriffen einen Joint baute. Sie hatte die unbequemen Sandaletten abgestreift und ihre Beine über Lorenz' Schoß gelegt.

»Du wirst es nicht glauben, aber angeblich ist das Zeug von hier aus Bad Feilnbach. Überraschend gute Qualität«, antwortete sie geistesabwesend.

»Es gibt einheimisches Gras?« Lorenz war plötzlich hellwach und aufmerksam. Eine Ahnung klopfte an seinen Hinterkopf und begehrte Einlass.

»Angeblich«, erwiderte Mila und kramte ein Feuerzeug aus ihrer Tasche, mit dem sie den Joint anzündete. »Das hat im Lager die Runde gemacht. Ich glaube, mich entsinnen zu können, dass die Rede von diesem neuen Hanfladen war. Drehst du mir jetzt durch, oder rauchst du mit?« Sie nahm einen tiefen Atemzug, blies den Rauch aus und zog noch einmal an dem Joint, ehe sie ihn Lorenz reichte. »Da, Herr Polizist.«

Lorenz hatte schon lange kein Marihuana mehr konsumiert. Das letzte Mal schien eine Ewigkeit her zu sein. Bilder von Indien, Bali, Sri Lanka und anderen Stationen seiner Reisen stiegen in ihm auf. Es fühlte sich an, als wäre das in einem anderen Leben gewesen, in einer anderen Zeit. Seufzend genehmigte er sich einen weiteren tiefen Zug. Er sog den Rauch in die Mundhöhle, schluckte ihn mit einem Atemzug hinunter und ließ dem Qualm Zeit, sich in seinen Lungen auszubreiten, ehe er ausatmete und ihn in den dunklen Nachthimmel blies. Mila hatte ihren Kopf an seine Schulter gelegt. Vorsichtshalber machte er noch einen dritten Zug, bevor er die Zigarette seiner Begleiterin zurückgab. Der Hanf wirkte erstaunlich schnell. Ein wohlig-betäubender Nebel zog in Lorenz' Hirn auf, vergleichbar mit dem eines Alkoholrausches. Alles wurde ganz leicht, und er fühlte, wie Stück für Stück die Schwere und der Panzer um ihn herum abfielen. Die Nacht war perfekt. Ein heller Dreiviertelmond strahlte von einem sternenklaren Himmel herab und tauchte das Land in silbriges Licht. Es reflektierte auf dem Meer aus parkenden Autos und ließ die weißen Dächer der drei Festzelte leuchten. Die Silhouette des Wendelsteins hob sich deutlich vom dunkelblauen Himmel ab. Die ferne Blasmusik vermischte sich mit den Geräuschen der Nacht. Eine Grille zirpte, ein verschlafener Vogel trillerte ein Gutenachtlied. Lorenz und Mila schwiegen in trauter Zweisamkeit und rauchten den Joint zu Ende. Lorenz' Kopf fühlte sich an, als wäre er mit Watte gefüllt und sein Gehirn darin eingepackt.

»Lorenz?«, murmelte Mila.

»Hmmm?«, machte er.

»Mir ist, als würden wir uns schon ewig kennen.«

Anstelle einer Antwort zog Lorenz sie ganz auf seinen Schoß, nahm ihr Gesicht in beide Hände, sah ihr lange und tief in die Augen und küsste sie. Kurze Momente wurden zur Ewigkeit, und ein prickelndes Feuerwerk breitete sich von Lorenz' Herz in seinem gesamten Körper aus. Ihre Küsse wurden leidenschaftlicher, Lorenz konnte nicht anders, als seine Hände auf Entdeckungsreise zu schicken. Sie glitten über Milas Rücken zu ihrem Hintern, weiter ihre Schenkel hinab, bis sie den Saum des Dirndlkleides fanden und ihn hochschoben.

»Du trägst ja tatsächlich kein Höschen«, stellte er atemlos zwischen zwei Küssen fest, und in Milas Augen leuchteten die Sünden der Engel.

Sie nestelte an den Knöpfen seiner Lederhose herum, öffnete die Klappe und gurrte erfreut, als sie darin etwas bereits sehr Hartes vorfand.

Als Mila ein wenig nach vorne rutschte, um ihren feuchten Schritt gegen Lorenz' Erektion zu drücken, suchte und fand dieser den Reißverschluss an der linken Seite des Dirndls, öffnete ihn und tauchte mit seinen Händen unter das Kleid, bis er ihre Brüste entdeckte. »Und auch keinen BH«, keuchte er. »Was, wenn uns hier jemand sieht?«

»Scheiß drauf«, stöhnte Mila, griff zwischen ihre Beine und führte sich Lorenz ein.

Lorenz entfuhr ein langer Seufzer, als er spürte, wie sie ihn ganz in sich aufnahm und begann, ihre Hüften auf ihm kreisen zu lassen.

Während sie ihn weiterküsste, knöpfte sie ihm das Trachtenhemd auf und krallte ihre Finger in seine nackte Brust. »Oh Gott«, entfuhr es ihr, als Lorenz als Antwort wieder ihren Hintern packte und sie tief auf seinen Schoß drückte.

»Ich weiß nicht, ob ich das lange aushalte«, ächzte er.

»Egal, mach weiter!«

»Aber die Energie, das Tantra«, stöhnte Lorenz, während Mila ihren Oberkörper zurückwarf und er dadurch eine famose Sicht auf ihre wippenden Brüste hatte.

»Ich kümmere mich schon um deine Energie«, keuchte sie und beschleunigte ihr Tempo.

Am Ende hätte Lorenz nicht sagen können, wie lange sie sich so miteinander vereint auf der Bank geliebt hatten. Mila war schließlich in einem gewaltigen Orgasmus explodiert und hatte ihn schlicht mitgerissen. Erst als sie schwer atmend auf seiner

Brust zusammensank und sich zitternd an ihn klammerte, fand er allmählich in die Realität zurück.

»Sex, wenn man high ist, ist genial«, dozierte er schwach.

»Ich glaube nicht, dass das bei uns am Gras liegt«, seufzte Mila und drückte ihm einen Kuss auf die Lippen. »Meinst du, die da drin vermissen uns schon?«, fragte sie unschuldig, während sie von ihm herunterrutschte und den Reißverschluss ihres Dirndls schloss.

Auch Lorenz zog sich wieder an, nahm Mila in den Arm, und gemeinsam schlenderten sie leicht schwankend zurück zum Festzelt.

Dort angekommen versuchte Lorenz, den Nebel der Benommenheit, den der Joint hinterlassen hatte, abzuschütteln. Was herrschte denn hier plötzlich für eine aufgeheizte Stimmung? An ihrem Tisch war Eibl schon in heller Aufregung.

»Jetzt geht's gleich los«, prophezeite er und lenkte Lorenz' Aufmerksamkeit auf einen Tumult am anderen Ende der Brauereiboxen. Ein fülliger Mann in voller Trachtenmontur war mit hochrotem Kopf aufgesprungen und beschimpfte Franz Hirnsteiger, der ebenfalls stand, als Heuchler.

»Vornerum tust immer so unparteiisch, aber insgeheim bist du a ganz linke Bazille!«, schrie er so laut, dass er sogar den Lärm im Zelt nebst Blaskapelle übertönte.

»Was geht denn hier ab?«, fragte Lorenz verwundert, als er und Mila sich wieder gesetzt hatten.

Bernhard Eibl musterte die beiden mit einem flüchtigen Blick. »Wo warts ihr eigentlich? Und warum habt ihr beide so rote Augen?«

In diesem Moment schubste der dicke Mann Hirnsteiger, der daraufhin rückwärts auf die Biertischgarnitur hinter ihm krachte und sie mitsamt den anderen Sitzenden, den Bierkrügen, Flaschen und dem Geschirr umriss. Bewegung kam in die Menge, nahezu jeder in den Boxen sprang auf oder reckte den Hals, und auch Lorenz und Eibl schnellten von ihren Plätzen hoch und bahnten sich einen Weg zum Herd der Schlägerei. Augenscheinlich wahllos fielen immer mehr Männer übereinander her und prügelten schreiend aufeinander ein. Ein junger Mann sprang auf einen Biertisch und plärrte sich die Seele aus dem Leib. Lorenz konnte ihn aufgrund des Krawalls nicht genau verstehen, aber offensichtlich versuchte er, den Streit verbal zu schlichten und den Prügelnden ins Gewissen zu reden. Vergebene Liebesmüh, dachte Lorenz. Die Situation war bereits heillos eskaliert, und bei den aufeinander einschlagenden Männern hatte längst ihr Reptiliengehirn die Kontrolle übernommen.

Lorenz musste entsetzt mit ansehen, wie der junge Mann vom Tisch geschubst wurde, mit dem Kopf hart auf eine Bierbank knallte und regungslos auf dem Boden liegen blieb. Verzweifelt versuchte er, sich zu dem Verunglückten durchzuschieben, aber plötzlich stürmte jemand, Lorenz erkannte in ihm Justus Schwinder, auf ihn zu und schrie dabei wie am Spieß. Die Wucht des Zusammenpralls riss beide Männer zu Boden, und Justus Schwinders Ellbogen bohrte sich schmerzhaft in Lorenz' Niere. Reflexartig übernahmen Lorenz' Instinkte das Ruder, und er zog sein Knie Richtung Körper und damit mitten in das Gemächt seines Gegners. Vorsichtshalber schlug er diesem noch mit der flachen Hand aufs Ohr, sodass der Angreifer stöhnend von ihm abließ. Als Lorenz sich aufrappelte, war endlich auch der Sicherheitsdienst des Festzeltes eingetroffen und mischte kräftig mit.

Neben Lorenz versuchte Bernhard Eibl, zwei ineinander verkeilte Streithähne zu trennen, die sich gegenseitig bespuckten und mit Fingernägeln traktierten. Kurioserweise spielte die Blaskapelle noch immer, als ob nichts geschehen wäre, was der ohnehin schon verrückten Szenerie einen noch skurrileren Anstrich gab. Das menschliche Knäuel wurde immer größer, und auch die Zahl der Zuschauer nahm zu. Ein paar Betrunkene feuerten die Kämpfer an, einer warf einen halb vollen Maßkrug auf zwei am Boden Rangelnde und traf einen davon an der Schulter. Ein Sicherheitsmann stürzte sich sofort auf den Delinquenten und riss ihn zu Boden.

Lorenz drehte sich hektisch um die eigene Achse und hielt nach Mila Ausschau. Die Wirkung des Cannabis war zwar größtenteils verpufft, trotzdem verlor er bei der Drehung fast das Gleichgewicht, sodass er gegen Eibl taumelte, der ihn geistesgegenwärtig auffing.

»Du blutest!«, rief der Kurdirektor entsetzt.

Endlich erspähte Lorenz Mila. Sie kümmerte sich ein paar Meter entfernt um einen sich auf den Holzdielen krümmenden Mann, schien sich aber selbst nicht in unmittelbarer Gefahr zu befinden. Nach und nach gelang es den Sicherheitskräften, die wütenden Männer und Frauen zu trennen.

Lorenz setzte sich vorsichtig auf den Boden und betastete seine Schläfe und Augenbraue. Das Blut stammte aus einem Schnitt über dem Auge. Nichts Dramatisches, das versicherte er auch Mila, die neben ihm aufgetaucht war und die Wunde untersuchte.

Das erste Martinshorn gehörte dem Bad Feilnbacher First Responder, dessen Personal sich sofort dem jungen Mann widmete, der vom Biertisch geschubst worden war. Etwas später folgten mehrere Kranken- wie auch zwei Streifenwagen, deren Besatzung unter anderem Lallinger angehörte.

Mila bestand darauf, dass Lorenz sich seinen Schnitt verarzten ließ. Nachdem er ihrem Wunsch nachgekommen war, beschloss er, dass er auch gleich ein paar Fragen stellen konnte, wenn er schon mal hier war. Er entdeckte Oberwachtmeister Stefan Lallinger neben einem ihm unbekannten Kollegen am Haupteingang des Festzelts, wo er mit einer Frau sprach. Er gesellte sich dazu und warf ein »Guten Abend!« in die Runde, was Lallinger mit einem erstaunen Augenbrauenheben quittierte. Offenbar hatte er Lorenz bis jetzt nicht wahrgenommen.

»Der Schwinder hat dem Dorn Julian das Weißbierglas auf den Hinterkopf gedroschen«, sagte die Frau gerade. Sie war etwa Ende fünfzig und mit einem schmucklosen Leinendirndl bekleidet. Ihre grauen Haare trug sie als strengen Dutt auf dem Hinterkopf, und ihr verhärmtes Gesicht war von tiefen Falten durchzogen.

»Geht's dir gut?«, wollte Lallinger wissen und nickte mit dem Kinn in Richtung Pflaster, das über Lorenz' Braue klebte.

»Passt schon«, kommentierte Lorenz. »Mach nur weiter.«

»Frau Eder, am besten erzählen Sie meinem Kollegen von der Kriminalpolizei, Hauptkommissar Hölzl, die Geschichte noch mal von vorne«, sagte Lallinger.

Aus den Augenwinkeln beobachtete Lorenz, wie die zaundürre Gestalt seines Kollegen sich entspannte, als er die Last der Ermittlung von seinen schmalen Schultern genommen wähnte.

»Der Breyer hat den Hirnsteiger Franzl dumm angemacht und als Heuchler beschimpft. So ging's los«, wiederholte Frau Eder. Mittlerweile hatten sich weitere Schaulustige und Augenzeugen eingefunden, in manchen Fällen handelte es sich dabei um ein und dieselbe Person. Lorenz schickte niemanden fort, sondern profitierte von der Dynamik der kleinen Gruppe, die sich den Polizisten gegenüber zu profilieren versuchte und sich gegenseitig Informationen entlockte. So erfuhr er, dass es sich bei dem dicken Trachtler, der den Hirnsteiger geschubst hatte, um Heronimus Breyer, einen siebenundfünfzigjährigen Landwirt mit recht zweifelhaftem Ruf, handelte. Breyer galt als militanter Gegner der konventionellen Landwirtschaft und eckte mit seiner Einstellung bei seinen Kollegen immer wieder an.

Auf Lorenz' Nachfrage, worum es sich bei dieser handle, erläuterte ihm Lallinger, der sich mit diesem Thema überraschend gut auskannte: »Bei der konventionellen Landwirtschaft darf der Landwirt Hilfsmittel wie Kunstdünger, Pestizide und Medikamente einsetzen, um seinen Ertrag zu erhöhen. Zudem füttern die mit Kraftfutter und Maissilage zu, um eine höhere Milchleistung ihrer Kühe zu erzielen. Des Gegenteil wäre ein ökologischer Betrieb.«

»Also ein Biobauer«, schlussfolgerte Lorenz. Die Stimmung unter den Landwirten, die ohnehin schon munter vor sich hin geschwelt und nun dank des Hanfprojekts einen neuen Siedepunkt erreicht hatte, hatte heute Abend scheinbar endlich ein Ventil gefunden.

»Irgendwann ist dann der Sensenknecht Maschte auf den Tisch gesprungen und hat versucht, die Leute zu beruhigen«, nuschelte ein untersetzter Greis. »Die Musikkapelle hat grad den Tölzer Schützenmarsch gespielt, das hat recht gut dazu gepasst.«

Martin Sensenknecht lag jetzt in einem der Krankenwagen und wurde an seiner Platzwunde behandelt, die vom Sturz von ebenjenem Tisch herrührte, von dem aus er den Tumult hatte schlichten wollen. Sein Schicksal rührte Frau Eder sehr, denn erst vor Kurzem war Sensenknechts Vater ins Mähwerk eines Traktors geraten, und der Junge musste seither zusammen mit seiner Mutter den großen Familienhof allein bewirtschaften. Wenn er nun aber auch noch ausfallen würde … Frau Eder hatte an dieser Stelle nur bedeutungsschwanger mit den Augen gerollt.*

Alles in allem schien es, als ob bei den Landwirten eine wichtige Sicherung durchgebrannt wäre. Sie waren aufeinander losgegangen, als hätten sich zwei verfeindete Affenrudel zufällig am heiligen Bananenbaum getroffen.

»Die Schwinders haben's richtig übertrieben«, führte die alte Frau weiter aus, »und haben sich auf die Seite vom Hirnsteiger geschlagen. Besonders die Schwinderin ist völlig ausgerastet. Ich mein, dass die nimmer ganz rundläuft, hat man sich hinter vorgehaltener Hand schon erzählt, wenn Sie wissen, was ich meine, Herr Kommissar. Aber was die alles herausgeschrien hat, mein Gott, als wäre die besessen.«

Der Schwinder. Was wohl in den gefahren war, dass er Lorenz so angefallen hatte? Die Schwinders hatte er bereits kennengelernt. Sie waren die Ersten gewesen, bei denen der Feuerteufel zugeschlagen hatte. Ein stockkonservatives Ehepaar, obwohl beide erst Ende dreißig, engagiert in Kirche und Trachtenverein und überraschenderweise Befürworter des Marihuana-Anbaus. Frau Gruber hatte Lorenz erzählt, dass die Schwinders hoch verschuldet seien. Da die abgebrannte Maschinenhalle gut versichert war, wäre es also theoretisch auch möglich, dass Justus Schwinder sie selbst angezündet hatte. Dagegen sprach allerdings der Umstand, dass sich der fünfzehnjährige und einzige Sohn des Ehepaars beim Versuch, einen Traktor vor den Flammen zu retten, verletzt und verbrannt hatte. Abgesehen davon empfand Lorenz das Ehepaar Schwinder als höchst unangenehme Zeitgenossen. Die beiden dachten und benahmen sich, als entstammten sie dem vorletzten Jahrhundert, und verteufelten alles Moderne und ihnen Unbekannte. Nur nicht den Hanfanbau. Hinter dem

---

* Später erfuhr Lorenz, dass Sensenknecht senior sich lediglich den Knöchel verstaucht hatte, als er bei der Wartung des Mähwerks über einen Wagenheber gestolpert war. Bad Feilnbachs Buschtrommeln funktionierten in erster Linie schnell und waren nur in zweiter auf akkurate Nachrichtenweitergabe bedacht.

standen sie, als handelte es sich bei ihm um den heiligen Gral der Bauern, was für Lorenz verständlich war, wenn er sich wieder Frau Grubers Theorie vor Augen führte.

Er blickte sich um. Die meisten Tische und Bänke waren entweder umgestoßen oder zerstört worden. Dazwischen lagen Scherben von Gläsern und Tellern, alles war nass und schmutzig. Vereinzelt standen Gruppen von Menschen zusammen und tuschelten leise, ein paar überforderte Sicherheitskräfte versuchten, das Zelt zu räumen. Offenbar hatte sich die Festleitung angesichts der ohnehin vorgerückten Stunde entschlossen, den Laden lieber gleich dichtzumachen. Nun, für Lorenz gab es eigentlich nichts mehr zu tun. Außer sich um Mila zu kümmern, die inmitten dieses Chaos verloren und sehr beschützenswert wirkte.

»Lass uns nach Hause fahren«, flüsterte sie ihm ins Ohr, als er sie in den Arm nahm.

Wie sich herausstellte, meinte sie damit nicht *ihr* Zuhause.

Der Montag nach der Schlägerei auf dem Gautrachtenfest

Lorenz saß auf der Hausbank und genoss die Morgensonne. Ein herrlicher Tag kündigte sich an, und die kühle Brise, die jetzt noch vom Berg herabmäanderte, würde sich schon bald in frühsommerliche Hitze verwandeln. Seine Gedanken nutzten den Moment der Unachtsamkeit, um einmal mehr zur letzten Nacht abzuschweifen. Die Schlägerei im Bierzelt war dabei nur ein unbedeutendes Randkapitel. Er hatte Mila bereits bei Sonnenaufgang zurück ins Jenbachtal gefahren, weil sie Workshops geben musste. Ihr Duft hing ihm immer noch in der Nase.

Seltsam. Er konnte sich nicht entsinnen, dass er sich je zuvor schon mal an den Geruch einer Frau erinnert hatte. An eine Melodie, eine Berührung, einen Geschmack, das ja. Aber wie jemand duftete? Doch er roch Mila ganz deutlich, wenn er die Augen schloss. Dann war es wieder, als würde er ihren Nacken küssen und ihr Haar sein Gesicht kitzeln. Sie nahm den gesamten Raum in seinen Gedanken ein, was ihn ungewohnt fröhlich stimmte.

So fand ihn schließlich auch von Hohenfels vor. Er war gerade seinem Wagen entstiegen und schnaufte mit zwei gewaltigen Papiertüten der örtlichen Bäckerei in den Händen auf Lorenz zu.

»Kommt noch wer?«, fragte Lorenz argwöhnisch.

»Dir auch einen guten Morgen«, erwiderte von Hohenfels. »Ich dacht, ich nehm uns ein paar mehr mit, und wir schmieren uns Semmeln für unterwegs.« Das gesagt, verschwand er in der Küche.

Lorenz hatte schon die Kaffeemaschine angeworfen und zwei Teller, Butter und Marmelade auf ein Tablett geladen, das nun vor ihm auf dem Tisch stand und wartete.

Von Hohenfels genügte das natürlich nicht, und nachdem Lorenz ihn ein paar Minuten in der Küche hatte rumoren hören, kam er mit einem zweiten Tablett wieder heraus, auf dem sich neben dem in einem Körbchen duftenden Gebäck auch noch ein Teller mit Wurst und verschiedenen Käsesorten, Joghurt und sogar aufgeschnittenes Obst befanden. Und natürlich das unvermeidliche Schmalzgebäck, ohne das von Hohenfels offensichtlich keine Mahlzeit abschließen konnte.

»Die Blümchen hast du noch vergessen«, sagte Lorenz und schnappte sich eine Vollkornsemmel.

»Dafür bist du mir ned hübsch genug«, brummte von Hohenfels und belud seinen Teller.

Eine Zeit lang schwiegen die beiden Männer, ehe von Hohenfels sich seine dritte Tasse Kaffee eingoss und fragte: »Muss ich es dir aus der Nase ziehen, oder erzählst mir freiwillig von heute Nacht?«

»Was meinst du?«, fragte Lorenz erschrocken, ehe er sich entsann, dass von Hohenfels sicherlich nicht von seiner Liebesnacht sprach, sondern von dem Polizeieinsatz beim Gautrachtenfest. Also gab er ihm einen kurzen Abriss der Ereignisse rund um die Bierzeltschlägerei.

»Und der Typ hat dich einfach angesprungen? Warum?« Dieser Part der Geschichte schien von Hohenfels besonders zu beeindrucken.

»Gefällt dir die Vorstellung, dass ich eine Abreibung bekommen habe?«, wollte Lorenz wissen.

Von Hohenfels schien ehrlich brüskiert. Dann musterte er Lorenz von oben bis unten und antwortete wider seine Gestik: »Aber du hast doch gar keine bekommen, oder?«

»Erwischt hat er mich schon, aber er war ziemlich betrunken«, antwortete Lorenz. »Jetzt nüchtert er erst mal in einer Zelle aus, und dann schauen wir weiter.« Er trank einen Schluck Kaffee und dachte nach.

Von Hohenfels beobachtete ihn, wohl wissend, dass es nicht ratsam war, seinen Kollegen in einer solchen Phase zu unterbrechen.

»Jedenfalls stehen auf unserer Liste jetzt ein paar neue Namen von Personen, denen wir einen Besuch abstatten sollten«, sagte Lorenz schließlich. »Dieser Breyer scheint mir interessant. Und auch der Dorn Julian, dieser Hanfladenbesitzer.«

Von Hohenfels schien plötzlich etwas eingefallen zu sein. »Willst was Lustiges sehen?«, fragte er aufgeregt und fingerte, ohne Lorenz' Antwort abzuwarten, sein Smartphone aus der Jackentasche. Er wischte mit den Fingern darauf herum und schob es dann Lorenz hin. »Des is so leiwand!«

Ein Schmunzeln erschien auf Lorenz' Gesicht. »Hast du das heute gemacht?«, fragte er und hielt sich das Handy vor die Nase, um die Fotografie besser erkennen zu können.

»Ja, grad noch rechtzeitig. Die Leute vom Bauhof waren schon angerückt, um den Vandalismus zu beseitigen. Des muss heut Nacht passiert sein.«

Irgendein Scherzkeks hatte den beiden überlebensgroßen Stroh-Trachtlern auf dem Kreisverkehr am Ortseingang jeweils einen Joint zwischen die wulstigen Lippen gesteckt und die zuvor aus schlichten schwarzen Kreisen bestehenden Augen durch solche ersetzt, die den Figuren einen entrückten Gesichtsausdruck verliehen. Die Zigaretten sahen aus, als bestünden sie aus zusammengerollter weißer Siloplane, ihre Form ließ keinen Zweifel daran, was sie darstellen sollten. Für kurze Zeit waren die Besucher Feilnbachs also von zwei bekifften Riesentrachtlern begrüßt worden.

»Das wird nicht ohne Konsequenzen bleiben.« Lorenz gab von Hohenfels sein Handy zurück. »Aber wir können ja mal den Ranzner fragen, ob er darüber lachen kann.«

In diesem Moment hörten sie das Knattern eines Motors, der sich die Auffahrt zu Frau Grubers Hof heraufquälte.

»Kommt doch noch jemand zu unserem umfangreichen Frühstück?«, spekulierte Lorenz.

Von Hohenfels, der mit dem Rücken zum Hof saß, drehte sich um, und gemeinsam beobachteten sie, wie eine schwarze Limousine sich langsam dem Haus näherte. Von Hohenfels zuckte mit den Schultern. »Also, ich hab keinen eingeladen«, sagte er ernst.

Der Wagen hielt vor dem Gartentor, und jemand kurbelte das Beifahrerfenster herunter. Zum Vorschein kam das ziemlich große Objektiv einer Fotokamera, die ein dunkel gekleideter Mann mit Sonnenbrille in der Hand hielt, der mehrmals auf den Auslöser drückte.

»Was zum …«, entfuhr es Lorenz, und er sprang auf. »He,

Sie!«, brüllte er, während er über den Rasen auf das Auto zulief. »Hören Sie sofort auf!«

Als die beiden Männer den wütenden Lorenz auf sich zustürmen sahen, verspürte ganz offensichtlich keiner von ihnen das Bedürfnis, die Situation durch ein klärendes Gespräch zu lösen. Stattdessen trat der Fahrer aufs Gaspedal, Kies spritzte, und der Wagen bretterte in einer aufstiebenden grauen Staubwolke von dannen.

Schwer atmend kam Lorenz am Gartenzaun zum Stehen und wähnte sich in einem schlechten Film. Er drehte sich zu von Hohenfels um, der immer noch auf seinem Stuhl saß und ihn verwirrt anglotzte. Grummelnd stapfte Lorenz zur Terrasse zurück. »Ein Irrenhaus«, brummte er. »Alles ein einziges Irrenhaus. Was das wohl wieder für Spinner waren?«

»Du kannst es herausfinden, wenn du möchtest«, sagte von Hohenfels und biss in sein Wurstbrot. Mit Zahlen, Daten und Fakten kam er bedeutend besser klar als mit Menschen. Denn diese neigten dazu, sich unlogisch zu verhalten, und wurden damit unkalkulierbar. Und was sich nicht kalkulieren, katalogisieren und vermessen ließ, bereitete Ferdinand von Hohenfels tiefes Unbehagen, da es dazu neigte, sich nicht in Spalten und Tabellen einfangen zu lassen und Chaos zu verursachen. Diese der sozialen Integrierbarkeit nicht unbedingt förderliche Einstellung hatte allerdings den unbestreitbaren Nebeneffekt, dass von Hohenfels sich scheinbar spielend einfach Daten merken konnte. In Wirklichkeit war das natürlich alles andere als einfach, denn von Hohenfels' Gehirn war wie ein riesiges Register einer sehr großen und alten Bibliothek aufgebaut, in dem ein besonders eifriger Archivar Informationen wieselflink und routiniert aufspaltete, kategorisierte und verstaute, schließlich könnte man ja alles irgendwie noch einmal gebrauchen. Zudem bearbeitete dieser Archivar, übrigens mehrfach ausgezeichneter Mitarbeiter des Monats in von Hohenfels' Biosystem, eingehende wie ausgehende Aufträge rasend schnell.

»Ich habe mir das Nummernschild gemerkt«, sagte Lorenz' Kollege und wirkte dabei fast nicht selbstgefällig.

Der Breyerhof entsprach nicht ganz dem, was Lorenz sich vorgestellt hatte. Um genau zu sein, handelte es sich sogar um das komplette Gegenteil dessen, was er erwartet hatte. Vor ihm erstreckte sich nämlich keiner jener modernen Milchviehbetriebe, die in den letzten Jahren trotz sinkender Milchpreise wie Pilze aus dem Boden zu sprießen schienen. Der Breyerhof hatte seine besten Tage ganz offensichtlich längst hinter sich. Eine Hecke wucherte wild um das Anwesen herum und begrub eine verfallene Scheune, die sich ebenfalls auf dem Grundstück befand, fast gänzlich unter sich. Das Bauernhaus selbst war so alt, dass es wohl nur noch von Moos und Schimmel zusammengehalten wurde, und Lorenz konnte kaum glauben, dass man darin noch leben mochte. Doch jemand tat das, und dieser Jemand hieß Heronimus Breyer, den er und von Hohenfels hinter dem Stall fanden, wo er gerade eine Schubkarre in die Mistgrube leerte. Überall lag Unrat herum, zwischen dem sich Hühner tummelten. Der Boden war schlammig und feucht, was maßgeblich zur rapiden Senkung von Lorenz' Laune beitrug: Seine teuren Schuhe waren bereits von einer dunklen Schmutzschicht überzogen. Von Hohenfels stakste wie ein trächtiger Storch durch den Morast und wäre fast gegen Lorenz geprallt, als dieser stehen blieb, um Breyer den Weg abzuschneiden. Der Landwirt schien die beiden Beamten zuvor nicht bemerkt zu haben und zeigte bei ihrem Anblick die gleiche Begeisterung wie ein Ertrinkender, dem man ein Glas Wasser hinhält.

»Schwer in Gedanken versunken, Herr Breyer?«, fragte Lorenz.

Der Angesprochene stellte seine Schubkarre ab und sah Lorenz an. Er war übergewichtig, und als Hälse und große Ohren verteilt worden waren, hatte er laut »Hier!« geschrien. Unter einer Strickmütze mit überdimensionierter Bommel floss strähniges Haar hervor und umrahmte sein verhärmtes und gerötetes Gesicht. In krassem Kontrast dazu trug er kein Hemd zu seiner grünen Latzhose und den braunen Gummistiefeln, sein Oberkörper war frei. Außerdem war sein linkes Auge blau geschlagen.

»Seids ihr vom Landratsamt?«, fragte Breyer. Ohne eine Antwort abzuwarten, fuhr er fort: »Ich hab die blöden Unterlagen nicht bekommen, des hab ich euch doch schon am Telefon gesagt. Wenn ihr so schlampts da bei euch, dann will ich des nicht ausbaden müssen!«

Ein paar Augenblicke lang gab Lorenz sich fasziniert der Vorstellung hin, was ein Mann wie Heronimus Breyer eingedenk seines persönlichen Zustandes und dem seines Hofes wohl für Standards bei Schlamperei ansetzte, dann antwortete er nüchtern: »Wir sind von der Kriminalpolizei Rosenheim. Ich bin Hauptkommissar Lorenz Hölzl, das ist mein Kollege Kommissar Ferdinand von Hohenfels, und wir sind hier, um Ihnen ein paar Fragen zu stellen.«

Breyer kniff die Augen zusammen. »Sind Sie nicht der Polizist, der so einen Rummel um die Geschichte mit dem Swingerclub im Sternenhof gemacht hat?«

Lorenz war beeindruckt. Scharfsinn hätte er dem Mann nicht zugetraut. Offenbar steckte mehr in Breyer, als der erste Anschein erahnen ließ. Lorenz beabsichtigte jedoch weder, den Mann seine Überraschung spüren zu lassen, noch, auf dessen Frage einzugehen, und antwortete schroff: »Sie haben's ja gestern Abend beim Kesselfleischessen ganz schön krachen lassen.« Demonstrativ starrte er Breyers blaues Auge an. »Haben Sie ein persönliches Problem mit dem Hirnsteiger Franz, dass Sie den öffentlich so angehen?«

»Der Hirnsteiger ist ein Depp«, antwortete Breyer unumwunden.

»Aha«, machte Lorenz. »Erläutern Sie mir das?«

»Der will uns alle für blöd verkaufen. Wussten Sie, dass er der größte Bezugnehmer von landwirtschaftlichen Fördermitteln in der ganzen Region ist? Können Sie alles im Internet nachlesen, da wird eine Liste geführt. Interessiert nur keine Sau. Knappe fünfzigtausend Euro im letzten Jahr an staatlichen Subventionen. Für den Neubau seines Stalls gab's im Jahr zuvor sogar noch mal gute zweihunderttausend obendrauf. Ohne Scham streicht der die Kohle ein, und trotzdem kann er sich seinen Betrieb nur leisten, weil er derzeit ein Grundstück nach dem anderen verkauft. Dem seinem Vater gehört halb Au, und der Junior verscherbelt scheiberlweise sämtliche ehemaligen landwirtschaftlichen Nutzflächen, die jetzt nach und nach zu lukrativem Bauland erklärt werden. Und dann hat sich der Gierhals auch noch um den Hanfanbau beworben. Kriegt einfach nicht genug.« Breyer spuckte verächtlich auf den Boden, gefährlich nahe neben Lorenz' teure Schuhe.

»Das macht ihn aus meiner Sicht nicht unbedingt zu einem Deppen, im Gegenteil, er scheint sich ganz geschickt zu verhalten, vom moralischen Standpunkt vielleicht mal abgesehen«, sagte Lorenz.

»Ein Depp ist er, weil er immer so tut, als wäre er der heilige Bauernguru, der nur des Wohl der Zunft im Sinn hat. In Wirklichkeit ist er ein gerissener und knallharter Geschäftsmann. Des ist ein bigotter Schlawiner, des sag ich Ihnen, und des ist auch meine Meinung.« Er zögerte kurz, dann schien ihm noch etwas einzufallen: »Hat der Kerl mich etwa wegen unserer kleinen Differenz heut Nacht angezeigt? Ist des der Grund, warum ihr hier seid?«

Lorenz dachte an das Gespräch mit Franz Hirnsteiger letzte Woche zurück. Er musste sich eingestehen, dass er sich durchaus vorstellen konnte, dass Breyers Behauptungen wahr waren, und beschloss, das Thema zu wechseln. »Nein, wir ermitteln in Sachen Brandanschläge auf die Scheune vom Schwinder und die Felder vom Feichtl«, sagte Lorenz. »Und da Sie ja so sehr gegen den Hanf sind und sich gestern Abend im Zelt auch noch so aufgeführt haben, dachten wir, wir schauen mal bei Ihnen vorbei und fragen, was Sie uns zu der ganzen Geschichte erzählen können.«

Von Hohenfels, der sich selten bis nie in solche Gespräche einzumischen pflegte, hatte damit begonnen, die Umgebung zu inspizieren, und wäre dabei fast über ein aufgeschrecktes Hühnchen gestolpert.

Der kurz aufbrandende Krawall lenkte die beiden Gesprächspartner für ein paar Sekunden ab, ehe Breyer sich schließlich über die spröden Lippen leckte und umständlich antwortete: »Ich weiß, dass ich bei meinen Kollegen oft anecke. Aber des wär doch dumm von mir, dem Feichtl und dem Schwinder so offensichtlich zu schaden. Und dann den Hirnsteiger, den ich

am wenigsten von der ganzen Bagage leiden kann, zu verschonen. Und was den Hanf betrifft: Ich glaub doch auch, dass der die Zukunft der Landwirtschaft ist. Man kann den ja ned nur rauchen, der ist als Pflanze quasi eine eierlegende Wollmilchsau.«
»Warum haben Sie sich dann nicht für die Lizenz beworben?«, fragte Lorenz.
Breyer breitete die Arme aus und drehte sich einmal um die eigene Achse. »Stehen wir grad auf demselben Bauernhof?«, fragte er spöttisch. »Ich kann nicht gerade behaupten, dass des hier ein Vorzeigebetrieb ist, oder? Ich bin ja damit schon überfordert, was soll ich mir da auch noch des Klimbim mit dem Hanf ans Bein binden? Mit all den Kontrollen und Regularien und der ganzen Aufmerksamkeit. Ganz ehrlich, da scheiß ich vorerst auf des Geld und hab lieber meine Ruh. Aber wenn des flächendeckend legalisiert wird, bin ich auch dabei.«
»Weil der Hanf die Zukunft der Landwirtschaft ist«, kommentierte Lorenz ironisch.
»Schaun S', da gibt's Leut wie den Hirnsteiger oder den Gradpichler, die stellen sich für Millionen neue Laufställe hin, weil sie weiterhin an die Milchwirtschaft glauben. Die Dinger zahlen sie dann zwanzig Jahre ab, während sie sich täglich den Arsch aufreißen müssen, um über die Runden zu kommen. Oder aber sie besitzen Grundstücke, die sie verscherbeln können. Aber natürlich haben alle, selbst die mit zwei-, dreihundert Viechern im Stall, keinerlei Chance gegen die großen Preisdrücker auf dem Markt, die billigste Milch in gigantischen Industriebetrieben produzieren. Und dann beginnen meine lieben Kollegen wieder zu schreien und fordern von der Politik Hilfe und Unterstützung, weil wir Bauern ja des Rückgrat der Bevölkerung sind und es ohne uns nix zum Fressen gibt und alle verloren sind. Aber anstatt den Markt sich selbst regeln zu lassen und all die übersubventionierten, fehlwirtschaftenden und unproduktiven Jammerlappen verdient pleitegehen zu lassen, schiebt man ihnen weiter Geld rein und reitet den toten Gaul noch ein wenig länger auf den Abgrund zu.«
Breyer war jetzt in Fahrt, und Lorenz beschloss fasziniert, den Mann seine Rage noch etwas ausleben zu lassen. Der Anblick des

Bauern, wie er da in seiner Latzhose im Dreck stand, wild mit den Händen fuchtelte und gestikulierte, wobei die Bommel auf seiner Mütze lustig hin und her hüpfte, stand in krassem Kontrast zu dem, was er sagte. Und wie er es sagte. Lorenz konnte sich den temperamentvollen Landwirt auch wunderbar als Sprecher auf einem Parteitag einer bierseligen Vereinigung in einem vor Applaus tosenden Festzelt vorstellen. Die Menge würde gebannt an seinen Lippen kleben.

»Stellen Sie sich doch einmal vor, ein Türke würde in Feilnbach eine Dönerbude eröffnen. Der Laden läuft gut, die Leut essen gern Döner, und der Türke verdient einen Haufen Geld. Des ruft weitere Türken auf den Plan, die ihrerseits auch wieder Dönerbuden eröffnen. Irgendwann ist ganz Feilnbach voller Dönerbuden, und keine verdient mehr was, weil es zu viel Döner gibt und deshalb auch der Preis gedrückt wird und weil die Kunden plötzlich keinen Döner mehr essen wollen, weil sie sich bewusster ernähren oder was weiß denn ich. Wären die Türken nun Landwirte, würden sie sich ned ihrem Schicksal fügen, die Pleite akzeptieren oder ihr Angebot entsprechend anpassen, nein, sie würden zur Regierung gehen und sich beschweren, dass die ignoranten Leute ihre wertvollen und wichtigen Döner ned mehr fressen. Und die Regierung würde nicht nur milde lächeln und sich mit dem Rat, dass die Türken sich um ihren eigenen Scheiß kümmern sollen, aus der Affäre ziehen, nein, sie würde den Dönerbudenbesitzern weiteres Geld in die Hand drücken, damit ja keiner dichtmachen muss. Und mehr noch: Wer zukünftig eine neue Dönerbude in Feilnbach bauen wollen würde, würde auch noch Geld dafür bekommen! Vom Staat! Des er nicht zurückzahlen muss!« Breyer schnaufte einmal tief durch. Schweiß glänzte auf seiner Stirn, es handelte sich hierbei scheinbar um eines seiner Lieblingsthemen.

»Und Landwirte wie mir, die sich Gedanken machen, die ihren Betrieb auf Bio umstellen oder sich an was Neues wagen, die werden gemobbt, verhöhnt und an den Rand gedrängt. Am schlimmsten sind die, die nur so tun, als würden sie etwas verändern wollen. Die sich Biobauern nennen, um ja alle Förderungen abzustauben, aber hintenrum genauso weitermachen wie bisher.«

Die Bommel wippte ein letztes Mal wie zur Bestätigung der flammenden Ansprache.

»Nun, immerhin haben Sie Ihren Standpunkt deutlich gemacht«, sagte Lorenz und beobachtete aus den Augenwinkeln, wie sich von Hohenfels gefährlich weit über einen wackeligen Zaun lehnte, um hinter einen kleinen Holzverschlag zu spähen. Breyer griff nach seiner Zipfelmütze, zog sie sich vom Kopf und wischte sich über seine strähnigen, schweißnassen Haare. Nachdem er die Mütze wieder aufgesetzt hatte, ergänzte er ernst: »Was Ihre Saboteure angeht, im Prinzip käme ja jeder in Frage, der kein Interesse dran hat, dass Marihuana legalisiert wird. Die Palette reicht vom Kleinkiffer, der im Keller sein Zeug anbaut und teuer an seine Kumpels verkauft, über die besorgte Hausfrau, die im Hanf dank wirkungsvoller Medienpropaganda immer noch eine Teufelsdroge sieht, bis hin zu meinen geschätzten Kollegen, die ihre Existenz zu Recht bedroht sehen. Suchen Sie sich wen aus.«

»Meine Täterprofile erstelle ich schon selbst«, erwiderte Lorenz, dem Breyers Bauernschläue jetzt gehörig an den Nerven zerrte, der aber gleichzeitig mit einer stetig wachsenden Anerkennung für den gewieften Landwirt rang.

»Dann würde ich mir an Ihrer Stelle mal den Hirnsteiger vornehmen. Immerhin ist er der Einzige, der derzeit unmittelbar von den Anschlägen profitiert. Und wenn er nix damit zu tun hat, kann er als unser gelobter Bauernvorstand sicherlich die bösen Buben ans Messer liefern«, antwortete Breyer mit bösem Lachen.

»Was macht denn Ihr Auge?«, wollte Lorenz wissen. »Sieht nicht gut aus. Tut bestimmt weh.« Er hatte sich den Seitenhieb nicht verkneifen können.

Doch Breyer ließ sich nicht aus der Reserve locken und schwieg beharrlich. Die beiden Männer starrten sich ein paar quälende Augenblicke lang wortlos an, ehe Breyer einknickte. »Gibt's sonst noch was?«, nuschelte er. »Ich will hier heut noch fertig werden.«

»Vorerst nicht, Herr Breyer. Danke für Ihre Zeit und Ihre … aufschlussreichen Ausführungen. Von Hohenfels, wir packen's!«

Doch der Kollege war nirgends zu sehen. Lorenz rief ein weiteres Mal dessen Namen, ehe er sich mit Breyer im Schlepptau auf die Suche nach ihm machte. Gerade als sie wieder vor dem Hof standen, trat von Hohenfels aus der verfallenen Scheune gegenüber und hielt einen Kanister ins Sonnenlicht, als wollte er die Inschrift darauf entziffern.

»He, was machst du da?«, entfuhr es Breyer, ehe er sich seiner verbalen Entgleisung schlagartig bewusst wurde und die Anrede wechselte. »Sie dürfen bei mir nicht einfach so herumschnurken*!«

Von Hohenfels warf dem auf ihn zueilenden wuchtigen und wutschnaubenden Landwirt mit der bommelnden Mütze einen raschen Blick zu, öffnete dann den Schnappverschluss des Kanisters und hob die Nase schnuppernd an die Öffnung. »Benzin«, stellte er ruhig fest. »Da drin stehen gleich mehrere Kanister. Was machen S' mit dem Zeug?« Er richtete seinen fragenden Blick auf Breyer, der just in diesem Moment dampfend vor ihm zum Stehen kam.

Lorenz, der sich etwas mehr Zeit gelassen hatte, war beeindruckt. Von Hohenfels hatte einen seiner Momente.

»Was glauben Sie denn, was ich mit dem Zeug anstelle? Des ist Treibstoff, und des hier ist ein Bauernhof. *Mein* Bauernhof. Mit Maschinen, die Benzin benötigen!«, brüllte Breyer.

Von Hohenfels blieb vollkommen gelassen und erwiderte trocken: »Der alte Eicher-Traktor dort läuft doch genauso mit Diesel wie Ihr Opel drüben in der Garage. Des einzige Gerät, des hier mit Benzin betrieben wird, dürft Ihre Motorsäg sein, und für die horten S' erstaunlich viel Benzin.«

»Hattest du nicht auf dem Feichtl seinem verbrannten Feld spekuliert, dass dort mit Benzin nachgeholfen wurde?«, warf Lorenz unschuldig ein. Es konnte nicht schaden, den bereits brodelnden Breyer noch weiter in Richtung Ausbruch zu kitzeln.

Von Hohenfels spielte mit und ergänzte: »Ich bin gespannt, ob es im Labor eine Übereinstimmung geben wird. Sie haben doch sicher nichts dagegen, dass wir hiervon eine Probe mitnehmen, oder, Herr Breyer?« Von Hohenfels wirkte ganz und gar unschuldig. Sein krauses Haar stand ihm wie üblich ein wenig wirr vom

---

* Von »herumschnurken« spricht ein Bayer, wenn ein Schurke irgendwo herumschnüffelt.

Kopf ab, aber in seinen Augen schimmerte ein messerscharfer Glanz.

Breyer zögerte. Er öffnete den Mund und schloss ihn wieder. Innerlich schien er einen Kampf auszufechten. Schließlich zischte er mit zusammengebissenen Zähnen: »Nehmen S' Ihre Probe. Und dann verschwinden S' von meinem Grund!«

Von Hohenfels griff in seine Jackentasche und holte einen kleinen verschließbaren Plastikzylinder hervor, in den er geschickt ein paar Tropfen Benzin kippte. Dann nickte er Lorenz zu, und dieser übernahm wieder das Ruder.

»Herr Breyer, bevor wir gehen, erhalten Sie einen gut gemeinten Rat von mir. Geht aufs Haus. Wenn Sie mir irgendetwas verschweigen, was ich hätte wissen müssen, um diesen Fall zu lösen, und das hinterher rauskommt, dann gnade Ihnen Gott, oder an was oder wen auch immer Sie glauben.« Er zog eine Visitenkarte aus der Brusttasche und hielt sie dem Landwirt hin. »Wenn Ihnen noch was einfällt, rufen Sie mich sofort an. Einen schönen Tag noch.«

Breyer hatte die Visitenkarte entgegengenommen, als handelte es sich bei ihr um frischen Kuhdung, und nickte grußlos und grimmig. Erst als von Hohenfels und Lorenz in ihren Wagen gestiegen waren, drehte er sich um und stapfte in den Stall zurück.

Von Hohenfels' Moment verpuffte wie eine birnenförmige Seifenblase bei einer Kollision mit einer Stricknadel in just jenem Augenblick, als er die Autotür hinter sich zuzog. »Was für ein grausiger Mensch!«, echauffierte er sich zitternd. »Warum bekommen wir es nur immer mit den Freaks zu tun? Ich glaub, die sammeln sich alle hier in Bayern, um Verbrechen zu begehen, und wir müssen des ausbaden.«

»Weil's bei euch in Österreich ja auch keine Deppen gibt«, antwortete Lorenz geistesabwesend und steuerte den Wagen über die unübersichtliche Kreuzung im Herzen Aus in Richtung Rosenheim. »Irgendetwas verschweigt uns der Kerl, so viel steht fest. Kannst du wirklich prüfen, ob das Feld oder die Maschinenhalle mit dem Zeug, das du in Breyers Scheune gefunden hast, angezündet wurde?«

Die Frage lenkte von Hohenfels' Gedanken wieder auf ihm vertrautes Terrain, und er beruhigte sich. »Ich könnt mit viel Aufwand allenfalls feststellen, dass es sich um Benzin aus derselben Raffinerie und mit demselben Produktionsdatum handelt. Aber das dürft uns kaum weiterhelfen, da wir es dann immer noch mit Abertausenden von Litern, die jeden Tag von so einem Ölkonzern produziert werden, zu tun hätten.«

»Das wäre schon ein großer Zufall, wenn das Benzin, das der Täter zum Abfackeln von Feichtls Hanffeldern benutzt hat, in großen Mengen beim Breyer gelagert wird, oder? Lass uns das mal im Hinterkopf behalten. Viel spannender wäre ein mögliches Motiv unseres Bommelmützenträgers. Ein seltsamer Vogel.«

»Und wie finden wir des raus?«, wollte von Hohenfels wissen.

»Keine Ahnung. Nehmen wir uns erst mal den Nächsten auf der Liste vor, auch wenn der grad eher nicht zu Hause sein dürfte«, antwortete Lorenz.

»Du meinst den Dorn? Warum willst du denn zu dem?«, fragte von Hohenfels und wurde vom Klingeln seines Handys unterbrochen.

»Ich hab das Kennzeichen des Wagens überprüfen lassen. Es existiert nicht«, sagte er, nachdem er das kurze Gespräch beendet hatte. Und als er bemerkte, dass Lorenz sich mit dem abrupten Themawechsel schwertat: »Die zwei Typen von vorhin, die bei Frau Gruber Fotos gemacht haben.«

»Sicher, dass du dir das richtige Kennzeichen gemerkt hast?«

Von Hohenfels verzog brüskiert das Gesicht. Genauso gut hätte man ihn fragen können, ob zu »der Sacher a Schlagobers g'hört«.

»Ich hab's ja nicht ernst gemeint«, versuchte Lorenz zu retten, was zu retten war. »Kann es vielleicht sein, dass das Büro einen Fehler gemacht hat, oder haben wir es tatsächlich mit einem Geisterwagen zu tun?«

»Auf jeden Fall wäre das Führen eines Fahrzeugs mit falschem Kennzeichen Urkundenfälschung, und die wird in Deutschland hart geahndet. Dazu kämen dann noch die ganzen verkehrstechnischen Strafen wie Führerscheinentzug und so fort. Und so, wie die beiden Herren in Schwarz ausgesehen haben, glaub ich nicht, dass die sich auf Unwissenheit rausreden werden. Ein Dummejungenstreich war das jedenfalls mit Sicherheit nicht. Aber wenn's dir dadurch besser geht, werde ich die Angelegenheit noch einmal persönlich überprüfen, sobald wir zurück in der Inspektion sind«, antwortete von Hohenfels, immer noch reichlich verstimmt.

Lorenz war deshalb froh, dass sie ihr Ziel fast erreicht hatten. Normalerweise nahm er die Breitensteinstraße von der einen oder die Riesenfeld- oder Wendelsteinstraße von der anderen Seite, um zu Frau Grubers Hof zu gelangen. Dadurch vermied er jenen notorisch zugeparkten Teil der Kufsteiner Straße rund um die Sparkasse. Somit war ihm jedoch bis jetzt tatsächlich das Himmelreich entgangen.

Schon äußerlich unterschied sich der Laden deutlich von den anderen Geschäften Bad Feilnbachs. Ein schreiend buntes und mit Wolken verziertes Schild in Form eines Regenbogens, auf dem in ballonartig aufgeblasenen Lettern der Name des Unternehmens prangte, hing prominent über der breiten Schaufensterfront. Die Wurstwaren hatten Plastik-Hanfpflanzen weichen müssen, deren Künstlichkeit man ihnen schon deshalb ansah, weil sie mit Glitzer besprüht worden waren. Der größte Blickfang war aber die etwa zwei Meter große Rastafari-Puppe mit Trachtenhut, die gerade genüsslich an einer Bong zog. Nun, es handelte sich nicht wirklich um einen Trachtenhut, sondern um das, was viele Oktoberfest-Touristen dafür halten: ein grauer Seppelhut aus Filz mit einer Feder dran. Das machte den Anblick der Puppe natürlich nicht besser. Sie hockte zwischen allerlei kuriosem Kifferbedarf, dessen Nutzen sich Lorenz in den meisten Fällen nicht erschließen wollte. Das Bemerkenswerteste am Himmelreich war allerdings seine Lage unmittelbar neben der Bad Feilnbacher Kirche. Zukünftig musste man den Bildausschnitt schon sehr geschickt wählen, wenn man den verrückten Kontrast, den die beiden Gebäude jetzt boten, nicht auf dem Urlaubsfoto verewigen wollte.

»Um auf deine vorherige Frage zurückzukommen«, sagte Lorenz, »der Dorn verkauft vielleicht, möglicherweise, angeblich nicht nur Kifferzubehör, sondern auch den Rohstoff dafür.«

»Wo hast du das denn her?«, wollte von Hohenfels wissen.
»Wurde mir zugespielt«, antwortete Lorenz ausweichend.
»Aha. Und was geht des uns an, ob der Typ Marihuana verkauft? Ist des dann ned eher was für die Kollegen vom Drogendezernat?«
»Schon«, räumte Lorenz ein. »Aber denen können wir den Fall immer noch übergeben, wenn an dem Gerücht was dran ist. Ich werde halt das Gefühl nicht los, dass es bei den Anschlägen auf die Landwirte um etwas Größeres geht. Mir liegt nichts daran, irgendwelche Kleinkiffer hochzunehmen. Am besten bekomme ich einen Fuß in die Szene und höre mich da mal um. Vielleicht ist der Dorn ja meine Eintrittskarte.«
»Da ist fei jemand drin«, unterbrach ihn von Hohenfels und presste die Nase an die Fensterscheibe.
Lorenz drückte versuchsweise gegen die Ladentür, die sich tatsächlich öffnen ließ. Drinnen räumte ein Mann, der einen dicken Verband um den Kopf trug, gerade gläserne Objekte aus einer Kiste in ein Regal. Beim Bimmeln der Türglocke schreckte er hoch. Als er sich umdrehte, um nachzusehen, wer eingetreten war, stand er auf, geriet ins Taumeln und fasste sich mit schmerzverzerrtem Gesicht an das bandagierte Haupt.
»Des war wohl a weng zu schnell«, stöhnte er und lehnte sich an den Kassentresen. »Tut mir leid, ich habe heut eigentlich gar ned g'öffnet. Aber wenn ihr schon mal hier seid ...«
Lorenz konnte sich ein Grinsen nicht verkneifen, was nicht etwa an der Verletzung des Mannes oder an seiner Begrüßung lag, sondern an dessen Nationalität. Obwohl er Bayrisch sprach, war Dorn eindeutig Türke, sein südländisches Aussehen und sein leichter Akzent verrieten ihn. Lorenz konnte allenfalls erahnen, wie sehr manch alteingesessenen Feilnbacher ein Laden wie das Himmelreich und dessen Besitzer schockieren mussten.
»Ich bin auf der Suche nach etwas, nun ja, Besonderem«, antwortete Lorenz. Hätte er eine Klischeebeschreibung von jemandem abgeben sollen, der in einem Laden für Kifferbedarf arbeitete, dann hätte diese sicher Dreadlocks, einen verfilzten Bart, verquollene Augen, vielleicht eine Rastafari-Mütze und ein übergroßes T-Shirt in den zerlaufenen Farben eines Regen-

bogens und mit Bob-Marley-Konterfei beinhaltet. Dorn wurde nichts davon gerecht. Er trug Jeans, ein kariertes Hemd und dazu einen sauber gestutzten Bart und unauffällige Ohrringe. Sein Alter war schwer zu bestimmen, vermutlich lag es aber näher an der fünfzig als der dreißig.

»Ah so?«, machte er interessiert. »Und zwar in welcher Richtung?«

Lorenz nahm eine edel aussehende schwarze Box aus dem Regal. Auf ihr war ein Gegenstand abgebildet, der aussah wie eine mit Glas ummantelte goldene Schraube. Da das Ding an der einen Seite mit einem Mundstück versehen war, musste es sich um eine Art Pfeife handeln. »Original Cannabis Twister« stand auf der Packung, und Lorenz runzelte die Stirn.

In Dorn erwachte der Verkäufer. »Ist eine gute Wahl«, lobte er. »Des ist *die* Revolution im Bereich von der Kräuterinhalation. Damit genießt du Kraut oder den Tabak deiner Wahl ganz ohne Fremdstoffe oder Papiergeschmack! Du befüllst des Glas einfach mit Marihuana, nimmst, wennst rauchen willst, Kappe ab, zündest des an und ziehst wie bei einer normalen Pfeife am Mundstück. Geschmack pur! Durch Drehen des Mundstücks fällt die Asche raus, und frisches Gras wird nach vorne befördert. Genial!«

Lorenz stellte die Box wortlos an ihren Platz zurück und sah Dorn an. »Um so etwas zu kaufen, bräuchte ich zuerst mal den dafür nötigen Rohstoff«, sagte er.

Der Inhaber des Himmelreichs lächelte. Bestimmt hörte der Mann unzählige dieser plumpen Andeutungen, dachte Lorenz.

»Dafür bist ein bisschen zu früh, mein Freund«, antwortete Dorn routiniert. »Bei mir kriegst die guten Sachen erst, wenn des Zeug in Deutschland legalisiert ist. Kann aber nicht mehr lang dauern.«

»Und die weniger guten Sachen, können wir die bei Ihnen kaufen?«, fragte von Hohenfels, der in Lorenz' Schatten stand.

»Wow, ihr beide habt's aber echt nötig, oder?« Dorn lachte, ehe das Lächeln in seinem Gesicht erfror. »Ihr seid Bullen, stimmt's?«, mutmaßte er.

»Ist das so offensichtlich?«, fragte Lorenz, der bereits vermutet hatte, dass er mit der Masche des unbedarften Kunden nicht weit kommen würde.

»Echt, Freunde, mein Laden ist sauber. Ich hab alle erforderlichen Lizenzen, die könnt ihr gern sehen«, sagte Dorn und hob abwehrend die Hände. »Und Gras gibt's bei mir keins. Ich bin doch nicht blöd. Wisst ihr eigentlich, wie oft mein Lager bereits durchsucht worden ist, als ich noch ausschließlich den Online-Handel g'habt hab? Aber ich hab mich eh schon gewundert, warum ihr hier noch nicht früher aufgeschlagen seid.«

»Herr Dorn, wir sind von der Kripo«, sagte Lorenz und stellte sich und von Hohenfels vor. »Es interessiert mich und meinen Kollegen«, Lorenz betonte den »Kollegen« extranachdrücklich, »nicht im Geringsten, wenn Sie hier unter der Hand irgendetwas nicht ganz so Legales verkaufen. Zum einen, weil's nicht in unseren Zuständigkeitsbereich fällt, zum anderen, weil wir gerade an etwas viel Größerem dran sind. Und diesbezüglich könnten Sie uns vielleicht helfen.«

Dorns Miene blieb skeptisch, aber er schien sich wieder ein wenig zu entspannen.

Lorenz erzählte ihm von den Anschlägen auf die beiden Landwirte, die sich um den Cannabis-Anbau beworben hatten, und dass er gehört habe, dass es in Bad Feilnbach jemanden gebe, der extrem hochwertiges Gras anbauen und verkaufen würde, was er, Lorenz, sogar bereits probiert habe.

Von Hohenfels sog scharf die Luft ein, als er Letzteres hörte, riss sich jedoch zusammen und schwieg.

Julian Dorn zwirbelte sich die kurzen Barthaare über seiner Oberlippe und taxierte die beiden Beamten. Er wirkte wie jemand, der in seiner Karriere viel mit meist eher zwielichtigen Menschen zu tun gehabt hatte und dessen Erfolg und Gewinn davon abhing, wie gut er sein Gegenüber einzuschätzen vermochte. Dann schien er einen Entschluss zu fassen, verschwand kurz hinter seinem Tresen und winkte Lorenz heran. In der Hand hielt er ein kleines Beutelchen, das er ihm hinschob. Darin befand sich etwa ein Gramm Marihuana in unzerkleinerter Blütenform. »War es des Zeug?«

Lorenz öffnete das Tütchen und schnupperte an dessen Inhalt.

»Ich bin beim besten Willen kein Experte und müsste lügen, wenn ich jetzt behauptete, dass ich das Marihuana wiedererkennen würde. Ist das der Stoff aus Bad Feilnbach?« Er reichte den Beutel an von Hohenfels weiter.
»Ja«, antwortete Dorn. »Verdammt gute Qualität.«
Von Hohenfels, der ebenfalls eine Riechprobe genommen hatte, fragte: »Und woher kriegt man des?«
»Das meiste Marihuana auf dem hiesigen Schwarzmarkt wird in großem Stil von Ausländern hergestellt. Hier in Südbayern sind zum Beispiel die Vietnamesen sehr fleißig, die produzieren überwiegend in Tschechien und anderen deutschen Nachbarländern. Nur ein ganz geringer Anteil stammt aus einheimischen Kleinbetrieben, von Kleinkiffern und den sogenannten Homegrowern. Die kaufen sich die Samen, was in Deutschland gesetzlich ja nie verboten war, und züchten und konsumieren ihr Zeug in der Regel selbst. Den Überhang verkaufen S' dann maximal im Freundes- und Bekanntenkreis. Dieses Gras hier spielt allerdings in einer ganz anderen Liga. Das ist der Champagner des Cannabis. Spiegelt sich übrigens auch im Preis wider, das Gramm kostet zwanzig Euro.«

Von Hohenfels gab Dorn die Tüte zurück. »Danke«, sagte er, »ich wollt mit meiner Frage aber erfahren, wo ich des kaufen kann.«

»Ach so«, antwortete der Hanfladenbesitzer und betastete seinen Verband. »Des weiß ich nicht. Hab's selbst von einem Freund bekommen.«

Lorenz nahm einen weiteren Gegenstand aus dem Regal, dieses Mal eine kunstvoll gefertigte Bong, deren Kopf einer berühmten, bereits verstorbenen Funk-und-Soul-Legende nachempfunden war. »Was meinst du, Ferdl, sollen wir den Kollegen von der Drogenfahndung einen Tipp geben? Ich glaub, du hattest recht, als du vorher meintest, dass das hier eine Sackgasse ist.« Bei den letzten Worten hatte er sich Dorn zugedreht und ihm unverwandt in die Augen geschaut. »Alternativ könnten wir auch Freunde werden. Ich wohne schon seit vielen Jahren oben bei der alten Frau Gruber. Mir gefällt es, wenn Bad Feilnbach ein vielfältiges Einkaufserlebnis bietet, und ich mag deinen Laden. Und wie du schon ganz richtig bemerkt hast, wird es eh nicht mehr lange bis zur Legalisierung dauern, ich könnte also durchaus darauf verzichten, hier noch mal ein Fass voll Arbeit aufzumachen. Alles, was ich jetzt von dir brauche, sind Hinweise, die mir beim Lösen meines Falls helfen.«

»Ey, Mann, erst einen auf Spezl machen und dann mit einer Erpressung ums Eck kommen.« In Dorns bandagiertem Kopf schien es zu rattern, als er seine Möglichkeiten durchging. Schließlich hatte er sich zu einer Entscheidung durchgerungen, die vorsah, Lorenz lieber auf seiner Seite zu wissen, anstatt ihn gegen sich zu haben. »Aber bitte nehmt den Kerl nicht hoch, wenn ihr ihn findet. Sein Gras ist wirklich exquisit«, bat er.

»Was macht dich denn so sicher, dass es sich um einen Mann handelt?«, fragte Lorenz.

Dorn ignorierte ihn und fuhr fort: »Kennt ihr die Plakatwand neben der Sparkasse? An deren Rückseite müsst ihr einen Umschlag mit eurem Geld und eurer Adresse pinnen. Ein paar Tage später erhaltet ihr eure Ware dann per Post.«

»Des ist alles?«, wollte von Hohenfels wissen. »Sie sind ja sicher nicht der Einzige, der das so macht, wie wird gewährleistet, dass nicht einfach jemand anders die Kohle einsackt?«

Dorn zuckte mit den Schultern. »Bis jetzt hat's immer geklappt. Und ganz ehrlich, ich bin auch kein Großabnehmer. Ab und an gönne ich mir was für den Feierabend oder um ein neu reingekommenes Produkt zu testen. Aber selbst dafür ist des Gras eigentlich zu teuer. Wenn ihr mich fragt, dann ist des sicher nicht der einzige Vertriebsweg von dem Typen. Ich kann mir durchaus vorstellen, dass jemand, der Cannabis dieser Güte anbaut, noch ganz andere Kanäle hat.«

»Okay, ich denke, das dürfte uns fürs Erste genügen«, sagte Lorenz. »Was macht dein Kopf? Wirst du Anzeige gegen den Schwinder erstatten?«

»Ich denk nicht«, antwortete der Hanfladenbesitzer. »Ich will kein böses Blut, und eine zünftige Rauferei gehört doch in einem Bierzelt dazu, oder? – Außerdem würd ich gern in den Trachtenverein eintreten.«

Lorenz konnte nicht anders, als in lautes Gelächter auszubrechen, ehe er überrascht bemerkte, dass Dorn es ernst meinte und ihn brüskiert anstarrte. »Ähm, okay ...«, sagte er. »Da wir beide uns jetzt so gut verstehen, werde ich ein gutes Wort für dich beim Vorstand einlegen. Der und ich, wir sind nämlich auch so etwas wie Freunde.«

Die A 8 Richtung München glich wie üblich einer Ameisenstraße kurz nach der königlich verhängten Urlaubssperre. Der Verkehr floss träge und zähflüssig vor sich hin, und Lorenz musste sich sehr beherrschen, dass Mittelspurkriecher, zuckelnde Holländer und überholfreudige Lastwägen ihm nicht den letzten Nerv raubten.

Im Gegensatz zu von Hohenfels besuchte Lorenz nur selten die Landeshauptstadt und tat sich immer noch schwer mit dem Gewirr aus Ringstraßen, den Baustellen und dem scheinbar zu jeder Tages- und Nachtzeit überbordenden Verkehr. Allerdings hatte er sich deshalb auch noch nicht an Münchens Schönheit gewöhnt, die sich vor allem im Frühsommer an allen Ecken und Enden präsentierte. Dann explodierten die zahlreichen Blumen und Bäume, von denen die Stadt eine regelrecht inflationäre Menge beherbergte, und ließen so manchen Besucher vergessen, dass er sich eigentlich in einer Großstadt befand und nicht in einem gemütlichen bayrischen Dorf. Außerdem strömten zu dieser Jahreszeit die schönen und hippen Einheimischen in die Biergärten, flanierten auf den mit Cafés gesäumten Promenaden und durch den Englischen Garten, was genauso gut in einer südländischen Stadt jenseits der Alpen hätte stattfinden können. Das zumindest dachte sich Lorenz, als er die Rosenheimer Straße am Gasteig und Wiener Platz entlang und dann am Hofbräukeller vorbei zum Maximilianeum fuhr, hinter dem ihr Ziel in einem unscheinbaren Plattenbau verborgen lag.

Vor genau einer Woche hatte von Hohenfels um einen Termin bei der Landesopiumstelle Bayern angefragt, und heute war der erste mögliche Zeitpunkt, um die beiden Polizeibeamten zu empfangen. Lorenz hegte den leisen Verdacht, dass ihr Besuch auch deutlich früher hätte stattfinden können, hätte von Hohenfels denn sein Anliegen mit etwas mehr Nachdruck vorgebracht, doch er sparte sich eine entsprechende Bemerkung. Beim nächsten Mal würde er sich eben wieder selbst darum kümmern.

Der Stolz auf seine Besonnenheit währte allerdings nicht lange, denn die schnippische Beamtin, die sie empfing und sich ihnen als Helga Koch vorstellte, drückte bei Lorenz einen empfindlichen Knopf. Helga Koch sah aus wie jemand, der schon sehr lange in einer staatlichen Behörde tätig war. Und zwar in einer jener Behörden, von deren Existenz der normale Bürger nichts wusste, weil er nur in sehr unangenehmen Fällen mit ihr in Berührung kam. Helga Kochs ganze Präsenz strahlte eine Arroganz aus, deren Glanz Lorenz vom ersten Händedruck an dermaßen blendete, dass er am liebsten auf dem Absatz kehrtgemacht hätte. Er zwang sich trotzdem, auf einem der ihnen angebotenen Sessel Platz zu nehmen, und akzeptierte das servierte Wasser.

Helga Koch legte die Fingerspitzen aneinander und fragte nach einer knappen Vorstellungsrunde mit mühsam unterdrücktem Desinteresse: »Was kann ich denn nun genau für Sie tun?«

»Erzählen Sie uns etwas über den Hintergrund Ihrer Behörde. Seit wann gibt es sie, was tut sie? Ferner interessieren wir uns für die Hanfanbau-Ausschreibung, die von Ihnen herausgegeben wurde«, antwortete Lorenz und hoffte, seine Abneigung der Frau gegenüber einigermaßen verbergen zu können.

»Die Landesopiumstelle wurde erst vor einem halben Jahr vom Freistaat Bayern ins Leben gerufen. Anders als die Bundesopiumstelle in Bonn kümmern wir uns nicht um die Überwachung des Betäubungsmittelverkehrs in Bayern, sondern erforschen Möglichkeiten für den sinnvollen Einsatz von Cannabis im Falle seiner Legalisierung. Dabei arbeiten wir eng mit den beiden großen Universitäten Münchens zusammen und beschäftigen eine Reihe hochdotierter Pharmazeuten und Wissenschaftler«, antwortete Koch, und Stolz schwang in ihrer Stimme mit.

Lorenz blickte sich in dem kargen Büro, das über den Charme einer Fünfziger-Jahre-Raufasertapete verfügte, um und befand, dass beim Etat eindeutig an der Wohnlichkeit der Arbeitsräume gespart worden war.

»Sind Sie als Landesbehörde der Bundesbehörde denn untergeordnet?«, fragte von Hohenfels interessiert.

Hätte ihn Lorenz in diesem Moment etwas genauer beobachtet, wäre ihm aufgefallen, dass sein Kollege dem Gespräch weit mehr als das für ihn übliche Interesse entgegenbrachte.
»Nicht direkt«, antwortete Koch ausweichend. »Bayern wagt in diesem Fall einen Alleingang. Nach Paragraf drei des Betäubungsmittelgesetzes bedürfen Landesbehörden keiner Erlaubnis der Bundesopiumstelle, jedes Land könnte also seine eigene Behörde gründen.«

»Und dann nach Belieben mit Drogen handeln?«, hakte von Hohenfels erstaunt nach und richtete sich noch ein bisschen mehr auf. Außerdem versuchte er unauffällig, seine krausen Haare glatt zu streichen.

»Hier wird es ein wenig kompliziert, denn streng genommen darf unsere Behörde nur im Rahmen ihrer dienstlichen Tätigkeit so etwas wie einen Handel initiieren. Aber dazu laufen momentan umfangreiche rechtliche Untersuchungen. Das Betäubungsmittelgesetz weist nämlich ein paar eklatante Lücken auf, die im Zuge von Bayerns Engagement nach und nach ans Tageslicht kommen«, antwortete Helga Koch verschwörerisch. Sie wirkte jetzt weit weniger wie die dröge Beamtin, als die sie sich eben noch vorgestellt hatte, sondern mehr wie eine aufgeregte Enthüllungsjournalistin, die in von Hohenfels endlich einen interessierten Zuhörer für ihre nächste große Story gefunden hatte.

Nun bemerkte auch Lorenz das Knistern, das sich zwischen ihr und seinem Kollegen aufzubauen anschickte.

»Was für Lücken meinen S' denn da, wenn ich mal ganz frech fragen darf?«, flötete von Hohenfels.

»Dürfen Sie«, säuselte die Beamtin. »Das Betäubungsmittelgesetz ordnet an, dass Umgang und Handel mit Drogen, in unserem Fall Cannabis, nur mit einer Erlaubnis der Bundesopiumstelle erfolgen kann. Aber jetzt frage ich Sie: Wie will der Bund denn etwas ahnden, das in den Aufgabenbereich der Länder fällt?« Gespannt wartete sie, welche Wirkung diese Worte bei ihren Zuhörern erzielen würden.

Lorenz war schon längst ausgestiegen und überlegte, wie er das Thema auf die Ausschreibung in Bad Feilnbach lenken könnte, doch von Hohenfels war voll bei der Sache.

»Aber des würde ja bedeuten, dass … Unmöglich!«, sagte er verblüfft.

»Doch!«, bestätigte Koch und klatschte vergnügt in die Hände. »Wollen Sie mir jetzt etwa sagen, dass ich, würde ich mit der Erlaubnis Ihrer Behörde Hanf anbauen, keine Strafverfolgung durch den Bund befürchten müsst, ganz einfach … weil, nun, weil Recht in Deutschland Ländersache ist?«

»Genau!«, freute sich die Beamtin. »Endlich kapiert das mal jemand auf Anhieb! Sind Sie rechtlich bewandert? Normalerweise bedarf es immer ewiger Erklärungen, um das Thema einem der Materie Fremden zu vermitteln.«

»Nein«, antwortete von Hohenfels schüchtern und brachte tatsächlich das Kunststück fertig, verlegen zu erröten. »Meine Schwerpunkte sind Spurensicherung und Computer-Forensik.«

»So was aber auch! Ich wollte früher immer zur Polizei.«

Weiter kam Helga Koch nicht, denn mit einem demonstrativen Räuspern erinnerte Lorenz an seine Anwesenheit. »Danke für Ihre ausführlichen Erläuterungen, Frau Koch«, sagte er schroff.

»Eigentlich heißt es Fräulein Koch«, korrigierte ihn die Beamtin mit frostiger Stimme. Scheinbar gelang es ihr mühelos, zwischen den beiden Aggregatzuständen reizend und garstig zu wechseln, je nachdem, ob sie es mit Lorenz oder von Hohenfels zu tun hatte. »Sie sagten eingangs, dass Sie sich für die Bayrische Hanfinitiative interessieren?«

»Ja«, antwortete Lorenz knapp und beschloss, sich von Hohenfels zuliebe zusammenzureißen. »Wieso ist die Auswahl auf Bad Feilnbach gefallen?«

»Nun, da es sich um eine staatliche Ausschreibung handelt, darf ich Ihnen die genauen Gründe natürlich ohne entsprechenden richterlichen Beschluss nicht nennen, aber ich kann Ihnen versichern, dass die Bad Feilnbacher Landwirte sich am überzeugendsten präsentiert haben.«

»Echt jetzt? Ausgerechnet Bad Feilnbach? Von … Wie viele Gemeinden gibt es in Bayern?«

»Etwas über zweitausend«, half von Hohenfels aus.

»Danke, also, von über zweitausend Kommunen hat ausgerechnet Bad Feilnbach gewonnen?«, wunderte sich Lorenz immer noch.

»Es haben sich bei Weitem nicht alle beworben. Aber ja, das haben Sie so ganz richtig erfasst.«

»Aha«, machte Lorenz. »Und haben Sie bereits von den jüngsten Ereignissen in Ihrer Siegergemeinde gehört?«, fragte er.

»Das ist natürlich bedauerlich, was zweien der Lizenzbewerber zugestoßen ist. Brandanschläge waren das, richtig?«

»Vermutlich. Welche Konsequenzen hat das für die Bewerbungen der Landwirte?«

»Wir prüfen das im Moment noch«, antwortete Koch. »Aber ich müsste Sie anlügen, wenn ich behaupten würde, die Vorfälle ließen die Kandidaten in einem guten Licht dastehen. Einer der Gründe für solch eine Ausschreibung und den dazugehörigen Testlauf ist ja auch der, ungeeignete Partner von vornherein auszusieben.«

»Und was, wenn die potenziellen Partner gar nichts dafür konnten und Opfer eines Verbrechens wurden?«, hakte Lorenz nach.

»Nun, das ist nicht unser Problem. Sie sind als Täter oder Opfer in kriminelle Machenschaften verstrickt, und das ist bei so einem sensiblen Thema wie Cannabis-Anbau nicht unbedingt in unserem Sinne. Bis das Cannabis flächendeckend in den Köpfen der Menschen zu etwas ganz Normalem geworden ist, müssen die Produzenten auch einen gewissen Schutz der Anbaugebiete gewährleisten können. Das war übrigens ausdrückliche Bedingung in der Ausschreibung. Falls es Sie beruhigt, werden wir natürlich in beiden Fällen die Vorkommnisse genau untersuchen und unsere Schlüsse daraus ziehen. Kommen wir zu einem positiven Ergebnis, haben beide Bewerber noch eine Chance.«

»Ich würde gern Einsicht in die Bewerbungsunterlagen und den Anforderungskatalog nehmen«, sagte Lorenz.

»Ich lasse Ihnen die Papiere natürlich umgehend zukommen«, erwiderte Koch. »Kann ich sonst noch etwas für Sie tun?«

Lorenz konnte sich einen Seitenblick auf von Hohenfels nicht verkneifen und wurde nicht enttäuscht. Anstelle seiner sonst meist obligatorischen Abschlussfrage hatte er dieses Mal nur ein bewundernd-verklärtes Lächeln für die spröde Beamtin ihnen gegenüber übrig. »Ein solches Projekt birgt doch auch enorme finanzielle Chancen. Ich kann mir vorstellen, dass Ihre Behörde vor allem aus der Industrie unzählige Anfragen erhalten hat. Und doch haben Sie sich für eine auf die heimische Landwirtschaft gestützte Produktion entschieden. Gab es Bedenken oder Schwierigkeiten, die Bayrische Hanfinitiative auf diese Weise zu gestalten?«, fragte Lorenz.

Helga Koch wirkte jetzt beinahe ungehalten. »Unterstellen Sie uns etwa gerade, dass wir bestechlich sind?«, empörte sie sich.

»Nein, natürlich nicht«, versicherte Lorenz überrumpelt.

Die Beamtin stand auf, wie um ihren folgenden Worten mehr Nachdruck zu verleihen. »Die Landesopiumstelle ist eine staatliche Institution und damit absolut unbestechlich und unbeeinflussbar. Wir operieren ausschließlich auf Basis modernster wissenschaftlicher Erkenntnisse und in enger Abstimmung mit dem Landwirtschaftsministerium. Unsere Arbeit ist zukunftsweisend für das Leben in Bayern und in Deutschland! Wenn Sie mich jetzt bitte entschuldigen würden, ich habe heute noch sehr viele wichtige Termine«, behauptete Koch.

Die glaubt das wirklich alles, dachte Lorenz und erhob sich ebenfalls, von Hohenfels folgte etwas verspätet. Er reichte Helga Koch eine Visitenkarte, und von Hohenfels tat es ihm gleich.

»Seit wann verteilst du denn Visitenkarten?«, wollte Lorenz wissen, als sie das muffige Gebäude verlassen hatten und durch den warmen Münchner Frühlingsabend zurück zum Auto schlenderten.

»Weil des so ein scharfes Mädel war, da bin ich jetzt noch ganz wuschig«, offenbarte ihm von Hohenfels.

»Ich fand die Dame eher garstig«, entgegnete Lorenz.

»Dir fehlt's halt an Schmäh, drum mochte die nur mich«, behauptete von Hohenfels und grinste stolz. »Ich hoff wirklich, dass sie mich anruft.«

»Ist dir aufgefallen, wie sie auf meine letzte Frage reagiert hat? Dabei hatte ich gar nicht im Sinn, ihr Bestechlichkeit zu unterstellen. Wenn ich jetzt aber so darüber nachdenke …«

»Mach sie mir jetzt bloß nicht madig«, murrte von Hohenfels.

»Wart lieber noch mit eurem ersten Date, bis wir ausschließen können, dass deine Holde mitsamt ihrer sonderbaren Behörde Dreck am Stecken hat«, orakelte Lorenz.

Der Dienstag vor dem großen Festabend

Als Lorenz das Stallgebäude betrat, musste er gegen einen starken Brechreiz ankämpfen. Er hatte Leichen in den schlimmsten Zuständen sowie zahlreiche schreckliche Verletzungen gesehen und geglaubt, dass ihn die Jahre abgehärtet hätten. Doch der Anblick, der sich ihm jetzt bot, rührte an etwas in ihm, das sich bisher tapfer eine kindliche Unschuld bewahrt hatte und nun in seinen Grundfesten erschüttert wurde. Die Halle war voller toter und sterbender Kühe. Alle Rinder hatten grünlichen Schaum auf den Lippen, die bereits verendeten Tiere wirkten unnatürlich verkrampft, und die Augen schienen ihnen aus den Höhlen fallen zu wollen. Am Schlimmsten war aber nicht etwa der Geruch nach Exkrementen, Schweiß und Tod, sondern das mitleiderregende Stöhnen und Wimmern der noch lebenden Kühe. Lorenz hätte niemals für möglich gehalten, dass diese Kreaturen derartige Laute von sich geben konnten. Es klang, als weinten kleine Kinder.

Zwischen den Kadavern und den Sterbenden liefen Personen herum. Eine davon erkannte Lorenz als Franz Hirnsteigers Vater, der konfus und sich die Haare raufend umherirrte. Ein Mann kniete bei einer am Boden liegenden Kuh. Neben ihm stand eine Tasche auf einem Gestell. Er zog eine Spritze auf und setzte sie am Hals des Tieres an.

Hinter Lorenz rückte von Hohenfels mit zwei großen Koffern an. Er steckte wieder in seinem Ganzkörper-Schutzanzug und wirkte merkwürdig gefasst, als er seinen Blick über das makabre Chaos wandern ließ. »Wo fangen wir an?«, fragte er knapp.

Lorenz deutete auf den Mann mit der Spritze. »Das dürfte der Tierarzt sein.«

Sie öffneten die Tür zur Laufflache und bahnten sich einen Weg durch die liegenden Tiere. Der Boden war bedeckt mit Kot und Urin, und Lorenz versuchte gar nicht erst, seine Schuhe sauber zu halten. Die Kuh, die der Tierarzt behandelte, war noch am Leben.

»Aber nicht mehr lange«, seufzte der Mann und stellte sich als Steffen Rückbecken vor. »Die Viecher wurden vergiftet. Muss übers Futter geschehen sein, wahrscheinlich mit der Fütterung gestern Abend.« Die auf dem Boden kauernde Kuh schnaufte mitleiderregend. Dicke Tränen kullerten ihr aus den großen dunklen Augen.

»Kühe können weinen?«, fragte Lorenz mit einem Kloß im Hals.

»Sie werden Ihre Frage in keinem wissenschaftlich anerkannten Lehrbuch mit Ja beantwortet finden«, erwiderte der Tierarzt. »Wenn Sie allerdings meine Meinung hören wollen, dann fällt die eindeutig aus. Schauen Sie sich diese Kuh nur an. Sie stirbt und weiß das. Deshalb weint sie.« Er richtete sich auf und massierte sich mit Daumen und Zeigefinger die Augen. »Ich fürchte, das wird ein langer Tag«, murmelte er.

»Wir müssen so schnell wie möglich herausfinden, wie der Täter die Rinder vergiftet hat«, sagte Lorenz, und Rückbecken nickte wortlos.

»Ich helfe Ihnen«, bot von Hohenfels dem Arzt an und stellte seine Koffer ab.

Lorenz ließ die beiden Männer allein und machte sich auf die Suche nach Hirnsteiger. Er fand ihn zusammengekauert neben einem toten Rind.

Ohne aufzublicken flüsterte der Landwirt: »Das erste Kalb, das ich mit eigenen Händen herausgezogen habe. Eigentlich war sie bereits viel zu alt und gab kaum noch Milch, aber sie durfte in Gesellschaft der anderen hier ihren Lebensabend verbringen.« Hirnsteiger hob den Kopf und blickte Lorenz aus geröteten Augen an. »Wer tut denn bitte so etwas?«

Nun, das war eine gute Frage. Schließlich hatte es Hirnsteiger also auch getroffen. Und mit einer im Vergleich zu den anderen beiden Anschlägen kaum vergleichbaren Grausamkeit und Härte. Diesmal hatte sich der Täter nicht damit begnügt, Sachwerte zu zerstören. Diesmal hatte er getötet.

Lorenz zwang sich, seine Runde durch das Massaker fortzusetzen, und dachte über mögliche Motive nach. Welches Interesse konnte jemand daran haben, drei Landwirte zu sabotieren, die sich um ein lukratives Projekt zum legalen, staatlich geförderten Anbau von Marihuana beworben hatten? Neid wäre ein möglicher Grund. Ebenso die Ablehnung von Drogen. Vielleicht wollte auch jemand in Bad Feilnbach ein Exempel statuieren und hoffte auf die verlässliche Unterstützung der Medien, die seine terroristisch inspirierten Taten verbreiten und somit andere potenzielle Hanfbauern abschrecken würden. Ein weniger an den Haaren herbeigezogenes Motiv wäre Lorenz allerdings bedeutend lieber gewesen.

Was verband die drei auf den ersten Blick so grundverschiedenen Landwirte in Bad Feilnbach? Wen hatten sie sich zum Feind gemacht? Einen lokalen Dealer, der sein Geschäft in Gefahr sah? Oder hingen die Taten womöglich gar nicht mit dem Cannabis zusammen?

Während Lorenz derartigen Gedanken nachhängend in einem der Durchgänge stand, durch welchen die Kühe von der überdachten Halle ins Freie gelangen konnten, wurde seine Aufmerksamkeit von einem Farbklecks angezogen, der sich nicht recht ins restliche Bild einfügen wollte. Die wenigen Tiere, die noch standen und dem Anschlag auf ihr Leben offenbar entkommen waren, drängten sich im Freilauf zusammen, möglichst weit entfernt von ihren sterbenden und toten Artgenossen. Einem der Viecher hing etwas an seinem Horn.

Lorenz überlegte kurz, ob er sich den verängstigten Tieren allein nähern sollte, entschied sich dann aber doch dazu, Franz Hirnsteiger zu holen.

Nachdem er dem immer noch weinenden Landwirt gezeigt hatte, worauf er es abgesehen hatte, bahnte sich der junge Bauer einen Weg durch die kleine Kuhherde, fand das von Lorenz Gewünschte und kehrte kopfschüttelnd wieder zu ihm zurück. In den Händen hielt er eine bunte Feder, der Größe und Form nach von einem Raubvogel, vielleicht einem Adler.

»Ich kann mit einiger Sicherheit behaupten, dass die nicht von uns ist«, sagte Hirnsteiger mit brüchiger Stimme und reichte sein Fundstück Lorenz.

Der drehte die Feder zwischen den Fingern hin und her und

mutmaßte: »Sieht so aus, als hätte unser Killer uns ein Souvenir hinterlassen. Wie nett.«

Mit dem Tod von über achtzig Rindviechern fünf Tage vor dem großen Festabend des Gautrachtenfestes in Bad Feilnbach kam plötzlich Bewegung in die Ermittlung. Nur wenige Stunden nach ihrem Besuch am Tatort hielt Lorenz auch schon die Mordwaffe in der Hand.

»Sieht so … hübsch aus«, murmelte er und inspizierte die Fotografie. »Und das bringt ein ausgewachsenes Rind um?«

Von Hohenfels stellte erneut seine Dünnhäutigkeit unter Beweis, indem er eine wiederholte Infragestellung seiner Professionalität durch Lorenz witterte. Er blickte pikiert und antwortete säuerlich: »Du kannst sie ja mal probieren. Schon ein Blättchen davon lässt dich sabbern, dir wird speiübel, und du möchtest kotzen, Bauchschmerzen und Durchfall inklusive. Wenn du mehr erwischst, treten zusätzlich schwere Herzrhythmus- und Atemstörungen mit Krampfanfällen auf. Des führt dann schließlich durch Herz- oder Atemstillstand zu deinem Tod.«

Alpenrose. Welch schöner Name für eine tödliche Pflanze, dachte Lorenz. »Wächst das Zeug bei uns in den Bergen?«, fragte er.

»Jawoll. Findest du so ab fünfhundert Höhenmetern in den Alpen. Braucht frische, bodensaure Nadelwälder. Ist jetzt keine Allerweltspflanze, der man beim Wandern allenthalben begegnet, aber wenn du nach ihr suchst, wirst du fündig werden.« Von Hohenfels lehnte sich in seinem Bürostuhl zurück. Einmal mehr so weit, dass er um ein Haar die Balance verloren hätte und nach hinten gekippt wäre. »Kruzifix!«, fluchte er erschrocken.

Lorenz starrte konzentriert auf das Bild mit dem rosablütrigen, todbringenden Rhododendron.

»Ich frag mich, ob man gemeinhin diese Pflanze kennt. Das ist ja jetzt keine Tollkirsche oder ein Eisenhut, von denen man auch mit eher moderater botanischer Vorbildung weiß, dass sie giftig sind.«

»Hm«, machte von Hohenfels. »Almbauern sollten des schon

wissen. Aber ansonsten ... Jeder, der sich halt mit Pflanzen und Kräutern gut auskennt.«

In den Wäldern von Lorenz' Unterbewusstsein reckte sich der Schmetterling der unangenehmen Erkenntnis und flatterte mit den Flügeln, ohne zu ahnen, was die Chaostheorie in solchen Momenten zu entfachen bereit war. Lorenz dachte an die Adlerfeder. »So wie Schamanen, zum Beispiel«, sagte er düster.

»Du glaubst doch nicht allen Ernstes, dass einer von uns was damit zu tun hat, oder?« In Milas Augen loderte ein Feuer.

Lorenz wich vorsorglich etwas zurück und starrte auf seine schwer in Mitleidenschaft gezogenen Schuhe. Mila und er waren vom Fluss aus in den Wald gewandert und dort einem schmalen Pfad gefolgt, bis sie plötzlich vor einem Maschendrahtzaun standen, an dem es nicht mehr weiterging. Im ersten Moment war Lorenz verwirrt über die unvermittelte Barriere gewesen, bis er die Funktion des Zauns erkannte. Eine Herde Damwild graste friedlich in dem Gehege in der Nähe einer Art Holzverschlag. Etwas weiter oberhalb davon hatten sie eine verfallene Bank gefunden, auf der sie sich niederließen und von wo aus sie die Tiere gut beobachten konnten. Die scheinbar unermüdlichen Trommler und Gitarrenspieler waren hier ebenso wenig zu hören wie das stetige Rauschen des Flusses. Es war geradezu herrlich still und idyllisch. Hätte Lorenz nicht ein solch brisantes Thema im Gepäck gehabt.

»Die Feder. Ich muss dem Hinweis nachgehen«, sagte er.

»Das wäre doch viel zu offensichtlich, meinst du nicht?«, erwiderte Mila.

»Hast du schon mal was von der Alpenrose gehört?«, fragte Lorenz zerknirscht.

»Natürlich!«, antwortete Mila hitzig. »Du etwa nicht?«

»Nein«, gestand Lorenz. »Bis heute nicht.« Er räusperte sich und fuhr fort: »Aber irgendjemand kennt sich verdammt gut damit aus und hat genau die richtige Menge in das Silo des Futterwagens vom Hirnsteiger Franz gemischt. Und jetzt sind achtzig seiner Kühe tot.«

Die Bilder der verendeten und sterbenden Tiere tauchten

wieder vor ihm auf wie eine gärende Leiche in einem See. Er schauderte.

»Wie konnte der Täter diesen Massenmord denn eigentlich umsetzen?«, fragte Mila nun etwas sanfter.

»Eigentlich dürfte das sogar ziemlich einfach gewesen sein. Dem Hirnsteiger sein Laufstall ist ja quasi zu allen Seiten hin offen, statt massiver Wände hat der überall aufrollbare Planen. Reinkommen ist also kein Problem, auch wenn es an den eigentlichen Eingängen diese lächerlichen Fingerabdruckscanner gibt.«

»Keine Alarmanlage oder dergleichen?«, wollte Mila wissen.

»Doch, ein Videoüberwachungssystem. Allerdings eins mit einem fatalen Nachteil. Im Stall sind lediglich WLAN-Kameras angebracht. Günstig und praktisch, weil du keine Kabel verlegen musst. Aber eben auch sehr anfällig. Unser Täter hat das Signal vor seiner Tat ganz einfach gestört. Die Aufzeichnungen sind im betreffenden Zeitraum schwarz. Dadurch wissen wir zwar, wann er zugeschlagen hat, sehen ihn aber nicht.«

Mila biss sich auf ihre zwischen den Lippen eingeklemmte Zunge, während sie nachdachte.

Lorenz musste lächeln.

»Ich könnte dir zwar eine Alpenrose finden, habe aber nicht den Hauch einer Ahnung, wie ich ein Netzwerksignal stören kann.«

»Du hast ohnehin ein Alibi«, sagte Lorenz.

»Habe ich?«, frage Mila erstaunt.

»Ja. Der Einbruch fand vorgestern statt.«

»Während der Schlägerei beim Kesselfleischessen?«

»In dieser Nacht.«

»Dann bist du also mein Alibi?«, fragte Mila und drehte sich zu Lorenz hin. Dass dabei auch ihr Rock verrutschte und er einen Blick zwischen ihre Schenkel erhaschen konnte, trieb ihm wieder die Schweißperlen auf die Stirn.

»Sieht so aus«, sagte er lächelnd und konnte sich nur mühsam beherrschen, ihr schönes Gesicht in die Hände zu nehmen und zu küssen. Allein beim Gedanken an jene Liebesnacht floss das Blut schon wieder in seinen niederen Körperregionen zusammen. Wenn Mila nicht da war, flatterten Schmetterlinge in seiner Brust. Wie eine Ladung, deren Polarität nicht eindeutig war. Lorenz fühlte dann eine Mischung aus Vorfreude, Beklemmung, Angst und Euphorie. Beklemmung und Angst, weil die alten Wunden in ihm befürchteten, erneut aufgerissen zu werden, wenn er die Zugbrücke seiner emotionalen Trutzburg zu weit herunterkurbelte. Vorfreude und Euphorie, weil seine Zellen zu vibrieren begannen, wenn er an Mila dachte, und sein Herz schneller und lauter pochte, wenn er sie nur ansah.

»Ich brauche trotzdem deine Hilfe«, gestand er. »Mein Gefühl sagt mir, dass es einen Zusammenhang zwischen dem Anschlag und eurem Lager hier gibt, und mir wäre es bedeutend lieber, wenn wir in dieser Sache zusammenarbeiten könnten.«

»Aber warum ich? Ich bin keine Stammesführerin oder was immer du grad in mir zu sehen glaubst«, sagte Mila mit einer von leichtem Frost überzogenen Stimme.

»Aber du kennst dich im Camp aus, und die Leute scheinen dich zu respektieren«, flehte Lorenz.

»Nun, ich kann mich schon umhören«, räumte sie ein, »aber die Schamanengruppe hier ist recht, nun ja, speziell. An die kommst du eigentlich am besten ran, wenn du …« Ihr schien eine Idee zu kommen. »Möchtest du dich bei denen nicht zur Ausbildung anmelden? Lorenz Hölzl, der große, kahlköpfige Schamane!« Mila kicherte, und Lorenz schnaubte.

»Auf gar keinen Fall. Das nimmt mir doch kein Mensch ab. Aber die Idee an sich ist gar nicht so doof.«

»Besten Dank auch«, kommentierte Mila sarkastisch.

»Ich denke, es gibt einen weitaus geeigneteren Kandidaten für diesen Job«, behauptete Lorenz und lächelte.

»Kommt gar nicht in die Tüte, ich spüre voll die negativen Schwingungen, das ist viel zu gefährlich für meinen Puschelbären!«

Der Puschelbär blickte beschämt zu Boden und schwieg vorsichtshalber.

Mila und Lorenz hatten Andreas Kerschl auf der anderen Seite des Lagers gefunden, wo er mit Banju in einem Zelt hauste, das diese Liebesnest nannte. Der Flecken Erde, den sie sich dafür ausgewählt hatte, wusste durchaus zu gefallen. Unmittelbar am Ufer des Jenbachs, gleich unterhalb eines der vielen Wasserfälle, der allerdings neben der gebotenen Romantik auch eine nicht zu verachtende Geräuschkulisse frei Haus lieferte. Das Zelt selbst hatte das Zeug, durch bloße Betrachtung Rauschzustände auszulösen. Lorenz vermutete als dessen Grundgerüst einen schlichten Gartenpavillon, den man bereits für wenige Euros im Baumarkt erstehen konnte. Dieser war allerdings derart wild dekoriert und behangen, dass seine Urform kaum noch auszumachen war. Als hätte der Chef-Ausstatter eines Bollywoodfilmes seinen Korb mit Requisitenresten darüber ausgekippt und das Ganze dann noch mit kitschigen Kunstblumen und bunten Girlanden verziert.

Es fiel Lorenz immer noch schwer, sich den bayrischsten aller bayrischen Dorfpolizisten, dessen Mutter ihm jeden Morgen belegte Brote in einer Tupperdose mit zur Arbeit gab, in einem solchen Habitat vorzustellen. Und doch saß Kerschl jetzt vor ihm, gekleidet in seine bunte Flickenhose, Fransenweste, barfuß und mit ins Haar geflochtenen Federn. Lorenz hatte höflich darum gebeten, mit ihm ein paar Augenblicke allein zu reden, doch das kam für die resolute kleine Frau natürlich überhaupt nicht in Frage. Sie erklärte sich sofort zu Kerschls Anwältin, als gälte es, ihren Puschelbären vor besonders dunklen Mächten zu schützen. Eine dunkle Macht spürte Lorenz nun tatsächlich in sich aufsteigen und an seinem Geduldsfaden nagen.

Mila schien das zu ahnen, denn sie berührte Banju vorsichtig am Arm. »Komm mal mit, wir müssen etwas besprechen.« Und als Banju zögerte, schickte Mila ein scharfes »Jetzt!« hinterher.

Offenbar hatte sich Lorenz doch nicht geirrt, und Mila verfügte über mehr Einfluss auf die Campbewohner, als sie hatte zugeben wollen. Banju folgte ihr jetzt widerstandslos, das hieß, natürlich erst, nachdem sie Kerschl einen feuchten Kuss auf die Stirn gedrückt hatte.

»Hör zu, Kerschl«, begann Lorenz noch einmal. »Wir müssen wissen, ob jemand aus dem Camp hinter dem Anschlag auf den Hirnsteiger steckt. Und du kannst mir dabei helfen, du bist mein bester Mann hier.«

Die Worte wirkten, und Kerschl schaltete endlich vom Puschelbär- in den Polizistenmodus zurück. »Okay, Boss, was muss ich tun?«, fragte er.

Lorenz erklärte es ihm. Zweimal.

Mila bewohnte ein kleines Zelt etwas abseits des Hauptlagers. Im Vergleich zu dem von Kerschls Banju wirkte es geradezu schlicht und unauffällig. Es war ein kompaktes Pyramidenzelt, in dem sich eine Kochnische, ein Faltschrank und ein gemütliches Bett befanden. Eine batteriebetriebene Lichterkette, die um den Hauptmast gewunden war, spendete warmes, diffuses Licht. Die Stoffplanen hatten die Wärme des Tages konserviert und sorgten für ein angenehmes Klima. Es roch nach den Sanddorn-Zitronengras-Räucherstäbchen, deren Rauch sich langsam zur kleinen Öffnung im Dach emporwand.

Lorenz und Mila saßen sich im Schneidersitz gegenüber, wobei sich ihre Knie berührten. Mila war so nackt wie er selbst, was Lorenz noch immer irritierte. Es fiel ihm schwer, seinen Blick nicht wieder und wieder über ihren einladenden Körper gleiten zu lassen und stattdessen den Blickkontakt aufrechtzuerhalten. Mila hatte ein paar Augenblicke zuvor einen heiligen Raum* um sie herum geschaffen. Lorenz hatte ihre ausladenden und eine Kuppel formenden Armbewegungen wiederholen müssen und wäre sich in jeder anderen Situation wohl unglaublich dämlich vorgekommen, doch in Milas Nähe verbündeten sich Herz und Hormone und schickten den Verstand vor die Tür. Mila hatte ihm erklärt, dass dieses Ritual dazu diene, eine tantrische Sitzung einzuleiten und schlechte Energien fernzuhalten. Außerdem hatte sie ihn aufgefordert, ihr alles zu erzählen, was er beim Sex mochte und was nicht, und auch sie hatte ihm ihre Vorlieben und Abneigungen verraten.

Zunächst war Lorenz das sehr unangenehm gewesen. Mit noch keiner seiner bisherigen Partnerinnen hatte er sich so ausgetauscht, aber als er später darüber nachdachte, erschloss sich ihm durchaus der tiefere Sinn hinter einer derartigen Zeremonie.

---

* Im Englischen *sacred space* genannt.

Sie machte das übliche Taktieren und Abwägen beim Kennenlernen eines neuen Partners, wie weit man gehen konnte, was das Gegenüber erregte und was es die Flucht ergreifen ließ, obsolet.

Mila glitt auf seinen Schoß, Shiva-Shakti-Stellung nannte sie das, und sah ihm tief in die Augen. Seine Erektion presste sich gegen ihren Schritt, und er atmete schwer, versuchte jedoch brav, Milas Blick standzuhalten. Und dann, ja, dann verlor er sich abermals darin. Er fühlte sich wie bei einer intensiven Meditation, bei der jeder störende Gedanke von den Augen des jeweils anderen absorbiert wurde. Lorenz kam jedes Zeitgefühl abhanden. Irgendwann, wohl als sie den Zeitpunkt für geeignet erachtete, schob Mila ihre Hüfte zuerst ein wenig zurück und dann wieder nach vorne und nahm Lorenz, dessen Erregung die ganze Zeit über trotz mangelnder Stimulation angedauert hatte, tief in sich auf. Nicht eine Sekunde unterbrach sie den Blickkontakt, obwohl sie wohlig aufstöhnte, als Lorenz in sie glitt. Er hingegen explodierte fast und musste enorm viel Anstrengung aufbringen, um nicht augenblicklich zu kommen.

Mila schien zu spüren, wie er sich verkrampfte. »Lass los«, flüsterte sie. »Entspann den Beckenboden und konzentriere dich auf deinen Atem. Ich halte still. Du musst die Geschwindigkeit herausnehmen. Atme langsam ein und wieder aus.«

Er versuchte es, und schon nach kurzer Zeit ließ seine Erregung nach, ohne dass die Erektion verschwand. Er war einfach nur in ihr und genoss die wunderbare Vereinigung jenseits von Leistungsdruck und Versagensangst. Der Energiekreislauf zwischen ihnen war geschlossen.

Mila schien dem tantrischen Ziel, ihren gesamten Körper in eine erogene Zone zu verwandeln, bereits äußerst nahe gekommen zu sein. Denn wo auch immer er sie berührte oder streichelte, es ließ sie seufzend erschauern. Lorenz war fasziniert davon, wie einfach er ihr Lust bereiten konnte.

So saßen sie eine gefühlte, wunderbare Ewigkeit. Erst als Mila schließlich begann, ihrerseits die Beckenmuskeln anzuspannen und die Hüften auf seinem Schoß kreisen zu lassen, konnte er sich nicht mehr beherrschen. Der Orgasmus, der nun doch unweigerlich folgte, war anders als alle, die er zuvor in seinem Leben gehabt hatte, und dauerte viel länger als gewöhnlich. Zuerst fühlte es sich an, als müsste er kommen, doch die Erlösung in Form der Ejakulation wollte sich nicht sofort einstellen, sodass sich seine Lust ins nahezu Unermessliche steigerte. Obwohl Lorenz immer noch versuchte, den langsamen Atemrhythmus beizubehalten, beschleunigte sich sein Puls, und auch Milas Ektase wuchs. Sie krallte ihre Nägel in seine Schulter und drängte ihm ihr Becken fordernd entgegen. Sein Orgasmus überrollte ihn in mehreren Wellen, intensiv, heiß und brodelnd. Er spürte, dass auch Mila kam, ihre Augenlider flatterten, und ihr Mund öffnete sich für ein hingebungsvolles Stöhnen.

Danach fühlte sich Lorenz nicht so erschöpft wie sonst, sondern regelrecht energiegeladen und sprach Mila darauf an.

»Und das ist nur der Beginn. Du spürst die Energie, die wir beim Sex ausgetauscht haben, anstatt sie uns zu rauben. Glaub mir, du stehst erst ganz am Anfang einer wunderbaren Reise.«

So schrecklich dieser Tag mit dem Massaker im Kuhstall also begonnen hatte, so wunderbar endete er, als Lorenz an diesem Abend friedvoll mit Mila im Arm einschlief – während ein paar unheimliche Gestalten mit finsteren Mienen um das Lager der Jenbachtal-Hippies schlichen.

Mittwoch, drei Tage bis zum Festabend

Der Feichtl besaß die unangenehme Angewohnheit, auf die Lippen des Sprechenden zu starren, als wollte er sich jedes Wort, was über sie kam, genau einprägen. Darüber hinaus schien er dauernd mit etwas Kontakt halten und es berühren zu müssen, Zaunpfähle, Wände, Autos oder was sich sonst noch in seiner Reichweite befand. Lorenz hatte den Mann nicht ein einziges Mal frei stehend gesehen. Als befürchtete der Feichtl, die Welt um ihn herum könnte einfach verschwinden, wenn er sie nicht festhielte. Wenn die Höfe von Heronimus Breyer und Franz Hirnsteiger die jeweils äußeren Extreme auf einer Skala darstellten, befand sich der vom Feichtl ziemlich genau in der Mitte. Er war weder besonders neu noch besonders alt und war nicht so sauber wie die fast schon klinisch sterilen Hallen vom Hirnsteiger, aber bei Weitem nicht so schmutzig wie das alte Gehöft vom Breyer. Seine Stallungen und Maschinen waren das, was ein Auktionator mit »gebraucht, aber in gutem Zustand« beworben hätte. Der Feichtl mochte den Durchschnitt und huldigte ihm, wo immer es ihm möglich war, denn im Durchschnitt lauerten keine unvorhersehbaren Risiken.

Warum sich jemand wie er überhaupt für eine Lizenz zum Hanfanbau beworben hatte, erschloss sich Lorenz nur, wenn er den Gerüchten Glauben schenkte, dass die treibende Kraft angeblich Feichtls Ehefrau war, unter deren Pantoffel der fahrige Landwirt als fest eingeklemmt galt.

Lorenz und von Hohenfels hatten den Vormittag damit zugebracht, noch einmal bei Hirnsteigers vorbeizufahren und den Tatort einer weiteren Untersuchung zu unterziehen. Bei dieser Gelegenheit sahen sie sich auch gleich die Plakatwand an, die Julian Dorn ihnen als Briefkasten für die private Cannabis-Bestellung beschrieben hatte. Natürlich fanden sie dort keine Umschläge mit Geld oder Adressen, doch ein paar verräterische Löcher von Reißzwecken im Holz auf der hinteren Seite der Anschlagtafel verliehen der Geschichte eine gewisse Glaubwürdigkeit. Sie beschlossen, selbst einen Versuch zu wagen, besorgten sich in der Bank nebenan ein Kuvert, steckten zwanzig Euro hinein und gaben Frau Grubers Adresse an. Den Umschlag hatte Lorenz an die Stelle mit den Löchern geheftet, und dann waren sie zum Feichthof gefahren.

Im Moment hielt sich der Feichtl an der Stalltür fest. Hinter ihm muhte und schmatzte es herzhaft. Lorenz und von Hohenfels waren nicht die einzigen Besucher, die der Feichtl heute empfing. Als die beiden Beamten auf dem Bauernhof eintrafen, unterhielt er sich gerade mit einem Lorenz wohlbekannten anderen Landwirt. Mit diesem verband ihn der allererste Fall, den er in Bad Feilnbach einst hatte lösen müssen. Das traditionelle Lederhosenmesser, der sogenannte Hirschfänger*, des Mannes, hatte dabei eine unrühmliche Hauptrolle gespielt.

»Guten Tag, die Herren«, sagte Lorenz, als von Hohenfels und er zu den zwei Männern traten. Und an Johann Neuberger gerichtet: »Lange nicht mehr gesehen.«

»Worüber ich ned unglücklich bin«, antwortete Neuberger, reichte Lorenz aber trotzdem die Hand. »Sie wollen zum Feichtl, nehm ich an?«

»Das nehmen Sie richtig an«, entgegnete Lorenz. »Und was führt Sie hierher?«

»Ich wollte auch zum Schorsch«, antwortete Neuberger mit einem müden Lächeln.

»Zum Schorsch?«, fragte Lorenz verwirrt.

»Georg. Die Bayern und auch wir Österreicher stehn auf Sch-Laute bei Vornamen. Machen aus einem Martin einen Maschte, aus einer Ursula eine Urschl, und der Georg wird eben zum Schorsch. Wennst des jetzt unlogisch findest, dann sprich Georg mal im französischen Slang aus, dann weißt, woher des kommt«, half von Hohenfels fachsimpelnd aus.

Währenddessen wechselte der Feichtl von der Stalltür zu einem alten Reisigbesen und bewahrte diesen vor dem grausamen Schicksal des Sich-in-Luft-Auflösens.

---

* Ähnlich wie beim Gamsbart gilt: je reicher der Träger, umso pompöser der Hirschfänger. Gamsbart und Hirschfänger sind also die Porsches der Trachtenszene.

Als Neuberger bemerkte, dass seine Antwort Lorenz nicht zufriedenstellte, ergänzte er:»Man wird doch noch einen alten Freund besuchen dürfen, um ihm in solch schweren Zeiten beiseitezustehen, oder?«

»Sie haben sich über die Anschläge unterhalten?«, mutmaßte Lorenz.

»Ja, schlimme Sache«, seufzte Neuberger.

»Herr Feicht, halten Sie es für möglich, dass hinter dem Anschlag auf Sie ein agrarpolitischer Hardliner stecken könnte?«, fragte Lorenz.

Der Feichtl klebte an Lorenz' Lippen, als gälte es, sie zu lesen. Allerdings zeigte sich kein Verständnis in seinem Mienenspiel.

»Ob du glaubst, dass einer von den Öko-Fuzzis dahinterstecken könnt«, übersetzte Neuberger, und des Feichtls Augenbrauen wölbten sich verstehend in Richtung seines sich auf strammem Rückzug befindlichen Haaransatzes.

»Meinen S' den Breyer?«, fragte er aufgeregt, und für einen kurzen Moment schien es, als wollte er sich an Lorenz festhalten, erkannte aber in letzter Sekunde, dass das wohl nicht besonders gesundheitsfördernd für ihn gewesen wäre.

»Zum Beispiel«, antwortete Lorenz verhalten. »Ich habe gehört, dass es gewisse … Spannungen zwischen den – wie heißt es noch gleich? – konventionellen Landwirten und den ökologisch arbeitenden gibt. Vielleicht wirken die sich ja auch in der Praxis aus?«

Johann Neuberger entwich ein verächtliches Schnauben.

»Möchten Sie vielleicht etwas dazu sagen?«, fragte Lorenz.

»Was haben Sie denn für eine Meinung zu diesen Öko-Fuzzis?«

»Ach, gehen S' weiter, des ist doch alles ein Riesenschmierentheater. Kein normaler Landwirt kann heute von der rein ökologischen Landwirtschaft leben. Des ist einfach nicht wirtschaftlich. Schaun Sie sich nur mal die Auflagen an, die man heut erfüllen muss, um des Ökosiegel zu erhalten. Du hast es doch probiert, Schorsch, erzähl ihm, was des für ein unmenschlicher Aufwand ist«, ereiferte sich Neuberger.

Der Feichtl druckste herum und gestand schließlich: »Na, ich wollt des nicht, des war doch die Idee von der Anni. Weil die g'meint hat, dass des die Zukunft ist und wir da jetzt einsteigen müssen. Aber der Hans hat schon recht, des ist wirklich schwer, den Betrieb so umzustellen, dass du dich ökologisch nennen darfst. Bei uns tät des nicht gehen, des scheitert schon am Stall, ohne Offenhaltung geht da gar nix.«

Lorenz musterte die Kühe hinter dem Feichtl, die Seite an Seite angebunden in ihren Eisengestellen standen. Er verspürte wenig Lust auf einen weiteren Vortrag über die Vor- und Nachteile der verschiedenen Landwirtschaftsformen und lenkte das Gespräch wieder zurück ins Fahrwasser der Ermittlung. »Bekriegt ihr euch untereinander? Ich mein, gab es schon mal entsprechende Vorfälle in der Vergangenheit, irgendwelche kleinen Scharmützel oder Gemeinheiten zwischen den unterschiedlich operierenden Bauern? Mit dem Breyer zum Beispiel? Der erscheint mir ja schon recht militant.«

»Allenfalls verbale Auseinandersetzungen«, erwiderte Neuberger verhalten. »Wir sind schließlich zivilisierte Männer, und in der Regel heißt es: leben und leben lassen. Auch wenn des Verhältnis derzeit recht angespannt ist, des stimmt schon.«

»Und warum ist das so?«, wollte Lorenz wissen.

»Na, wegen dem blöden Hanf. Ich hab dich von Anfang an g'warnt, Schorsch.« Der Zusatz galt dem Feichtl, der sich nun verlegen krümmte.

»Ja, aber du weißt ja, die Anni wollt des unbedingt«, ließ der sich wieder vernehmen. Und an Lorenz gerichtet fügte er erklärend hinzu, als würde man das von ihm erwarten: »Anni ist mein Weib.«

»Und warum genau ist der Hanf blöd?«, fragte Lorenz den Neuberger interessiert und ignorierte den Feichtl. Als er Neuberger vor vier Jahren das erste Mal getroffen hatte, war dieser noch Vorsitzender des Bad Feilnbacher Trachtenvereins und gleichzeitig Vorstand des Gauverbands gewesen. Nach den Vorfällen um den Mord der Studentin Sarah Lubner, die damals mit Neubergers Messer erstochen worden war, hatte er all seine Ämter niedergelegt, um, wie er es genannt hatte, der Trachtensache nicht zu schaden. Und das, obwohl er damals nachweislich völlig unschuldig gewesen war. Die Reaktion sagte bereits eine ganze Menge über Neuberger und sein Wesen aus. Der Mann brannte für Brauchtum und Tradition. Erst letztes Jahr hatte er sich, und nur unter enormen eigenen Vorbehalten, auf Drängen der neuen Vorstandschaft dazu bereit erklärt, den Posten des Festleiters für das Gautrachtenfest zu übernehmen. Für Lorenz war Neuberger der Inbegriff eines Herzblut-Trachtlers.

»Weil des ein Teufelszeug ist. Marihuana ist eine Einstiegsdroge, des ist allgemein bekannt. Und Landwirte dürfen uns den Ruf nicht kaputt machen, indem sie nur auf den Profit schielen. Wir haben immerhin auch eine soziale Verantwortung«, antwortete Neuberger, und seine Augen glänzten.

»Aber in erster Linie ist Hanf genauso eine Pflanze wie zum Beispiel Hopfen«, konterte Lorenz.

Doch Neuberger war viel zu gewieft, um in diese Falle zu tappen. »Ich weiß schon, worauf Sie anspielen. Aber mir geht's drum, dass wir Landwirte ned des Werkzeug sein dürfen, um eine weitere gesellschaftlich akzeptierte Droge in Umlauf zu bringen, die dann zu einer neuen Geißel für die Jugend wird.«

Lorenz erinnerte sich noch lebhaft an das Gespräch, das er mit Neuberger geführt hatte, in dem ihm der alte Landwirt von den Problemen der verschiedenen Generationen innerhalb des Trachtenvereins erzählt hatte. Vom Alkohol, der nur allzu oft zu wilden Exzessen führte. Vom schleichenden Aufweichen der Regeln und Normen im Brauchtum und von den Schwierigkeiten, welche die Wiederentdeckung der Tradition in der breiten Masse für die echten Trachtler mit sich brachte, von Preißenlederhosen, Kommerz-Oktoberfesten und Glitzerdirndln.

»Übertreiben Sie da jetzt nicht etwas?«, hakte Lorenz nach, ohne sich jedoch große Hoffnung auf Einsicht bei seinem Gegenüber zu machen.

»Schaun Sie sich doch an, was des Zeug mit den Leuten macht. Nur Probleme bringt des. Nehmen S' den Bub vom Schwinder, den Max. Der ist von dem Zeug so abhängig geworden, dass sein Hausarzt dem jetzt einen Entzug verschreiben hat müssen«, argumentierte Neuberger und verließ sich auf die stets bewährte und beliebte Ausnahme der Regel, um seine These und Meinung zu stützen.

»Der Sohn der Schwinders raucht Marihuana?«, fragte Lorenz neugierig.

Von Hohenfels hatte bisher getreu seiner Art stumm und beobachtend neben Lorenz gestanden, was die Leute, die Lorenz befragte, oft genug verwirrte und verunsicherte, womit von Hohenfels seinen Beitrag zu den Verhören leistete. Auch Neubergers Blick huschte jetzt verunsichert zu Lorenz' Kollegen, als wüsste er nicht, ob er dem Fremden in diesem Dreierkonglomerat vertrauen konnte und er seine brisanten Informationen wirklich preisgeben sollte.

»Keine Sorge, Beamtengeheimnis, ich verrat nix weiter, was ich nicht verraten darf«, scherzte von Hohenfels, und Lorenz war sich nicht so sicher, ob die beiden Landwirte die Ironie verstanden.

Doch Neuberger entspannte sich und teilte den beiden Polizisten verschwörerisch mit: »Dass der kifft, ist in Feilnbach eins der schlechter gehüteten Geheimnisse. Angeblich dealt der Bub sogar.«

Lorenz hatte Max Schwinder selbst noch nicht kennengelernt. Als er auf dem Hof der Eltern gewesen war, um sich routinemäßig den Schaden an der abgebrannten Maschinenhalle anzusehen, hatte Justus Schwinder ihm erzählt, dass sich sein Sohn Max beim Versuch, einen Traktor aus dem Feuer zu retten, Verbrennungen zugezogen hatte und deshalb ins Krankenhaus gebracht worden war. Der Geschichte nach hatte Max in der Nacht auf vorletzten Samstag gegen zwei Uhr morgens die sich bereits in vollem Brand befindliche Halle von seinem Schlafzimmer aus gesehen, auf seiner wilden Hatz nach draußen das ganze Haus wachgebrüllt und sich schließlich kopflos in die Flammen gestürzt. Dieser von wenig Selbsterhaltungstrieb zeugende Akt des Rettungsversuchs einer alten landwirtschaftlichen Zugmaschine, deren Reifen zu dieser Zeit bereits lichterloh gebrannt hatten, ließ durchaus die Vermutung einer gewissen Geistesabwesenheit, wie sie das Kiffen mit sich brachte, zu, dachte Lorenz.

»Von Hohenfels, du hast dir doch sicher gemerkt, wie alt dieser Bursche ist, oder?«

»Fünfzehn Jahre, Geburtstag am 5. März«, antwortete von Hohenfels wie aus der Pistole geschossen.

»So was in der Art hatte ich auch in Erinnerung«, erwiderte

Lorenz. Er wandte sich an Neuberger und den Feichtl. »Wo bekommt ein Fünfzehnjähriger in Bad Feilnbach Marihuana her?«

»Des müssen Sie schon den Schwinder junior persönlich fragen«, empfahl Neuberger. Er klopfte dem Feichtl auf die Schulter. »Oder weißt du, bei wem wir uns zukünftig unser Gras kaufen können, Schorsch?«

»Probieren Sie's doch mal oben bei den Schamanen«, antwortete der Feichtl todernst und versuchte, verschwörerisch dreinzuschauen, was bei ihm aber eher aussah, als litte er an schmerzhafter Verstopfung.

»Na, besten Dank, meine Herren«, sagte Lorenz. »Wie geht's denn jetzt bei Ihnen weiter, Herr Feicht?«

»Ich hab genug von dem blöden Marihuana und dem Anbau, des ist mir viel zu gefährlich, des können S' mir glauben. Sollen sich andere damit herumschlagen. Nach all dem, was da jetzt schon passiert ist, kann mich nicht mal mehr die Anni davon überzeugen weiterzumachen«, antwortete er, und es gelang ihm, bei der Nennung seiner Frau nur sehr unmerklich zusammenzuzucken.

»Dann haben die Anschläge ihre Wirkung also nicht verfehlt«, erwiderte Lorenz. »Hast du noch was, von Hohenfels?«, fragte er aus mittlerweile konditionierter Gewohnheit.

»Herr Feicht, haben Sie Ihren Schaden schon der Versicherung g'meldet?«, wollte von Hohenfels wissen.

Ein Ruck ging durch den nervösen Landwirt, als er angesprochen wurde. »J-a«, antwortete er stotternd. »Aber die zahlen wohl nix. Nutzhanf ist in meiner Ertragsausfallversicherung nicht abgedeckt, irgendeine Klausel, hat mein Vertreter g'sagt.«

»Immer des Gleiche mit den Versicherungen, immer nur Beiträge kassieren und jedes Jahr teurer werden, aber wenn man s' dann mal braucht, zahlen s' nicht. Alles Beschiss«, kommentierte Neuberger säuerlich mit der düsteren Miene eines Mannes, der zu diesem Thema zahllose Stammtischanekdoten anzubringen wusste.

Von Hohenfels ließ sich davon allerdings nicht ablenken. »Können S' schon den Ihnen entstandenen Schaden abschätzen?«

»Ungefähr siebentausend Euro je Hektar, zwei Hektar

waren's«, murmelte der Feichtl und blickte betrübt auf seine schmutzigen Gummistiefel.

Lorenz wäre fast ein ungläubiger Ausruf herausgerutscht, doch im letzten Moment riss er sich zusammen, als er bemerkte, dass von Hohenfels die Antwort völlig gelassen hingenommen hatte und sich nun lediglich höflich für die Information bedankte.

Die beiden Beamten verabschiedeten sich von den Landwirten und schlenderten zurück zu Lorenz' Wagen. Als sie außer Hörweite waren, fragte Lorenz von Hohenfels: »Kann das echt sein, dass das Feld vom Feichtl so viel wert war?«

»Des kann schon hinkommen, auch wenn da Arbeitszeit und Ertragsausfall schon einberechnet sein müssten. Was mich allerdings viel mehr interessiert: Glaubst du, dass der Feichtl in Bezug auf die Ausschreibung durch den Anschlag irgendeinen Schaden davongetragen hat?«

»Du möchtest wissen, was unser Täter eigentlich erreichen wollte? Eine gute Frage«, entgegnete Lorenz über das Autodach hinweg. »So wirklich aus dem Spiel nimmt es den Feichtl ja trotzdem nicht. Du musst dir unbedingt die Bewerbungsunterlagen deiner neuen Flamme durchsehen. Vielleicht hat der Feichtl mit seinen abgebrannten Nutzhanffeldern ja bewiesen, dass er notwendige Schutzmaßnahmen nicht einhalten kann oder dergleichen.«

»Ich kümmere mich drum«, erklärte von Hohenfels zu Lorenz' großer Erleichterung.

»Sehr schön.« Lorenz setzte sich hinters Lenkrad. »Aber zuvor statten wir den Schwinders noch mal einen Besuch ab. Vielleicht liefert uns der Junior eine bessere Spur als der Dorn mit seiner Zettelpost. Und davor holen wir uns was zu essen. Ich vergeh sonst gleich vor Hunger.«

Der Horizont hatte die Farbe von sonnenverbranntem Korn, über das jemand dunkle Schokoladensoße gegossen hatte. Bad Feilnbach galt nicht unbedingt als Mekka des Mittagstisches, und angesichts der spärlichen Angebotsauswahl entschieden Lorenz und von Hohenfels sich für das Gaufestzelt, wenn es denn schon mal da war.

Sie konnten sich gerade noch unter das schützende Dach retten, als der Hagelschauer einsetzte. Die auf die Planen prasselnden Eiskörner übertönten für ein paar Minuten mühelos alle anderen Geräusche im Zelt inklusive der kleinen fünfköpfigen Musikkapelle, die ungeachtet des Krachs tapfer weitermusizierte.

Lorenz und von Hohenfels setzten sich an einen leeren Tisch, studierten die Mittagskarte und bestellten Käsespätzle und Krustenbraten nebst je einer Radlermaß. Eine Zeit lang saßen sie sich schweigend gegenüber und lauschten den Schlägen des sich in Regen verwandelnden Hagels, dann blickte Lorenz auf ... und erstarrte.

Von Hohenfels, der ihm gegenübersaß, sah seinen Kollegen zuerst verwirrt an und sich dann um. »Was is 'n los?« Sein Körper spannte sich an.

Lorenz kniff die Lippen zusammen, bis jedes Blut aus ihnen entwichen war und sie nur noch ein dünner weißer Strich waren. »Meine Ex sitzt da drüben«, presste er mühsam hervor.

Von Hohenfels widerstand der Versuchung, sich erneut umzudrehen. Er hätte Franziska Graßmann ohnehin nicht erkannt, da er seine Vorgängerin nie getroffen hatte. Er wusste lediglich, dass Franzi und Lorenz lange Zeit ein Paar gewesen waren, sowohl beruflich als auch persönlich. Plötzlich sah er sich mit einem ihm ungewohnten Thema konfrontiert. »Und des ist ... ein Problem, richtig?«, tastete er sich vorsichtig vor.

»Ja«, zischte Lorenz. »Das ist mein Revier. Sie dürfte nicht hier sein. Und sie ist nicht allein.«

Der Mann, in dessen Gesellschaft sich Franzi befand, war der Typ aus dem Eiscafé, ganz sicher. Lorenz hatte sich so sehr gewünscht, dass die Anziehung, die er Mila gegenüber verspürte, ihn geheilt hätte. Bedeutete eine neue Liebe nicht ein neues Leben? Nun, bis eben war es ihm so vorgekommen, aber die unerwartete und ungeplante Sichtung seiner Ex in freier Wildbahn und ohne akribische Vorbereitung ließ ihn sich nackt und schutzlos fühlen. Natürlich hatte Lorenz zahllose Nächte und Tagesstunden damit zugebracht, sich auszumalen, was passieren würde, sollten sie sich wieder über den Weg laufen. Wie souverän er auftreten würde, als Mann, der sein Leben im Griff hatte und auch ohne sie wunderbar zurechtkam. Wie er zufällig eine Anekdote von einer seiner bestimmt zahllosen Abenteuer fallen lassen würde. Irgendetwas von einer geplanten Reise erzählen. Und notfalls ihrem neuen Freund die Nase brechen würde, wenn der so dumm war, Lorenz einen Grund dafür zu geben. Und er hatte viel Zeit darauf verwendet, sich mögliche Gründe auszudenken, nur für den Fall.

Von Hohenfels rutschte unruhig auf der Bierbank hin und her. »Sollen wir gehen?«, fragte er loyal.

»Auf gar keinen Fall«, antwortete Lorenz. »Ich habe Hunger.«

Natürlich bemerkte Franzi ihn irgendwann. Immerhin sah er im Minutentakt immer wieder verstohlen zu ihr hinüber. Und dann trafen sich ihre Blicke. Und Franzi lächelte. Schien Lorenz' Herz auch wieder geheilt zu sein, das Lächeln durchschnitt es wie ein heißes Messer warme Butter. Schnell sah Lorenz woandershin, und weil das Schicksal zwar grausam, aber nicht unfair ist, schickte es in diesem Moment die Kellnerin vorbei, die die sehr willkommene Ablenkung in Form des verspäteten Mittagessens servierte. Das Lorenz jetzt natürlich nicht mehr schmeckte. Zudem schlang von Hohenfels seinen Braten ob seiner Verlegenheit in solch einer Hast hinunter, dass Lorenz schon vom Zusehen übel wurde. Die Käsespätzle dampften also verschmäht vor sich hin und erkalteten schließlich enttäuscht.

Dann bahnte sich das Unheil an. Franzi und ihre Begleiter erhoben sich. Es waren drei an der Zahl. Und während die sich auf direktem Weg in Richtung Ausgang bewegten, lief Franzi auf Lorenz' und von Hohenfels' Tisch zu. Instinktiv zog Lorenz den Kopf ein und hielt nach Fluchtmöglichkeiten Ausschau. Es gab keine. Keine, mit der er sein Gesicht hätte wahren können.

Von Hohenfels hatte gerade das letzte Stückchen Kruste vertilgt und schwitzte, als wäre er einen Halbmarathon gelaufen. Er schien Lorenz' Anspannung zu spüren und begann zu zittern.

Lorenz' System schaltete währenddessen von Flucht auf Angriff. Er straffte seine Haltung und setzte ein möglichst gleichgültiges Lächeln auf. Es hielt Franzis »Hi du!« stand und schaffte es, die Automatismen für unverfänglichen Small Talk zu aktivieren.

»Wie geht's dir?«, fragte er. Und weil er die Antwort auf gar keinen Fall hören wollte, schob er schnell hinterher: »Das ist übrigens Ferdinand von Hohenfels, mein neuer Partner. Ich glaube, ihr kennt euch noch nicht.«

Von Hohenfels erhob sich rasch und reichte Franzi galant die Hand. Zu mehr war er nicht imstande, sodass er sich sofort wieder hinsetzte, was Lorenz erneut in Zugzwang brachte. Eigentlich wollte er nicht wissen, was Franzi hier machte, aber auf die Schnelle fiel ihm keine andere Frage ein, um die lärmende Stille zu überbrücken, die sich plötzlich und nicht nur wegen des beendeten Regenschauers zwischen ihnen eingestellt hatte.

Franzi kam ihm zuvor. »Ich habe gehört, du bearbeitest die Anschlagserie in Feilnbach?«

Lorenz konnte nichts Gegenteiliges erwidern und nickte.

»Als ich von der Geschichte gehört habe, musste ich sofort an dich denken, und mir war klar, dass du dich darum kümmern würdest«, behauptete sie.

Er versuchte, den Stich in seinem Herzen, den das Geständnis, Franzi habe an ihn gedacht, ihm bescherte, zu ignorieren.

»Wir kommen gut voran«, log er. »In Feilnbach passieren halt immer die besten Fälle.« Und dann konnte er sich nicht mehr beherrschen. Er musste es wissen, jetzt. »Und was treibt dich hierher?«, fragte er unschuldig.

Franzi blickte fast schon schüchtern in Richtung des Zelteingangs, an dem ihre Begleiter warteten. Der Mann, den Lorenz in der Eisdiele damals gesehen zu haben meinte, sah unverwandt zu ihnen herüber. Franzi gab sich einen sichtlichen Ruck, wie jemand, der etwas Unliebsames endlich hinter sich bringen will, und sofort bereute Lorenz bitterlich, nachgefragt zu haben. Doch es war zu spät.

»Mein neuer Freund, nun, Tom, der da drüben«, sie deutete auf den bereits verdächtigen Delinquenten, »ihm gehört die Braininger Brauerei. Und weil die auch das Gautrachtenfest beliefert und sich der Tom und der Festwirt gut verstehen, waren er, seine Freunde und ich heute hier zum Mittagessen. Tut mir leid, Lorenz.«

Verschiedene Gefühlsregungen gaben sich in ihm die Klinke in die Hand. Wilder Hass, der sich gern entladen hätte, indem er aufgesprungen, eine formidable Szene geliefert und dann eine feudale Schlägerei angezettelt hätte. Trotz, der sich am liebsten Luft gemacht hätte, indem Lorenz Franzi an den Kopf geworfen hätte, wie gleichgültig ihm das alles war, dass sie jetzt mit diesem Typen liiert war und was sie mit ihrer Zeit anstellte. Wehmut, die darauf drängte, er solle ihr sein Herz ausschütten und an Ort und Stelle vor ihr zu Kreuze kriechen. Und schließlich die Besonnenheit, das langweiligste Gefühl überhaupt, aber eben auch das vernünftigste. Es rang Lorenz ein Lächeln und die Versicherung ab, alles sei in bester Ordnung und sie müsse sich um ihn keine Sorgen machen. »Lass uns doch mal einen Kaffee trinken gehen«, schlug er vor, nachdem er ihr vorgeheuchelt hatte, wie sehr er sich für sie freuen würde, wohl wissend, dass er niemals auf die Einladung zurückkommen würde. Und Franzi wusste das auch.

Als sie gegangen war und Lorenz vor seinem vollen Teller kalter Käsespätzle hockte, hätte er am liebsten den Kopf auf den Tisch geschlagen.

Von Hohenfels starrte bedrückt in die Luft und versuchte es schließlich mit einem Witz: »Des Gras, bitte, des Gras wird gebeten, über die Sache zu wachsen.« Als Lorenz keine Reaktion zeigte, platzte ihm in seiner Not der Kragen. »Verdammt, Lorenz, jetzt reiß dich halt zusammen. Für irgendetwas wird des alles schon gut gewesen sein. Des Leben geht weiter. Was beschwerst dich überhaupt? Frauen wie deine Ex schauen mich ned mal mit dem Arsch an. Ich sollt derjenige sein, der hier einen auf Weltuntergang macht. Ich hätt jedes Recht dazu. Aber tu ich's? Nein. Denn dafür ist mir meine Zeit zu schad. Lass uns lieber wieder arbeiten.«

Lorenz sah hoch und seinen Kollegen an. In dessen Gesicht las er nur ehrliche Anteilnahme und stellte fest, wie sehr er von Hohenfels bereits ins Herz geschlossen hatte und mochte. Doch trotz seines Moments der Schwäche hatte er nicht vor, ihm dies allzu deutlich zu zeigen.

»Du hast recht«, antwortete er. »Lass uns von hier verschwinden. Ich bin genau in der richtigen Stimmung für die Schwinders.«

Das Gewitter hatte sich in wallende Schwaden weißen Dampfes aufgelöst, die nun träge über die Felder waberten und sich in den Bäumen wie wehende Spinnenweben verfingen. Auch die Sonne quälte sich noch einmal durch die sich langsam auflösenden Wolken und hatte hier und da sogar Erfolg. Das Zusammenspiel der Elemente brachte unwirkliches und endzeitliches Licht hervor und ließ das Anwesen der Schwinders diabolisch leuchten. Lorenz hatte kein gutes Gefühl im Bauch. Auch von Hohenfels wirkte fahrig und angespannt.

Der Schwinderhof lag etwas oberhalb von Feilnbach am Gundelsberg und war nur über eine enge Straße mit vielen Serpentinen zu erreichen. Wer von hier aus mal eben mit dem Rad in die Eisdiele fahren wollte, brauchte auf dem Hinweg gute Bremsen und auf dem Rückweg stramme Waden.

Die Luft roch noch immer nach Sommergewitter, als Lorenz den Wagen abstellte und ausstieg. Er hatte direkt im Hof geparkt, zwischen dem Wohnhaus und der abgebrannten Maschinenhalle, deren schwarzes Gerippe in blutrotes Sonnenlicht getaucht war. Obwohl eigentlich gerade Stallzeit war, fanden die beiden Beamten im Kuhstall nur gemütlich wiederkäuende und vor sich hin gasende Rinder vor. Bei den Schwinders roch es unangenehm nach Gülle, es war, als schliche der Geruch durch die Luft und legte sich dann hinterrücks wie ein versifftes, stinkendes Tuch auf Körper und Kleidung. Das war Lorenz bei seinem ersten Besuch gar nicht aufgefallen, vielleicht wegen des intensiven Brandrauchs, der alles andere überdeckt hatte.

Sie umrundeten das Stallgebäude und gelangten schließlich in den spröden Garten, der allerdings einen herrlichen Blick aufs Tal bot. Der Schatten des Berges drängte sich als schwarzer Keil in die Landschaft und schien das Sonnenlicht wie ein Schneepflug fortschieben zu wollen. Völlig unberührt von diesem Schauspiel harkte Irene Schwinder in einem Gemüsebeet zuvor gezupftes Unkraut. Und zwar mit solcher Hingabe, dass sie die Neuankömmlinge erst bemerkte, als Lorenz sich höflich räusperte.

»Ah, Sie …«, war die wenig enthusiastische Begrüßung. Irene Schwinder steckte in einem farblosen Kittel, trug Gummistiefel an den Füßen und ein fleckiges Tuch auf dem Kopf. Die Augen der Frau lagen in dunklen Höhlen, und Falten furchten sich bereits tief in ihre Gesichtshaut, obwohl sie erst sechsunddreißig Jahre alt war. Sie wirkte wie jemand, der einer vergilbten Vorkriegsfotografie entstiegen war. »Was wollen S'?«, fragte sie mürrisch.

»Mit Ihrem Sohn sprechen«, antwortete Lorenz.

Irene Schwinder sog hörbar Luft durch ihre Nasenlöcher.

»Warum?«, schnaubte sie durch zusammengebissene Zähne.

»Wer ist da?«, tönte es plötzlich vom Haus her, und Justus Schwinder trat auf die Terrasse. Auch er wirkte mit seiner Jogginghose, den Birkenstocks und dem Feinrippunterhemd ungepflegt und verwahrlost. Bärte wie der in seinem Gesicht wurden gemeinhin von Leuten getragen, die eigentlich keine Bartträger sein sollten.

»Sieh an, wer da schon wieder Freigang hat«, murmelte Lorenz und rieb sich die Stelle, an der ihn Schwinders Ellbogen bei der Schlägerei am Sonntag erwischt hatte.

Als Justus Schwinder erkannte, mit wem er es zu tun hatte, trat er instinktiv einen Schritt zurück und stolperte dabei fast rückwärts über die Schwelle der Terrassentür. Zunächst sah es aus, als wollte der Mann türmen, jedenfalls blickte er sich hektisch nach allen Seiten um.

Doch eine Verfolgungsjagd blieb ihnen zum Glück erspart, denn der Landwirt hob abwehrend beide Hände und rief: »Hören S', ich kann alles erklären!«

»Ach, wirklich?«, fragte Lorenz verwundert und trat auf den Mann zu. »Dann schießen Sie mal los.« Aus den Augenwinkeln sah er, wie Irene Schwinder ihr Gartenwerkzeug in beide Hände nahm. Was zum Teufel spielten diese beiden Verrückten für ein Spiel? »Frau Schwinder? Wären Sie bitte so gut, die Harke wegzulegen? Sie macht mich nervös.«

Die Angesprochene tat wie ihr geheißen und rief ihrem Mann zu: »Die wollen zum Max!«

Justus Schwinder wirkte augenblicklich wie ausgewechselt. Er straffte sich und erwiderte: »Was hat die Ratte denn jetzt schon wieder ausgefressen?« Und ohne eine Antwort abzuwarten, brüllte er: »Maximilian! Komm sofort runter!«

Lorenz stand jetzt so nahe beim Hausherrn, dass er dessen Alkoholfahne riechen konnte. Nachdem dieser eine Nacht in der Ausnüchterungszelle in Rosenheim hatte verbringen dürfen, hatte man ihm am nächsten Morgen eröffnet, dass er sich eine Anzeige wegen schwerer Körperverletzung wegen des tätlichen Angriffs auf Julian Dorn eingehandelt hatte, und ihn auf Kaution freigelassen. Die Mittel dafür stammten angeblich von seinen Schwiegereltern. Das Opfer selbst hatte bislang noch keine Anzeige gegen ihn erstattet.

»Sie haben wohl nicht viel gelernt aus der Schlägerei, wenn Sie schon wieder am helllichten Tag einen über den Durst trinken?«

Auf dem vollgerümpelten Küchentisch hinter Schwinder stapelten sich leere Bierflaschen.

»Das geht Sie nichts an«, versuchte der Landwirt aufzubegehren, doch eine hochgezogene Augenbraue von Lorenz genügte, um ihn wieder zum Schweigen zu bringen.

»Was wollten Sie mir denn gerade eben eigentlich erklären?«, versuchte Lorenz den Faden wieder aufzugreifen.

»Maximiliaaan!«, schrie Schwinder nochmals anstelle einer Antwort, nur um dann auf dem Absatz kehrtzumachen und ins Innere des Hauses zu stürmen.

Lorenz bedeutete von Hohenfels mit einem Nicken, mitzukommen, und folgte dem Landwirt.

Von innen erschien das Haus auf den ersten Blick ebenso verwahrlost und schmutzig wie seine Bewohner, auf den zweiten jedoch eher so, als hätte die Verwahrlosung erst vor Kurzem begonnen. Die Möbel waren tadellos in Schuss, es gab keine Spinnweben in den Ecken, und die Fenster waren nicht angelaufen. Es herrschte einfach nur ein schreckliches Chaos, als hätten die Schwinders seit ein paar Tagen nicht mehr aufgeräumt. Die schmucklose Einrichtung trug natürlich auch ihren nicht unwesentlichen Teil dazu bei, den Eindruck von Wohnlichkeit und Ästhetik gar nicht erst aufkommen zu lassen.

Justus Schwinder trampelte eine knarzende Holztreppe hinauf, als gälte es, seine Wut an dem alten Holz auszulassen, und blieb vor einer verschlossenen Tür stehen, die aussah wie alle anderen

Türen des Bauernhauses. Optisch ließ nichts erkennen, dass sich dahinter das Zimmer eines Teenagers verbarg.

Schwinder drosch mit der Faust auf die Tür ein und rief noch einmal den Namen seines Sohnes. Nichts geschah. Der Landwirt drehte sich zu den beiden Polizisten um, und in seinen Augen glomm ein ähnlicher Zorn wie schon am Sonntag, kurz bevor Lorenz ihm das Knie in den Unterleib gerammt hatte. Der Bauer drehte ihnen wieder den Rücken zu. »Wenn du nicht gleich aufmachst, du Sau-Bengel, dann schlage ich die verdammte Tür wieder ein, ich schwör's dir!«

Die Drohung schien zu wirken. Die Tür schwang auf und gab den Blick in ein Kinderzimmer frei, in dem ein pubertierender Jugendlicher versucht hatte, das Beste aus dem Umstand zu machen, dass er in einer alten Bauernstube hausen musste. Die Poster an den Wänden standen in krassem Gegensatz zu den weißen Spitzengardinen vor dem Fenster. Sie zeigten Bilder von Andreas Gabalier und Bilderbuch, alles österreichische Künstler. In einer Ecke erkannte Lorenz sogar einen Trachtenstrip-Kalender.

»Die Herrschaften sind von der Polizei«, verkündete Schwinder und stellte sich mit verschränkten Armen in den Türrahmen, nachdem die beiden Beamten das Zimmer betreten hatten.

Max Schwinder saß auf seinem Bett. In seiner Miene vermischten sich Furcht und Trotz, und es gelang ihm erfolgreich, nichts davon zu verbergen. Er wirkte so hilflos wie eine Mücke in einem Bernsteintropfen, sein Schicksal ebenso in der Hand wie eine Pusteblume im Angesicht eines nahenden Tornados. Seine beiden Unterarme waren noch bis zu den Ellbogen bandagiert.

»Wie geht's deinen Verbrennungen?«, fragte Lorenz, um das Eis zu brechen.

Der Junge starrte seine Arme, dann seinen Vater und schließlich Lorenz an. »Ich werd's überleben«, behauptete er und versuchte, möglichst abgebrüht zu klingen.

Lorenz deutete auf einen wackeligen Bürostuhl, der vor einem Schreibtisch mit abgeschaltetem Computer stand. »Darf ich?«

Der Junge nickte, und Lorenz setzte sich. Etwas quietschte erbärmlich, und er verlagerte vorsichtig sein Gewicht. Wenn man von hier aus dem Fenster blickte, sah man die verbrannte Maschinenhalle.

»Warst du noch wach, oder bist du wach geworden, als du den Brand bemerkt hast?«, fragte Lorenz.

Der Bub taxierte ihn, als könnte er am Gesicht des Polizisten die Intention seiner Frage ablesen.

»Antworte!«, keifte sein Vater vom Türrahmen aus.

»Irgendwas hat geknallt«, sprudelte es aus Max heraus, »wahrscheinlich ein explodierender Reifen, davon bin ich aufg'wacht und hab dann schon den Schein vom Feuer im Zimmer gesehen.« Furchtsam blickte er zu seinem Vater.

Mitgefühl keimte in Lorenz auf. In einer Zimmerecke staubte eine Tuba vor sich hin. Verblasste Urkunden von Jugendsportwettbewerben hingen zwischen den Postern an der Wand. Passte die vermeintlich hirnlose Aktion mit dem brennenden Traktor dazu? Lorenz dachte an seinen eigenen Vater. Alessandro Abruzzi hatte trotz des frühen Tods seiner Frau seinen Frieden mit dem Leben gemacht, welches das Schicksal ihm zugeteilt hatte. Er war in seiner einfachen Welt und Lebensweise stets mit sich im Reinen gewesen und hatte Lorenz immer dabei unterstützt, wenn der in die Welt hinausziehen wollte, um sich dort selbst zu entdecken und zu finden. Doch die Beziehung von Schwinder senior zu junior war von einem anderen Kaliber. Lorenz vermutete, dass Max von Beginn an um die Liebe und Anerkennung seines Vaters gebuhlt hatte. Er hatte sich in denselben Vereinen engagiert und denselben Sport getrieben wie er, um von ihm wahrgenommen zu werden. Doch wenn er sich Justus Schwinder so ansah, konnte sich Lorenz des Verdachts nicht erwehren, dass dieser Mann bereits mit seinem eigenen Leben heillos überfordert war. Wie sollte so jemand anderen Liebe zuteilwerden lassen, wenn er nie gelernt hatte, sich diese selbst zu geben? Und der junge Max, der sich das ablehnende Verhalten seines Vaters freilich irgendwann nicht mehr erklären hatte können und des Anbiederns müde geworden war, hatte begonnen zu rebellieren.

Lorenz traf eine Entscheidung. Er hatte zwar mit von Hohenfels nicht wirklich den geeigneten Partner dabei, aber das Risiko musste er eingehen. »Herr Schwinder, gehen Sie raus und schließen Sie die Tür. Von Hohenfels, pass bitte auf, dass wir nicht gestört werden.«

Die Halsschlagader von Justus Schwinder schwoll im Bruchteil einer Sekunde auf ihre doppelte Dicke an, und er öffnete bereits den Mund, doch Lorenz sprang blitzschnell auf und stellte sich vor den wütenden Landwirt.

»Ja?«, fragte er gelassen, während er sich zu seiner vollen Größe aufrichtete.

Ohne ein weiteres Wort zu verlieren, machte der Vater von Maximilian kehrt und stürmte in den Gang hinaus.

»Lass dir nix gefallen«, sagte Lorenz zu von Hohenfels, als er die Tür schloss. »Und nun zu dir.« Er drehte sich zu Max Schwinder um, der ihn aufmerksam beobachtete. »Ich verspreche dir, dass ich deinem Vater nichts von unserem Gespräch erzählen werde. Wenn er dich fragt, sag ihm einfach, ich hätte noch weitere Details über die Brandnacht wissen wollen.«

»Und was wollen Sie wirklich wissen?«, fragte Max.

»Was kannst du mir über die Drogenszene in Bad Feilnbach erzählen?«, fragte Lorenz unverwandt.

»Bekomme ich Schwierigkeiten?«

»Nur wenn du mir nicht hilfst«, log Lorenz. »Stimmt es, dass du in ärztlicher Behandlung bist, weil du zu viel kiffst?«

»Woher wissen Sie das?«, fragte der Junge entsetzt. »Und was heißt Behandlung, meine Alten haben mich halt zum Arzt geschickt, als sie mich beim Kiffen überrascht haben. War aber nicht dramatisch. Ich konnte gleich wieder heimgehen. Der Doktor hat mir den Rat gegeben, mich einfach nimmer erwischen zu lassen.«

Lorenz schmunzelte. »Ich werde dich jetzt nicht fragen, ob es stimmt, dass du ab und an ein wenig Gras verkaufst. Und natürlich werden das deine Eltern auch nicht von mir erfahren. Aber ich muss wissen, wie man in Bad Feilnbach an Marihuana kommt, weil ich glaube, dass das etwas mit den Anschlägen auf deinen Vater und seine Kollegen zu tun haben könnte.«

Max starrte eine Zeit lang aus dem Fenster, ehe er sich einen Ruck gab. »Um das klarzustellen, ich deale nicht mit Gras. Vielleicht hab ich ein paarmal als Bote gearbeitet, aber ich habe nie selbst was verkauft.«

»Was meinst du damit?«, hakte Lorenz nach.
Und dann erzählte Max Schwinder, wie er durch einen Schulfreund zum Kiffen gekommen war. Es war die klassische Geschichte: Zuerst hatten die Jungs am Lagerfeuer einer Party irgendwo im Dettendorfer Moos normale Zigaretten geraucht, dann hatte der erste Joint die Runde gemacht. Das war etwa zwei Jahre her, und überraschenderweise hatten die Buben schon damals das edle und teure Feilnbach-Gras konsumiert. Anders als einige seiner Freunde hatte Max sich nach den ersten Zügen nicht übergeben müssen und sogar Gefallen an dem berauschenden Stoff gefunden. Das hatte seinem Kumpel imponiert, sodass er ihn irgendwann in das Geheimnis, wo er das gute Gras herbekam, eingeweiht hatte. Er erzählte ihm, er arbeite für einen einheimischen Hanfproduzenten, indem er für ihn den Kontakt zu seinen Kunden herstellte. Nun, das war nicht ganz die Wahrheit gewesen, denn eigentlich hatte sein Freund nur in regelmäßigen Abständen ein paar ausgewählte Orte in Feilnbach abklappern und kontrollieren müssen, ob sich dort Umschläge mit Geld befanden. Diese sammelte er dann ein und lieferte sie an vereinbarter Stelle ab. Dafür wurde er dann mit dem Gras bezahlt, das er zu Teilen selbst konsumierte und von dem er den Rest verkaufte. Als die Familie seines Freundes Anfang des Jahres weggezogen war, hatte er Max als Abschiedsgeschenk zu seinem Nachfolger gemacht.

»Und wo bringst du die Umschläge hin, wenn du welche findest?«, fragte Lorenz fasziniert und dachte an sein eigenes Kuvert mit dem Zwanziger.

Max Schwinders Körper versteifte sich, und der Junge presste angestrengt die Lippen aufeinander.

»Du wirst durch mich keine Schwierigkeiten bekommen«, bekräftigte Lorenz noch einmal sein Versprechen, um den Jungen aus der Reserve zu locken.

»Kennen Sie den Höhenpark?«, erwiderte Max. »In der Ruine der alten Herzklinik gibt es einen Verschlag, wo ich die Umschläge abliefere.«

Kurze Zeit später standen Lorenz und von Hohenfels vor der gewaltigen Ruine der alten Feilnbacher Herzklinik. Soviel

Lorenz wusste, hatte dort ein Investorenkonsortium vor nunmehr vierzig Jahren versucht, einen modernen Klinikkomplex zu errichten. Warum das schlussendlich nicht geklappt hatte, darum rankte sich mittlerweile eine breite Palette aus Gerüchten, Halbwahrheiten und Lügen. Lorenz' Favorit war die Geschichte, in der die Investoren nur Schattenmänner einer russischen Sekte gewesen waren. Als ihre Identität ans Tageslicht kam, sabotierten die beteiligten und ausschließlich einheimischen Baufirmen die Baustelle so lange, bis der Sekte entweder das Geld ausging oder sie das Interesse an dem Projekt verlor. Im Anschluss war es dann allerdings zu zwei bis heute nicht eindeutig aufgeklärten und sehr mysteriösen Todesfällen gekommen: Der Bauleiter und sein Vorarbeiter waren innerhalb von nur zwei Tagen verstorben. Dass dies über drei Jahre später geschehen war und sich die beiden Männer zu diesem Zeitpunkt circa achthundert Kilometer entfernt voneinander befunden hatten, passte hingegen nicht wirklich zu dieser spektakulären Version der Geschehnisse.

Ein paar der älteren Einheimischen kannten noch eine andere Variante der Story: Demnach war es bis zur endgültigen Einstellung der Baustelle immer wieder zu unerklärlichen Unfällen gekommen. Ein Maurer war auf ein freiliegendes Stahlbetongerüst gestürzt und dabei aufgespießt worden, während einige andere Arbeiter von willkürlich herabfallenden Ziegelsteinen getroffen worden waren. So hatte sich die Herzklinik den Ruf einer verfluchten Baustelle eingehandelt, und wenn Lorenz ihr Gerippe ansah, erschien ihm der Glaube an die Anwesenheit von Geistern an diesem Ort durchaus plausibel.

Die Sonne war mittlerweile untergegangen und färbte die Wolken über ihnen rot und orange. Ein diffuser Schatten lag über der Ruine, und die Geräusche wirkten gedämpft. Keine Vögel sangen, obwohl das Gelände längst von der Natur zurückerobert worden war. Die Bauarbeiten waren damals beendet worden, als der Rohbau gerade halb fertig war. Heute waren von ihm nur noch vereinzelte Stahlträger und ein paar Betonkomplexe übrig, die sich über ein Areal von etwa dreihundert Quadratmetern erstreckten und sich zur Hälfte an einen Hang schmiegten, der weiter oben zu einem Ausläufer des Hochecks wurde.

»Wo soll sich denn hier ein Drogendealer aufhalten?«, fragte von Hohenfels skeptisch.

Nachdem Lorenz das Zimmer des Jungen verlassen hatte, hatte er seinen Kollegen und die Schwinders im Garten gefunden. Schweigend saßen sie an einem Terrassentisch, von Hohenfels ein schmutziges, unangetastetes Wasserglas vor der Nase. Lorenz hatte ihm im Auto vom Gespräch mit dem Jungen berichtet, und die beiden hatten daraufhin spontan beschlossen, einen Umweg über den Höhenpark zu fahren. Lorenz hatte es nicht über sich gebracht, Max Schwinder mitzunehmen, um sich den Ort, wo er die Umschläge ablegte, von ihm persönlich zeigen zu lassen. Das hätte ihn nur in arge Erklärungsnot seinem Vater gegenüber gebracht.

Was von der Bausubstanz der Ruine noch übrig war, hatten Büsche, Ranken und Kletterpflanzen in Beschlag genommen. Der einstmalige Betonboden lag längst unter Humus und einer dichten Unkrautschicht begraben.

Vorsichtig tastete sich Lorenz durch das endzeitlich wirkende Areal auf der Suche nach dem Verschlag, den Schwinder junior beschrieben hatte. Hinter ihm fluchte von Hohenfels herzhaft, weil er in ein frisch gewebtes Spinnennetz gelaufen war. Schließlich entdeckte Lorenz ein quadratisches Bauwerk, das auf die Beschreibung des Jungen passte. Es handelte sich nicht um ein gemütliches Blockhäuschen mit einer Klingel und einem einladenden Schild, das »Hier gibt's frischen Hanf« verkündete, sondern um einen Betonklotz mit etwa sechzehn Quadratmetern Grundfläche, dessen ursprünglich geplanter Zweck sich nicht mehr erschloss. Der Kasten verfügte über eine Tür, war ansonsten fensterlos und sein Inneres absolut leer.

»Du hast aber jetzt nicht wirklich erwartet, dass da einer drinhockt und sich mit Gießkanne und Schäufelchen um ein paar Hanfpflanzerln kümmert, oder?«, quengelte von Hohenfels.

Lorenz lehnte sich gegen die kalte Betonwand. Von Hohenfels hatte den Daumen in seine Wunde gelegt. Das Hochgefühl, das die wundersame Erkenntnis, dass Max Schwinder Julian Dorns Geschichte bestätigen konnte, mit sich gebracht hatte, verpuffte in den Ruinen der alten Herzklinik. Lorenz sah ein, dass der mysteriöse Cannabis-Dealer, sollten sie ihn denn wirklich finden, vermutlich in keinerlei Zusammenhang mit den Anschlägen auf die drei Landwirte stand – und er eigentlich gerade einen neuen Fall eröffnete, der eindeutig in die Hände der Drogenfahndung und nicht in die der Kripo gehörte.

Die beiden Beamten standen ein paar Augenblicke schweigend in der gespenstischen Ruine, bevor von Hohenfels vorschlug: »Lass uns zurück zur Inspektion fahren und dort noch mal in Ruhe unsere Indizien durchgehen. Die Adlerfeder, die Alpenrose, und ich analysiere noch mal –« Er wurde vom Klingeln von Lorenz' Handy unterbrochen.

Lorenz hob ab. »Hölzl?«, sagte er. Und dann: »Wir sind unterwegs.« Und an von Hohenfels gerichtet: »Eine weitere Adlerfeder ist aufgetaucht. Praktisch, oder? Genau zum richtigen Zeitpunkt.«

Das Logo der Braininger Brauerei prangte unschuldig auf dem großen Bierfass. Drum herum stand eine Gruppe bedrückt dreinblickender Männer, darunter Festwirt Christoph Hofer und Festleiter Neuberger, dem Lorenz somit schon zum zweiten Mal an diesem Tag begegnete.

»Da hatten wir vorher wohl Glück, dass unser Bier nicht aus diesem Fass stammte«, sagte von Hohenfels und schnüffelte an dem halb vollen Krug in seinen Händen. »Man hätte schon am Geruch erkennen können, dass damit etwas faul ist. Da hängt diese aasige Note drin.«

Dann tauchte er zum Entsetzen aller Zuschauer den Finger in den verdächtigen Hopfensaft und steckte ihn sich in den Mund. »Ich tippe auf ein Schwammerl«, sagte er schmatzend. »Was hatte Ihr Schankwirt gleich noch mal für Symptome?«

»Ihm ist binnen kürzester Zeit speiübel geworden, dann hat er hinter die Theke gekotzt und angefangen zu halluzinieren«, antwortete Hofer. Der Festwirt war ein griesgrämiger Mann, der aussah, als würde ihm der ganze Zirkus hier enorm auf die Nerven gehen.

»Zu halluzinieren?«

»Ja. Er hat sich unter dem Tisch hier verkrochen, weil er

glaubte, dass den Bedienungen Schnäbel gewachsen seien und sie ihn angreifen wollten.«

Einem der Zuhörer, offensichtlich ein Küchengehilfe, entfleuchte bei dieser Vorstellung ein Kichern. Er wurde von Hofer sofort mit einem wütenden Blick bedacht.

»Und wann haben Sie die hier gefunden?«, fragte Lorenz und drehte eine Feder mit zwei Fingern seiner in einem Einweghandschuh steckenden Hand hin und her. Sie sah aus wie jene, die sie bei Hirnsteiger vor dem Stall gefunden hatten. Etwa dreißig Zentimeter lang und in verschiedenen Rottönen. Ihr Kiel war mit einem bunten geflochtenen Bändchen umwickelt.

»Als wir das Fass anzapfen wollten«, erklärte Hofer. »Das Ding hing oben an der Verschlusskappe. Drum haben wir uns ja überhaupt dazu entschieden, erst eine Probe zu nehmen.«

»Und der arme Schankwirt musste als Vorkoster herhalten«, sagte Lorenz, während er immer noch nachdenklich die Feder anstarrte. »Wie ist das Gift, oder womit auch immer wir es hier zu tun haben, in das Fass hineingelangt?«

Von Hohenfels ging um das Fass herum und deutete auf die Gummischließe, in welcher der Zapfhahn steckte. »Eigentlich ganz einfach. Man steckt dort eine Spritze rein. Dank des Gummis bleibt die Kohlensäure drin, und die Nadel hinterlässt keine Spuren. So würde ich es jedenfalls machen.«

»Okay«, erwiderte Lorenz. »Wir nehmen das Fass mit und lassen es im Labor untersuchen. Wären Sie bitte so freundlich und würden es mir in den Wagen laden?«

»Und was sollen wir jetzt machen?«, ließ Neuberger sich vernehmen. Er hatte die bisherige Unterhaltung stumm und mit besorgtem Blick verfolgt und wirkte schwer verzweifelt. »Was, wenn des nicht des einzige Fass war? Was, wenn uns des am Samstag oder am Sonntag passiert, wenn unser Gautrachtenfest seinen Höhepunkt erreicht?«

»Hängen an den anderen Fässern auch Federn?«, fragte Lorenz halb im Scherz, halb im Ernst.

»Nein«, antwortete Hofer. »Wir haben alle, die hier lagern, überprüft.«

»Ich würde vorschlagen, dass Sie das Bier vorsichtshalber durch die Brauerei austauschen lassen.« Lorenz musste plötzlich ungewollt an Franzi und ihren neuen Freund denken. Sicherlich würde sie von dieser Sache erfahren. Beruflich wie privat. Er verzog den Mund und verscheuchte den Gedanken wie eine lästige Fleischfliege vom Rollbraten seiner Phantasie. »Wer hat alles Zugang zu den Fässern?«, fragte er.

»Nun, theoretisch jeder unserer Mitarbeiter«, gestand Hofer säuerlich. »Das Lager ist während des Betriebs immer offen.« Das Thema war dem Festwirt sichtlich unangenehm. »Bis heute natürlich. Ab sofort werden die Sicherheitsvorkehrungen verschärft.«

»Ich brauche eine Liste mit den Namen sämtlicher Leute, die während des Festes hier arbeiten«, sagte Lorenz. Er wollte die Feder, die er immer noch in den Händen hielt, gerade von Hohenfels übergeben, damit dieser sie eintüten konnte, als sich das Band vom Kiel löste und zu Boden segelte. Als Lorenz sich danach bückte, um es wieder aufzuheben, stellte er überrascht fest, dass das Bändchen auf der Rückseite bedruckt war. Er kniff die Augen zusammen, um die schnörkelige Schrift entziffern zu können, und runzelte die Stirn. Wortlos reichte er seine Entdeckung von Hohenfels und sah sich in der Runde um. Mehrere Augenpaare, in denen sich die unterschiedlichsten Emotionen von Ärger bis Entsetzen widerspiegelten, waren auf ihn gerichtet.

»Was steht drauf?«, sprach Johann Neuberger schließlich als Erster die Frage aus, die allen unter den Nägeln brannte.

»Dass mein Kollege und ich eine Extraschicht einlegen dürfen«, antwortete von Hohenfels fröhlich und ließ die Botschaft mitsamt der Feder in einen Plastikbeutel gleiten.

Der Donnerstag vor dem großen Gautrachtenfestfinale

»›Manitu wird euer Fest am Wochenende heimsuchen‹?« Mila schnaubte abfällig und gab Lorenz die Tüte mit dem Spruchbändchen darin zurück. »Das ist die schlechteste Drohung, die ich jemals in meinem Leben gehört habe. Und ihr nehmt das wirklich ernst?«

»Müssen wir leider«, antwortete Lorenz betrübt. »Jedenfalls steht damit fest, dass jemand etwas gegen euch hat und euch loswerden will«, fuhr er so diplomatisch fort, als stünde tatsächlich vollkommen außer Frage, dass jemand aus dem Jenbachtal-Lager etwas mit dem vergifteten Bier zu tun haben könnte. »Wir müssen das Camp durchsuchen lassen.«

Von Hohenfels saß neben ihm auf dem Baumstamm und schwieg. Er hatte sich heute besser vorbereitet als bei seinem ersten Besuch im Jenbachtal. Sein aktuelles Outfit hätte jeden Förster neidisch gemacht, falls der seine Kleidung im Katalog für Faschingskostüme orderte.

»Dir fehlt nur noch ein fescher Jägerhut«, hatte ihm Lorenz am Morgen geraten. »Vielleicht mit einer Feder dran. Einer langen roten. Bist du in Österreich wirklich so jagen gegangen?«

Von Hohenfels hatte ihn geflissentlich ignoriert und war später immerhin nicht in den Fluss gestolpert.

»Sprich doch vorher erst noch mal mit den Schamanen«, flehte Mila.

»Na gut«, antwortete Lorenz. »Vielleicht hat ja auch Kerschl mittlerweile etwas Brauchbares herausgefunden.« Doch zumindest was Letzteres betraf, gab er sich keiner großen Hoffnung hin. Und angesichts der jüngsten Ereignisse konnte er es sich auch nicht mehr erlauben, noch länger zu warten. Loyalität zu Mila und ihren Leuten hin oder her.

»Wo muss ich hin?«, bat er Mila also. Nach der Begegnung mit Franzi gestern Mittag fühlte er plötzlich eine unangenehme Distanz zwischen sich und der schönen Tantrikerin. Er hoffte inbrünstig, dass es sich dabei nur um einen vorübergehenden

Durchhänger handelte und er nicht rückfällig wurde. Mila schien genau zu spüren, dass etwas nicht stimmte, und wahrte ihrerseits eine unbefriedigende emotionale Entfernung zu ihm. Nun, er würde sich später darum kümmern müssen. Bestimmt geriet alles wieder ins Lot.

Der Bereich, in dem die Schamanenausbildung abgehalten wurde, befand sich am nördlichen Ende des Lagers, wo der Hang steil hinab zu einem der größeren Wasserfälle des Jenbachs abfiel. Hierher war Lorenz auf seinen bisherigen Rundgängen noch nicht gekommen. Nahe der Gumpe stand eine kleine Ansammlung von Zelten, die man nur über einen schmalen und unwegsamen Trampelpfad erreichen konnte.

Lorenz und von Hohenfels kletterten also hinunter. Vorsichtshalber ließ Lorenz seinen Kollegen vorangehen.

Als sie sich dem Schamanenlager näherten, sahen sie etwa zwanzig Männer im Kreis beisammensitzen. Ein paar von ihnen schlugen auf Terré-Trommeln[*] einen gleichförmigen Rhythmus. Zwei junge Kerle standen einander mit gefletschten Zähnen in der Mitte des Kreises gegenüber und gaben knurrende Laute von sich. Ihre Hände hatten sie zu Klauen geformt. Sie starrten sich an, als würden sie ihr Gegenüber im nächsten Moment anspringen und ihm die Haut vom Gesicht reißen wollen. An den beiden Neuankömmlingen schien sich niemand zu stören, und obwohl die beiden Beamten ein paar verstohlene Blicke ernteten, nahm das sonderbare Treiben ohne Unterbrechung seinen Lauf. Unter den Männern in der Runde befand sich auch Kerschl. Als er Lorenz und von Hohenfels entdeckte, sprang er auf und trabte leichtfüßig wie ein Nashorn mit Frühlingsgefühlen auf sie zu.

»Sauspannend ist des, des sag ich euch«, verkündete der Undercover-Streifenpolizist auf von Hohenfels' Nachfrage, was denn hier getrieben werde. »Wir machen grad ein Initiationsritual. Des findet statt, wenn der Junge zum Mann wird. Ich war heut Morgen schon dran.«

Die beiden Buben vor ihnen setzten sich in Bewegung, um-

---

[*] Terré-Trommeln sehen aus wie große, mit Leder bespannte Teller. Man findet sie nicht nur bei Schamanen, sondern gern auch im Gepäck rucksackreisender New-Age-Jünger, die nie das Gitarrespielen gelernt haben.

kreisten sich wie zwei wilde Tiere und täuschten immer wieder Vorstöße an.

Lorenz musterte Kerschl mit einem Seitenblick. Nach nur zwei Tagen unter den Schamanen schien er sich verändert zu haben. Er wirkte entspannter, gefestigter. Dass das allerdings von dem ominösen Ritual herrührte, wagte er zu bezweifeln, vielmehr hatte er das andauernde Tête-à-Tête mit Banju in Verdacht. Lorenz vermutete, dass die explosive kleine Frau ihrem Puschelbären noch andere libidofördernde Aktivitäten abforderte, als sich nur von ihm hofieren zu lassen.

Weil keiner seiner Kollegen das eben Gesagte kommentierte, fühlte Kerschl sich offenbar verpflichtet, seine Ausführungen zu erläutern. »Es geht darum, sich des Löwen in einem selbst bewusst zu werden. Bei dieser Übung müssen die beiden Adepten ihr Revier gegen den jeweils anderen verteidigen.«

Das Trommeln wurde immer lauter und schneller, passend zum Geschrei und dem Wüten der menschlichen Löwen, das jetzt einsetzte. Die irre Schau steigerte sich, bis sich der Rhythmus fast überschlug, dann hielten die Trommler wie auf ein stilles Kommando hin plötzlich inne, und nur noch das Rauschen des Jenbachs war zu hören, der völlig unbeeindruckt durch sein steiniges Bett ins Tal schoss. Die beiden jungen Männer innerhalb des Kreises setzten sich schweißtropfend einander gegenüber in den Schneidersitz und schlossen die Augen, während die um sie herum Hockenden summend ein Mantra anstimmten.

»Jetzt kommt der schönste Part«, flüsterte Kerschl aufgeregt. »Im ersten Teil haben wir g'lernt, unsere männliche Kraft zu entfesseln und zu fühlen. Wie die Löwen des tun. Jetzt geht's darum, die Kraft in Liebe zu verwandeln.«

Die Melodie des Mantras veränderte sich, und die beiden Jungs öffneten die Augen, blicken sich lange an und fielen sich dann lachend und weinend in die Arme.

»Der schwule Moment des Tages?«, kommentierte von Hohenfels und kassierte umgehend einen bitterbösen Blick von Kerschl.

»Wenn du dich darauf einlassen würdest, könntest du am eigenen Leib erfahren, wie befreiend und schön des ist, wenn man sich nimmer hinter seiner harten männlichen Fassade verstecken muss, und wie man danach endlich seine Gefühle fühlen kann«, behauptete er trotzig.

Von Hohenfels schien wenig überzeugt, und weitere Diskussionen zum Thema würden die beiden vorerst vertagen müssen, denn der Kreis der Schamanen löste sich auf. Ein älterer Mann, den Lorenz schon bei seinem allerersten Besuch im Camp gesehen hatte, als er im Schatten eines Sonnensegels zu einer Gruppe junger Leute gesprochen hatte, erhob sich und kam auf sie zu. Sein Gang war sicher und bedächtig, und seine langen weißen Haare wehten sanft hinter ihm im Wind, als hätten sie einen eigenen Sinn für Theatralik. Eigentlich fehlt nur noch dramatische Musik von Ennio Morricone, dachte Lorenz, ehe er sich straffte und die ihm hingestreckte Hand des Schamanen ergriff und schüttelte.

»Wir haben euch schon erwartet«, sagte der Weißhaarige mit tiefer, etwas knarzender Stimme. »Mein Name lautet Michael, hier kennt man mich allerdings unter dem Namen Wolkenwanderer. Sucht euch aus, wie ihr mich ansprechen möchtet.«

»Sehr erfreut, Michael«, antwortete Lorenz. »Sie sagen, Sie hätten uns schon erwartet?«

Er ließ das Fragezeichen bedeutungsschwanger in der Luft hängen, bis der Wolkenwanderer sich seiner erbarmte, lächelte und sie einlud, ihn in sein Tipi zu begleiten.

»Du auch, Cetmanita«, sagte Michael.

Zu Lorenz' Überraschung setzte Kerschl sich in Bewegung, um ihnen zu folgen. »Cetmanita?«, raunte er ihm zu.

»Mein Indianername«, flüsterte Kerschl so laut, dass selbst auf dem Grund der Wasserfallgumpe lebende Geschöpfe ihn noch hätten verstehen können, und ergänzte stolz: »das bedeutet: strauchelnder Bär.«

Wie der Wolkenwanderer selbst aus einem alten Westernfilm entsprungen schien, so hätte auch das Innere seines Zeltes als Kulisse für einen solchen dienen können. In der Mitte befand sich ein mit Steinen ausgelegtes Loch, über dem ein Metallgestell errichtet worden war, an dem man einen Kochtopf aufhängen konnte. Bis auf dieses Loch waren der ganze Boden und ebenso alle Sitzgelegenheiten mit Tierfellen bedeckt. An den Wänden hingen an einer umlaufenden Schnur bunte Teppiche, die Jagdszenen und verschiedene Wildtiere zeigten. Lorenz schaute kurz hinter einen Paravent, wo ein ebenfalls mit Tierfellen bedecktes Bett nebst einer Waschschüssel standen. Der beeindruckendste Einrichtungsgegenstand steckte auf einem Pfahl im Boden und blickte die Neuankömmlinge argwöhnisch an. Es handelte sich um einen zum Kopfschmuck umfunktionierten Büffelkopf.

Unter ebenjenem nahm der alte Schamane nun Platz und bat seine Gäste, sich zu ihm an die Feuerstelle zu setzen. In aller Ruhe entzündete er ein Feuer, und Lorenz konnte sich nur schwer beherrschen, sein vor ein paar Tagen ausgesprochenes Verbot Feuer betreffend mahnend zu wiederholen.

Michael hängte einen Topf mit Wasser über die erwachenden Flammen, um es zu erhitzen. Während er allerlei Kräuter und die eine oder andere undefinierbare Zutat in die brodelnde Suppe gab, fuhr er schließlich fort: »Mir war klar, dass ihr früher oder später hier aufkreuzen würdet. Zumal ihr mit Cetmanita ja quasi schon die Vorhut geschickt hattet.« Wolkenwanderer Michael lächelte verschmitzt.

»Ich habe keine Ahnung, wovon Sie sprechen«, begann Lorenz, wurde aber sofort wieder unterbrochen.

»Ach komm, ich weiß doch, dass unser gemeinsame Freund eigentlich entsandt wurde, um uns auszuspionieren. Ihr möchtet wissen, ob wir Schamanen etwas mit den vergifteten Kühen zu tun haben.«

»Ich habe nix verraten«, murmelte Kerschl verlegen und schlug nervös die Fingerkuppen gegeneinander.

Der alte Schamane legte ihm freundschaftlich die Hand auf die Schulter. »Natürlich hast du das nicht, mein Freund«, beteuerte er. »Zumindest nicht direkt. Aber du bist ein besserer Schamane als Polizist.« Und an Lorenz gerichtet: »Keine Sorge, ich trage euch die Absicht nicht nach. Im Grunde habt ihr sogar eine gute Tat vollbracht, indem ihr euren Kollegen zu uns geschickt habt. Er wird bei uns wachsen und zu seiner wahren Stärke finden.« Der Wolkenwanderer blickte erwartungsvoll in die Runde. »Nun, wie kann ich euch helfen?«

Lorenz holte die durchsichtige Plastiktüte mit der Feder hervor und reichte sie dem alten Mann. »Was können Sie mir dazu sagen, Michael?«, fragte er.

Der andere betrachtete die Feder lange und nachdenklich und fragte schließlich: »Seid ihr bereit, die Hilfe der Geister anzunehmen?«

Aus dem Kochtopf vor ihm zog mittlerweile ein intensiver undefinierbarer Geruch durch das Zelt. Lorenz wünschte sich, dass Mila an seiner Seite wäre, um ihm in dieser zunehmend verrückter werdenden Situation beizustehen. Aber so, wie es aussah, musste er wohl allein da durch.

»Mir wäre lieber, Sie würden uns jetzt einfach wissen lassen, was Sie glauben, das uns helfen könnte«, sagte Lorenz. »Geht das auch ohne Hokuspokus?«

»Ich fürchte nicht«, antwortete der Schamane. »Denn ich weiß überhaupt nichts, das euch weiterbringen könnte, im Gegensatz zu ihnen.«

»Die Geister?«, fragte von Hohenfels interessiert. »Welche Geister denn?« Er hatte einige Minuten lang erfolglos versucht, sich im Schneidersitz hinzuhocken, und kniete jetzt vor dem Feuer.

»Die der Ahnen und jene dieses Waldes«, lautete die Antwort des Wolkenwanderers. »Ich benötige ein kleines Stück des Gefieders. Darf ich?«

Lorenz zuckte mit den Schultern und antwortete, bevor von Hohenfels dazwischengrätschen konnte. »Nur zu.«

Von Hohenfels' empörten Schnauber ignorierend, öffnete der alte Schamane vorsichtig die Tüte und zupfte ein paar Glieder aus der Federfahne, ehe er den Beutel wieder versiegelte und ihn Lorenz zurückgab. Dann warf er die Partikelchen in den kochenden Sud.

Von Hohenfels rutschte unruhig auf seinen Fersen hin und her. Das alles drohte, eindeutig zu unwissenschaftlich für ihn zu werden.

Schließlich goss der Wolkenwanderer etwas von dem mittlerweile dunkelgrünen Sud in einen Becher und reichte ihn von Hohenfels.

»Vielen Dank, aber ich bin raus«, sagte der und faltete sich umständlich auseinander. »Ganz ehrlich, Lorenz, wir haben Wichtigeres zu tun als dieses Kasperletheater hier. Dieses ganze, bitte entschuldigen S', Herr Indianer, Esoterikgedöns wird uns keinen Schritt weiterbringen und nur noch mehr unserer kostbaren Zeit stehlen.«

»Vorher noch mutig den Finger ins vergiftete Bier stecken und jetzt sich drücken wollen, oder was?«, stichelte Lorenz, dem selbst allerdings auch nicht unbedingt wohl zumute war. Wenn der Alte aber tatsächlich etwas wusste, das ihnen weiterhelfen würde, konnte es nicht schaden, bei dieser Schau mitzuspielen.

Von Hohenfels ließ sich allerdings nicht umstimmen. »Mach deine Mutprobe allein, wenn du so scharf darauf bist.« Er wedelte abwertend mit der Hand und marschierte Richtung Ausgang. »Ich such die Frau Gruber. Da findest mich, wenn ihr fertig seids mit Suppe essen.« Und weg war er.

Den Wolkenwanderer schien von Hohenfels' Aufbruch nicht zu stören, und er reichte den Becher an Kerschl weiter, der ihn ehrfürchtig entgegennahm. Dann füllte er eine kleine Schüssel mit dem grünlichen Brei und drückte sie Lorenz in die Hand.

»Lasst uns die Geister befragen«, verkündete er und zog eine Trommel zu sich heran, auf die er sogleich einzuschlagen begann. »Trinkt!«, befahl er, ehe er einen sonoren Singsang anstimmte.

Lorenz und Kerschl blickten einander ratlos in die Augen wie zwei Männer, die wissen, dass sie im Begriff sind, eine blödsinnige Tat zu begehen, jedoch hoffen, sich vom Mut des jeweils anderen eine Scheibe abschneiden zu können.

Lorenz schnüffelte versuchsweise an seinem Sud. Er roch nach Minze, Rosmarin und etwas organisch Vergorenem, das er nicht definieren konnte. Nun, er hatte nicht den ganzen Tag Zeit, in einem Tipi herumzuhocken und Cowboy und Indianer zu spielen. Der komische alte Mann würde sie schon nicht umbringen. Und wenn es half, ihm ein paar Informationen zu entlocken ... Er kippte die Brühe in einem Zug hinunter, und Kerschl tat es ihm augenblicklich gleich.

Das Zeug war überraschend zähflüssig, wie der selbst gemachte Eierlikör von Frau Gruber, deren beste Jahrgänge man ausschließlich mit Messer und Gabel zu sich nehmen konnte.

Zunächst fühlte Lorenz gar nichts. Er wartete ein paar Minuten, weil der Schamane die Augen geschlossen hielt und nach wie vor seinen Sermon sang und er ihn nicht unhöflich unterbrechen wollte. Da es aber beim besten Willen nicht danach aussah, dass ihnen der Wolkenwanderer in absehbarer Zeit wieder seine Aufmerksamkeit schenken würde, beschloss er nach etwa einer Minute, ihn an ihre Anwesenheit zu erinnern. Er öffnete den Mund und … konnte nicht sprechen. Seine Zunge fühlte sich pelzig an. Er wandte sich Kerschl zu, dessen Kinn auf seine Brust gesunken war und der die Augen geschlossen hielt, während sich sein massiger Körper sanft hin und her wiegte. Ein seliges Lächeln umspielte seine Lippen.

Müdigkeit war das falsche Wort für das, was Lorenz nun übermannte. Es war eher eine angenehme Mattigkeit, so als wäre er in Watte gepackt und alle Geräusche und Gefühle auf ein Minimum gedämpft und heruntergeschraubt worden. Der Fokus seines Gesichtsfelds wurde immer enger und konzentrierte sich schließlich auf die tanzenden Flammen des Lagerfeuers. Er hätte hinterher nicht mehr sagen können, ob er die Augen noch geschlossen oder die ganze Zeit über offen gehalten hatte. Der vom Schamanen gebraute Sud zog ihn in eine wohlige Schwärze hinein, bis er schließlich mit beiden Beinen auf dem Waldboden landete.

Verwirrt blickte er sich um. Er hatte keine Ahnung, wo er sich befand. Die Umgebung wirkte so austauschbar wie ein gewöhnlicher mitteleuropäischer Mischwald. Moos, Blätter und Pilze bedeckten den weichen Boden, in dem seine teuren Lederschuhe versanken. Ein paar Schnappschildkröten ohne Panzer, die leise »Mama!« wimmerten, krochen vorbei. Jemand rief seinen Namen. Eine vertraute Stimme, eine, die keinesfalls hier sein durfte.

Verwirrt drehte er sich um die eigene Achse, mit dem Effekt, dass der Wald um ihn herum in bunten Farben zerschmolz. Farbige Nebel waberten um ihn herum, und plötzlich stand Franzi direkt vor ihm, splitterfasernackt, und blickte ihn traurig an. Oder war das Mitleid in ihrem Gesicht? Gänseblümchen sprossen zwischen ihren Zehen hervor. Lorenz konnte immer noch nicht sprechen, aber sehr wohl protestierend den Mund aufreißen. Er hatte keine Ahnung, was hier gespielt wurde, beschloss aber, dass ihm das alles ganz und gar nicht gefiel.

Und dann verwandelte sich Franzi vor seinen Augen in Mila. Die kantig-herben Züge seiner Ex-Freundin formten sich zu den weichen, geschwungenen der schönen Tantrikerin. Augenblicklich fühlte Lorenz sich wohler. Da hatten die Geister aber gerade noch mal die Kurve gekriegt.

Auch Mila blieb stumm, lächelte jedoch und deutete mit ausgestrecktem Arm in Richtung der jenseitigen Bäume, wo Lorenz eine kleine Hütte erblickte, die ihm bekannt vorkam. Er hatte sie schon einmal gesehen, und er durchforstete ebenso hastig wie erfolglos seine Erinnerungen. Es störte ihn auch nicht, dass Mila in den Farben bunter Regenbögen zu leuchten begann, sich schließlich in einen hübschen Vogel verwandelte und sternstaubstreuend davonstob. Schließlich war all dies hier nur ein verrückter Traum, oder etwa nicht? Doch die Hütte kam ihm überraschend wirklich vor, weil er glaubte, sie zu kennen. Eigentlich handelte es sich mehr um einen Verschlag, roh zusammengezimmert, der weniger für romantische Wochenenden denn vielmehr als Schutz bei unwirtlicher Witterung gedacht war.

Plötzlich veränderte sich der Wald um ihn herum ein weiteres Mal. Die Farben schienen von Lorenz aus wegzufließen, als wären sie auf der Flucht. Zurück blieb ein dumpfes Grau, das leblos und bedrückend wirkte. Mit ihm kamen die Schatten. Sie lauerten hinter den Bäumen, die sich nun krampfend in den Boden drehten. Lorenz vermochte keine Formen auszumachen, wohl aber hinterlistige Augen, scharfe Reißzähne und gespaltene Zungen. Und alle krochen sie auf ihn zu.

Schweiß brach ihm aus sämtlichen Poren, und er wollte nur noch von hier verschwinden. Er nahm die Beine in die Hand, doch seine Schuhe waren für das Laufen auf dem feuchten Waldboden nicht gemacht. Vielleicht hielt ihn auch der Boden selbst fest, der mehr und mehr einem Sumpf glich, und hinderte ihn daran, eine größere Distanz zwischen sich und seine schattenhaften Verfolger zu bringen.

Obwohl ein kleiner, sehr vernünftiger Teil von Lorenz ganz

genau wusste, dass er in diesem Augenblick eigentlich am Lagerfeuer eines verschrobenen alten Mannes saß, der sich selbst Wolkenwanderer nannte und sich dafür nicht einmal zu schämen schien, spürte er Panik in seine Knochen kriechen. Nackte Angst, die sich sehr real anfühlte, setzte sich ihm auf die Schultern und hieb ihm ihre Krallen ins Fleisch. Irgendetwas stimmte hier ganz und gar nicht. Das war kein Traum mehr. Hatte der alte Mann ihn doch vergiftet? Steckte er am Ende hinter den seltsamen Vorfällen und wollte nun seine Spuren verwischen?

Etwas berührte ihn am Bein, und seine Haut brannte wie Feuer. Einer der Schatten hatte sich um seinen Knöchel gewickelt, war aber nicht mehr ein Schatten, sondern ein schleimiger, an Gedärm erinnernder Tentakel, der über und über mit dünnen, scharfen Dornen besetzt war. Lorenz schrie und rang dieses Mal seinen Stimmbändern tatsächlich Laute ab.

»Komm hierher, schnell!«, hörte er den Wolkenwanderer antworten. Seine Stimme drang aus einem einladend weiß strahlenden Licht ein paar Meter vor Lorenz. Ein Katzensprung, eigentlich. Zwei raumgreifende Schritte hätten genügt, um den Sprecher zu erreichen, doch Lorenz kam nicht voran. Mit dem schmerzenden Tentakel am Bein kämpfte er sich durch schmatzenden Treibsand, die anderen Schatten heulend und schnatternd dicht hinter ihm.

»Jetzt stell dich nicht so an, du bist doch ein gestandenes Mannsbild!«, hörte er eine weitere, ihm ebenfalls wohlbekannte Stimme schreien. Er mobilisierte seine letzten Kräfte, berührte mit den Fingerspitzen ein Lichtpartikel und wachte schweißgebadet neben dem Lagerfeuer liegend und in eine Decke gehüllt auf. Und übergab sich in eine ihm hastig hingeschobene Schüssel. Er würgte eine grünbraune zähe Pampe hervor, viel mehr, als er zuvor von dem Sud getrunken hatte. Neben ihm kauerte der alte Schamane. Lorenz' erster Impuls war, dem Giftmischer an die Gurgel zu gehen und sie ihm umzudrehen. Er konnte sich gerade noch beherrschen und begnügte sich mit einem harschen: »Was zum Teufel haben Sie mir da verabreicht?«

Er fühlte sich matt und ausgelaugt, als lägen Stunden unruhigen und schlechten Schlafes hinter ihm. Mit einem ziemlich abgefahrenem Traum. Und dann fühlte er es. Erschrocken richtete er sich auf, warf die Decke von sich und zog sein Hosenbein hoch. Direkt über seinem Knöchel war seine Haut gerötet und wund. Ein kalter Schauer schüttelte ihn, und er blickte den Schamanen entsetzt an.

»Die Wirkung war wohl etwas zu stark für euch«, murmelte der Alte müde. »Aber das Wichtigste ist: Was hast du gesehen?«

Lorenz war sprachlos. Meinte der das tatsächlich ernst? Dass der Schamane das ganze Bohei für bare Münze nahm, geschenkt, das war immerhin sein Job. Aber woher sollte er die Wunde am Bein haben? Hatte der Scharlatan sie ihm zugefügt, während er weggetreten war? Erst jetzt fiel ihm auf, dass Kerschl auf der anderen Seite des Feuers in eine dicke Decke gehüllt hockte und ziemlich verstört dreinschaute. »Alles in Ordnung mit dir?«, rief Lorenz ihm zu.

Der Polizist zuckte wie von einer Peitsche getroffen zusammen, nickte aber tapfer, als er seinen Kollegen erkannte.

»Beim ersten Mal ist es immer heftig«, sagte der Wolkenwanderer. »Dafür habt ihr euch eh erstaunlich gut geschlagen.«

»Sie hätten uns wenigstens vorwarnen können, dass Sie uns auf einen Trip schicken«, grummelte Lorenz.

»Stimmt«, antwortete der Alte. »Aber dafür war keine Zeit. Jetzt sag, was hast du gesehen?«

Lorenz resignierte und erzählte seinen Traum nach, an den er sich verblüffend gut erinnern konnte.

»Du schleppst ein paar ordentliche Pakete mit dir herum, mein kahlköpfiger Freund«, sagte der Wolkenwanderer schließlich. »Vielleicht solltest besser du zu uns kommen. Abgesehen davon dürfte die Schlüsselszene, wie du schon ganz richtig vermutest, diese Hütte sein. Fällt dir wirklich nicht ein, wo du sie schon einmal gesehen hast?«

»Nein«, antwortete Lorenz barsch und rappelte sich hoch. Er hatte genug Zeit verschwendet und fühlte Ärger in sich brodeln. Jetzt würde er von Hohenfels beichten müssen, dass der recht gehabt hatte und diese ganze Aktion für die Katz gewesen war. Immerhin kehrten seine Kräfte allmählich wieder zurück. »Kerschl, kommst du?«, fragte er.

Der Kollege schälte sich aus seiner Decke, stand auf und verbeugte sich ehrfürchtig vor dem Wolkenwanderer.

An so eine Huldigung dachte Lorenz nicht im Traum, der alte Scharlatan konnte froh sein, dass ihm nicht die Hand ausgerutscht war. Er würde das Schamanenlager mit einem Durchsuchungskommando auf den Kopf stellen und sich seine Informationen auf konventionelle Art holen. Lorenz machte auf dem Absatz kehrt, schlug die Zeltplane am Eingang beiseite und erstarrte. Die Sonne war bereits untergegangen.

»Wie lange sind wir weg gewesen?«, fragte Lorenz Kerschl mit bebender Stimme.

Kerschl schien weitaus weniger überrascht als er und antwortete beinahe verlegen: »Etwa vier Stunden, würde ich sagen.«

Ein paar lange Atemzüge spielte Lorenz ernsthaft mit dem Gedanken, doch noch einmal umzudrehen und dem Schamanen eins auf die Nase zu hauen.

Kerschl schien das zu wittern, denn er versuchte, ihn abzulenken, indem er ihm von seinem Traum erzählte. Darin war er mit Banju am Meer gewesen. Alles hatte sehr idyllisch und romantisch begonnen, ehe ein schuppiges Echsenmonster den Fluten entstiegen war und Banju entführt hatte, während Kerschl hilflos und angstgelähmt zugesehen hatte. Jetzt schämte er sich für sein feiges Verhalten, obwohl der Wolkenwanderer ihm die Traumreise ausführlich gedeutet und erklärt hatte. Kerschl war über eine Stunde vor Lorenz aufgewacht, hatte sich ebenfalls sofort übergeben und dann gewartet, bis Lorenz zurückkehrte.

Der beschloss, es für den Augenblick gut sein zu lassen. Er kletterte den Hang hinauf zurück ins Hauptlager und verabschiedete sich unterwegs von Kerschl, der zu seiner Banju zurücktappte. Lorenz fand Mila an einem kleinen Lagerfeuer sitzend vor ihrem Zelt. Sie starrte in die Flammen und war allein.

»Warum hält sich hier eigentlich niemand an mein Verbot?«, sagte er und umarmte sie von hinten.

Sie ließ sich lachend gegen ihn fallen und drückte ihm einen Kuss auf die Wange.

Er setzte sich neben sie auf den Baumstamm. »Von Hohenfels ist schon weg?«, fragte er.

»Schon seit Stunden«, antwortete Mila.

Von einer leisen Ahnung getrieben fingerte Lorenz sein Handy hervor und beendete den Flugmodus. Sofort begann das Gerät wild zu blinken und zu piepen und zeigte mehrere Nachrichten und verpasste Anrufe an. »Mist«, murmelte er und steckte das Telefon wieder weg. »Ich muss sofort nach Rosenheim.«

»Kannst du nicht hierbleiben und morgen früh hinfahren?«, fragte Mila. »Und mir stattdessen berichten, wie es dir bei den Schamanen ergangen ist?«

Aus irgendeinem Grund sträubte sich etwas in Lorenz in just diesem Moment, Mila von seiner Traumreise zu erzählen. Und so nutzte er seinen Beschluss, zurück in die Inspektion zu fahren, auch als Vorwand, um ihr auszuweichen. Mila schien ihn zu verstehen, denn sie bedrängte ihn nicht weiter.

Als Lorenz den Pfad hinauf zu seinem Auto wanderte, beobachteten ihn mehrere verärgerte Augenpaare aus dem Schutz der Dunkelheit.

»Lorenz, magst dir des mal anschaun?«, fragte von Hohenfels. Es war mittlerweile weit nach neun Uhr abends.

Nach seiner Rückkehr in die Inspektion hatte sein Kollege Lorenz nur kurz ansehen müssen, um zu wissen, wie es um seine Laune bestellt war. Er hatte keine weiteren Fragen gestellt. Die Zeit, in der er auf Lorenz gewartet hatte, hatte er dazu genutzt, um unter anderem die Anmeldeunterlagen für die Bayrische Hanfinitiative durchzuarbeiten, sich noch einmal mit der alten Herzklinik zu befassen und sich in die zugehörigen Grundbücher einzugraben. Das war genau sein Metier. Wenn von Hohenfels ungestört etwas analysieren oder sich durch Akten wühlen konnte, entspannte ihn das und machte ihn glücklich. Andere Menschen machten Feierabend, um sich von ihrer Arbeit zu erholen, von Hohenfels hingegen war quasi vierundzwanzig Stunden täglich und sieben Tage wöchentlich im Dienst. Deshalb musste er sich auch nicht mit so etwas Lästigem wie einem Privatleben und all den Komplikationen, die ein solches mitzubringen pflegte, herumplagen.

Für Lorenz bestand der Trick, mit einem Menschen wie von

Hohenfels zusammenzuarbeiten, darin, seinen Frieden damit zu machen, dass man nie der Erste oder Letzte im Büro und niemals der Mitarbeiter mit den meisten abgestempelten Stunden sein würde.

Jetzt stand von Hohenfels mit einer zusammengerollten Karte und einem Stapel Papier in der Tür zu Lorenz' Büro und blickte erwartungsvoll drein.

»Klar«, sagte Lorenz, und als von Hohenfels gerade einen Schritt tun wollte, genügte ein lautes Räuspern von ihm, um seinen Kollegen grummelnd zurücktreten und ihn seine Schuhe vor der Schwelle abstreifen zu lassen.

Bestrumpft wagte von Hohenfels einen neuen Versuch, der ihm dieses Mal gelang, und breitete die Karte auf Lorenz' Schreibtisch aus.

»Bad Feilnbach?«, fragte Lorenz verwirrt.

»Ja«, antwortete von Hohenfels. »Ich habe mir die Grundbucheintragungen rund um den Höhenpark angesehen, und dabei ist mir etwas sehr Interessantes aufgefallen.«

Auf der in Graustufen geplotteten Karte waren einige mit rotem Textmarker eingekreiste Grundstücke zu sehen. Auch die Wiesen oberhalb des Höhenparks, der an dieser Stelle quasi die Grenze zwischen Dorf und unbebauter Fläche darstellte, waren rot eingekringelt.

»Wem gehört das alles?«, fragte Lorenz verwirrt.

»Rate mal«, erwiderte von Hohenfels. »Kleiner Tipp: Es ist jemand, der sich erst kürzlich noch sehr über seinen landverschachernden Kollegen aufgeregt hat.«

Lorenz sah sich die markierten Flächen erneut an. Sie beschränkten sich nicht nur auf Bad Feilnbach, sondern zogen sich durch das ganze Gemeindegebiet und fanden sich auch in Dettendorf, Litzldorf und Au. »Das kann doch gar nicht sein«, murmelte er überrascht. »Wie soll sich denn einer wie der Breyer das leisten können? Der steht mit seiner maroden Farm doch ganz offensichtlich kurz vor dem Bankrott …«

Von Hohenfels klopfte mit seinem wulstigen Zeigefinger energisch auf den Papierstapel, als genügte das, um die Antworten daraus hervorzuscheuchen. »Laut Grundbuch hat sich der Gute in den letzten drei, vier Jahren zu einem der größten Grundbesitzer Feilnbachs aufgeschwungen. Hat immer mal wieder ein Feld, einen Wald oder eine Almwiese dazugekauft.«

»Aber wie?«, fragte Lorenz. »Wie hat er das gemacht?«

»Das steht hier leider nicht drin, das müssen wir ihn dann wohl selbst fragen«, räumte von Hohenfels ein.

»Wenn da mal nicht was ganz gewaltig faul ist«, sinnierte Lorenz. »Wir sollten dem Guten gleich morgen früh noch mal einen Besuch abstatten.«

»Das sollten wir«, stimmte von Hohenfels zu. »Und dann ist da noch etwas … Ich habe das Bier analysiert. Des, wo den Schankwirt vom Gaufest krank gemacht hat.«

»Und?«, fragte Lorenz. »Was hast rausgefunden?«

»Ich hatte recht mit meiner Vermutung«, antwortete von Hohenfels. »Es war tatsächlich ein Schwammerl drin. Nennt sich Satans-Röhrling. Ein Giftpilz. Wenn auch kein tödlicher.«

»Lass mich raten«, seufzte Lorenz, »der wächst natürlich genauso wie diese beschissene Alpenrose hier in den Bergen. Wahrscheinlich auch noch im Jenbachtal.«

»Woher weißt du des?«, staunte von Hohenfels verblüfft.

»Intuition«, antwortete Lorenz. »Verdammte Intuition.«

Freitag, der Tag vor dem Festabend

Am nächsten Morgen parkte Lorenz seinen Wagen auf dem Breyerhof. Es war kurz vor acht Uhr. Die frühsommerliche Sonne hatte sich in den letzten Tagen zu sehr verausgabt und gönnte sich eine diesige Auszeit. Nebel hing über Au, und mit ihm war die Kälte zurückgekehrt. Lorenz fröstelte.

»Sein Auto ist nicht da«, sagte von Hohenfels.

Lorenz ging trotzdem zur Haustür und klingelte. Ein jämmerliches Bimmeln war leise und dumpf aus dem Inneren zu vernehmen, dem keinerlei Reaktion folgte. Sie umrundeten den baufälligen Hof, aber außer Kühen, Hühnern und den unzähligen Insekten, die im und auf dem morschen Gebälk des alten Gebäudes lebten, schien sich hier niemand aufzuhalten.

»Wenn wir schon mal da sind«, sagte von Hohenfels, als sie wieder mit deutlich schmutzigeren Schuhen den Ausgangspunkt erreichten, und verschwand in der Scheune, in der er am Montag die Benzinkanister entdeckt hatte. Wenig überraschend waren sie allesamt verschwunden. Während von Hohenfels in dem Verschlag zugange war, erspähte Lorenz auf der Hausbank des Nachbarbauernhofes eine alte Frau. Sie entsprach in jeder Hinsicht dem optischen Klischee eines alten Mütterchens eines ordentlichen bayrischen Bauernhofs. Hellblauer Arbeitskittel mit Rautenmuster, rotes Kopftuch, dicke Strümpfe und Pantoffeln, die Arme aufgestützt auf einen knorrigen Stock. Wind, Wetter und Zeit hatten so tiefe Furchen in das Gesicht der Frau gegraben, das man in ihnen Mais hätte aussäen können. Sie schien klein, gebückt und zerbrechlich, doch ihre Augen waren wach und aufmerksam und sahen unverwandt zu Lorenz herüber. Er versuchte sein Glück.

»Guten Tag!«, brüllte er vorsichtshalber etwas lauter, als vielleicht nötig gewesen wäre.

»Was schrein S' denn so herum?«, antwortete das Mütterchen mit überraschend kräftiger, aber unangenehm hoher Stimme.

»Wissen Sie, wo Ihr Nachbar, der Herr Breyer, ist?«, fragte Lorenz, leicht aus dem Konzept gebracht.

»Nein«, lautete die einfache und effiziente Antwort seines Gegenübers.

»Aber er ist weggefahren, oder?«, rief Lorenz.

»Ja«, erwiderte sie.

Lorenz spürte ein Anschwellen seiner Halsschlagader. Von Hohenfels war mittlerweile wieder aus der Scheune aufgetaucht und gesellte sich zu seinem Kollegen.

»Wissen Sie wenigstens, wann der Breyer den Hof verlassen hat?«, fragte Lorenz mit mühsam gewahrter Geduld.

Die alte Frau schien zu überlegen, ehe sie schließlich mit einem schlichten »Nein« antwortete. Doch bevor Lorenz der Kragen platzen konnte, schien sie sich zu besinnen und ergänzte: »Der ist in letzter Zeit selten daheim. Eigentlich nur in der Nacht und zur Stallzeit«, sagte sie und bewies damit, dass alte, harmlos aussehende Frauen in Bayern nach wie vor die besten Überwachungsgerätschaften darstellten.

Lorenz kratzte sich am Kinn. »Weißt du was?«, sagte er zu von Hohenfels. »Wir lassen den Kerl beschatten. Ich ruf gleich mal den Lallinger an. Und dann kümmern wir uns um die Schamanen.«

Mila sah nicht sehr erfreut aus, als Lorenz mit vier Polizisten im Schlepptau gegen Mittag im Jenbach-Camp anrückte, um die Zelte der Schamanen durchsuchen zu lassen. Doch ihm lief die Zeit davon. So wenig er auch selbst daran glauben mochte, er konnte einfach nicht ausschließen, dass die Federn, Giftpflanzen und -pilze mit den jüngsten Verbrechen zusammenhingen.

Die Razzia verlief unaufgeregt und professionell. Lorenz' Männer durchsuchten ein Zelt nach dem anderen und stießen auf keinerlei Widerstand. Der Wolkenwanderer hatte Lorenz die bedingungslose Kooperation zugesichert. Offenbar bis ins Mark überzeugt, dass die Beamten nichts in den Reihen seiner Leute finden würden, hockte er vor seinem Tipi und rauchte eine Pfeife. Vierzehn Behausungen zählte das Schamanenlager, und auch vor der des Wolkenwanderers machten die Polizisten nicht halt.

Kerschl hockte bei den anderen Schamanen. Solidarisch, als

hätte er sich bereits für eine Seite entschieden. Auch er hatte keinen Einspruch eingelegt, als seine Kollegen mit dem Durchsuchungsbefehl im Camp erschienen waren. Dabei hätte sich Lorenz insgeheim über etwas Protest oder Empörung sogar gefreut. Über Flüche, Drohungen und Verwünschungen oder was auch immer ein Schamane Höllenartiges zu entfesseln und auf einen zu hetzen imstande war. Damit hätte er leichter umgehen können als mit dieser gelassenen Ergebenheit, welche die Männer geschlossen an den Tag legten.

»Herr Hölzl, kommen Sie bitte mal?«, sagte einer der Beamten, der zehn Minuten zuvor im Zelt des Schamanenoberhaupts verschwunden war. Bisher hatten sie nichts Verdächtiges finden können, und Lorenz ging in Gedanken schon die weiteren Schritte durch, wovon einer die Option beinhaltete, die Razzia auf das gesamte Jenbach-Camp auszuweiten. Bei der Vorstellung, auch Milas Zelt filzen zu müssen, zog sich sein Magen schmerzhaft zusammen.

»Das haben wir unter einer Decke im hinteren Bereich des Tipis gefunden«, sagte der Polizist und reichte Lorenz ein Bündel Federn, die allesamt eine frappierende Ähnlichkeit mit den beiden Exemplaren aus Hirnsteigers Stall und von dem vergifteten Bierfass aufwiesen. Außerdem hielt er noch eine DIN-A4-große Plastiktüte mit einem Gemisch aus Blättern und rötlichen Blüten in der Hand.

»Die Federn gehören mir nicht«, sagte der Wolkenwanderer ruhig, ohne den bei ihm gefundenen Gegenständen Beachtung zu schenken. Er nahm einen weiteren Zug aus seiner Pfeife und saß immer noch genauso entspannt und mit untergeschlagenen Beinen neben dem Eingang seines Zeltes wie vor wenigen Minuten.

Lorenz ging vor dem alten Mann in die Hocke und hielt ihm das Bündel Federn hin, sodass er keine andere Möglichkeit hatte, als es direkt anzusehen. »Warum haben wir sie dann in Ihrem Zelt gefunden?«, fragte Lorenz.

»Das kann ich dir nicht beantworten, mein Freund.«

»Und was ist damit?«, wollte Lorenz wissen und deutete auf den Beutel mit dem Grünzeug.

»Auch das weiß ich nicht«, lautete die Antwort des Alten. Lorenz warf den Beutel von Hohenfels zu, der seine Nase hineinsteckte und sie sofort angewidert zurückzog.

»Alpenrosen!«, stellte er fest, und Lorenz war alles andere als überrascht.

Der alte Schamane nahm einen letzten Zug aus seiner Pfeife, klopfte sie sorgfältig an einem Stein aus und erhob sich dann mit einiger Mühe, die steifen Glieder entfaltend wie ein vom Frost überraschter Käfer. »Gehen wir?«, fragte er. »Ich wäre dann so weit.

»Wohin?«, erwiderte Lorenz.

»Wo immer ihr eines Verbrechens Verdächtige wie mich hinbringt«, antwortete der Wolkenwanderer mit einem Lächeln auf den Lippen. »Ich möchte es dir so einfach wie möglich machen.«

Der Beamte, der die belastenden Indizien gefunden hatte, blickte Lorenz erwartungsvoll an und wartete auf dessen Anweisung.

Lorenz seufzte. Ihm blieb keine andere Wahl, als den Wolkenwanderer verhaften zu lassen. Auch wenn sich das alles schrecklich falsch anfühlte.

Während Lorenz nach der Festnahme des Wolkenwanderers im Camp stand und unschlüssig in den Jenbach starrte, klingelte sein Telefon. Am anderen Ende der Leitung war Franz Hirnsteiger und bat um ein Gespräch. Es sei sehr wichtig, betonte er. Lorenz willigte ein, und zwanzig Minuten später saßen er und von Hohenfels auf der Hausbank in Hirnsteigers blühendem Garten.

»Kaffee?«, fragte Hirnsteiger.

»Gern«, antwortete Lorenz. »Schwarz, ohne Zucker.«

»Und für mich einen —«, begann von Hohenfels.

»Verlängerten?«, beendete Hirnsteiger lächelnd den Satz, und von Hohenfels nickte erfreut. Der Landwirt sah mitgenommen aus. Die vergangenen Tage hatten tiefe Sorgenfalten in sein Gesicht gegraben.

»Was wollten Sie mir also mitteilen?«, fragte Lorenz, als Hirnsteiger wieder aus der Küche zurückgekommen war, wo er seiner Frau die Kaffeebestellung überbracht hatte.

Hirnsteiger kniff die Augen zusammen und blickte Richtung Bergpanorama. Ohne Lorenz anzusehen, antwortete er: »Ich muss gestehen, dass ich Ihnen etwas, ich möchte fast sagen, sehr Wichtiges verschwiegen habe.«

»Und das wäre?«, erwiderte Lorenz.

»Als wir des letzte Mal hier beisammensaßen, wollten Sie von mir wissen, warum ich mich bei dem Hanfprojekt beworben habe. Ich habe geantwortet, dass ich mit gutem Beispiel vorangehen will und dergleichen. Nun, ich würd behaupten, Ihre sichtbaren Zweifel an meiner vorgeschobenen Intention waren nicht ganz unbegründet.«

Lorenz fiel auf, dass er Hirnsteigers Vater noch nicht gesehen hatte. Wollte ihn der Landwirt jetzt etwa in dessen Schicksal einweihen?

»Es stimmt schon, dass ich mich beworben habe, um den anderen ein gutes Vorbild zu sein«, fuhr Hirnsteiger fort. »Aber es ist nun mal nicht die ganze Wahrheit. Und nachdem ich jetzt am eigenen Leib spüren musste, wozu diese Leute fähig sind, halte ich es für angebracht, mein Wissen mit Ihnen zu teilen.«

»Würden Sie jetzt bitte zum Punkt kommen?«, bat Lorenz verwirrt.

»Natürlich«, beeilte sich Hirnsteiger. »Vor etwa einem Dreivierteljahr habe ich einen Anruf erhalten. Die Rufnummer war unterdrückt, und die Stimme am anderen Ende mir gänzlich unbekannt. Der Anrufer hat keinen Namen genannt, mir lediglich verkündet, die bayrische Staatsregierung habe eine neue Behörde gegründet, die sich angeblich mit der Legalisierung von Cannabis beschäftigen würde. Und dass ein Projekt geplant sei, für das nach einer bayrischen Kommune gesucht werde, deren Landwirte sich um eine Anbaulizenz bewerben wollen. Wer immer mich damals angerufen hat, war bestens informiert, denn die eigentliche Ausschreibung wurde erst drei Monate später im ›Landwirtschaftlichen Wochenblatt‹ verkündet.«

»Und was wollte der anonyme Anrufer von Ihnen?«, fragte Lorenz, der bereits eine Ahnung hatte, worauf das alles hinauslief.

Hirnsteigers schöne Ehefrau unterbrach die Ausführung ih-

res Mannes für einen kurzen Augenblick, indem sie den Kaffee servierte.
»Er hat mir Geld dafür angeboten, dass ich Bad Feilnbach anmelde. Fünftausend Euro, um genau zu sein, sollte es mir gelingen, wenigstens die drei teilnehmenden Landwirtschaften zu mobilisieren, die nötig waren, um die Bewerbungsvoraussetzung zu erfüllen. Er meinte zu diesem Zeitpunkt, dass ich mich nicht sofort entscheiden müsse, er würde sich in den nächsten Tagen nochmals melden. Am darauffolgenden Morgen fand ich einen Briefumschlag mit fünfhundert Euro in meiner Post. Tags darauf erhielt ich erneut einen Anruf, und der Unbekannte versicherte mir, dass es sich bei dem Geld um ein Geschenk handle, das ich auf jeden Fall behalten dürfe. Die restliche Belohnung würde ich dann bei erfolgter und erfolgreicher Bewerbung erhalten.«

Hirnsteiger blickte Lorenz zum ersten Mal direkt in die Augen. »Mein Vater ist, ich muss fast sagen, todkrank. Er leidet an Krebs«, eröffnete ihm der Landwirt und bestätigte damit von Hohenfels' Vermutung. »Es tut mir leid, dass ich bei Ihrem Erstbesuch den Eindruck erweckt habe, wir würden uns in keinerlei finanziellen Schwierigkeiten befinden, aber das stimmt leider nicht. Die medizinische Behandlung meines Vaters verschlingt unser Vermögen schneller, als ich es je für möglich gehalten habe. Und das, ohne dass die Ärzte ihm bislang auch nur irgendwie geholfen hätten. Diese alternativen Heilmethoden sind, das muss ich einfach mal so sagen, schweineteuer. Doch ich möchte nichts unversucht lassen, verstehen Sie? Deshalb habe ich das Geld angenommen und Bad Feilnbach angemeldet. Weil die Legalisierung des Hanfes ja auch vielen Schmerzpatienten, wie mein Vater einer ist, helfen kann.«

»Haben Sie das restliche Geld erhalten?«, fragte Lorenz, ohne sich anmerken zu lassen, wie nah ihm die Geschichte des verzweifelten Landwirts ging.

»Das habe ich. Wie beim ersten Mal kam der Umschlag mit dem Geld per Post«, gestand Hirnsteiger kleinlaut.

Was in Feilnbach doch alles per Post verschickt wird ... Drogen, Bestechungsgeld, sinnierte Lorenz.

»Allerdings geht die Geschichte noch weiter«, fuhr Hirnsteiger fort.

»Ja?«, ermunterte ihn Lorenz.

Der Landwirt räusperte sich theatralisch. »Ein paar Tage nachdem bekannt geworden war, dass Bad Feilnbach den Zuschlag erhalten würde, meldete sich der Anrufer erneut. Diesmal unterbreitete er mir das Angebot, meine beiden Mitbewerber zu sabotieren, damit ich auch sicher die Lizenz erhalten würde. Dafür wollte er einen Anteil meines zukünftigen Gewinns, dreißig Prozent, um genau zu sein.«

»Und Sie haben das Angebot angenommen?«

»Nein«, versicherte Hirnsteiger. »Das ging mir dann doch bedeutend zu weit.«

»Hatten Sie keine Bedenken, dass auch Sie zu denjenigen gehören würden, die sabotiert werden, sollten Sie ablehnen?«, fragte Lorenz.

»Natürlich habe ich mir darüber Gedanken gemacht. Darum habe ich ja mit dem Feichtl und dem Schwinder gesprochen und sie gefragt, ob sie ähnliche Angebote erhalten hätten. Sie versicherten mir, dass dem nicht so wäre. Und nachdem es die beiden dann vor mir erwischt hat, habe ich mir auch nichts mehr dabei gedacht. Vielleicht hatte der Schattenmann ja seinen Plan geändert.«

»Und uns haben Sie nichts von alldem erzählt, weil …?«, bohrte Lorenz nach.

»Wegen meinem Vater und der Angst, dass ich das Geld dann zurückgeben muss«, beichtete der Landwirt.

Lorenz legte sich eine Hand über die Augen und seufzte. »Das bedeutet also, dass hier irgendjemand im Hintergrund ganz massiv die Strippen zu ziehen versucht«, sagte Lorenz zu seinem Kollegen.

»Und natürlich glaubst du jetzt, dass meine Helga etwas damit zu tun haben könnte«, antwortete von Hohenfels bitter.

»Da ist er rauf!« Lallinger deutete den steil ansteigenden Hügel hinauf. Auf den ersten Blick sah alles nach einer in vollem Saft stehenden Streuobstwiese aus. Ein verfallener Weidezaun bildete deren Grenze. Breyer war kurz nach Mittag wieder auf seinen Hof zurückgekehrt und sofort im Stall verschwunden. Etwa gegen fünfzehn Uhr hatte Lallinger den Landwirt beobachtet, wie er einen großen Rucksack und zwei Kanister in seinen Wagen lud und sich gen Feilnbach aufmachte. Dann war er zu jener Wiese gefahren, auf die Lorenz und von Hohenfels nun starrten, hatte den Rucksack und die Kanister ausgeladen und war dann wieder ein paar hundert Meter zurück zum Friedhof, wo er sein Auto geparkt hatte. Nur um anschließend wieder zu seinen Sachen zu laufen, alles zu schultern, den Hang hinaufzuschleppen und dort zu verschwinden. Dann hatte Lallinger Lorenz angerufen. Seither war eine halbe Stunde vergangen und Breyer immer noch nicht wiederaufgetaucht.

»Warum überwachen wir den Kerl eigentlich?«, fragte Lallinger. »Hat das was mit euren Ermittlungen zu tun?«

»Kommt drauf an, mit welchen«, antwortete Lorenz, der sich selbst nicht sicher war, wohin das alles führen sollte, ausweichend. »Also, meine Herren, wollen wir?«

Die drei Männer kletterten über den Zaun und wanderten im Gänsemarsch die Anhöhe hinauf. An der Spitze Lorenz, dann Lallinger und etwas abgeschlagen und schon nach wenigen Metern keuchend und schwitzend von Hohenfels. Ein paar Minuten später erreichten sie den Kamm. Lorenz blickte sich um und stellte überrascht fest, dass sie sich oberhalb der alten Herzklinik-Ruine befanden. Der verfallene Bau lag unter ihnen wie ein kaputtes Spielzeug, das jemand den Steilhang hinabgestoßen hatte.

»Na so was«, murmelte Lorenz. »Wohin unser grantiger Großgrundbesitzer wohl verschwunden ist?«

Breyer hatte zwei Möglichkeiten gehabt: Entweder hätte er auf die Passstraße am Hundhamer Berg laufen können, die direkt oberhalb des Feldes vorbeiführte. Doch warum hätte er den Rucksack und den Kanister über die Wiese hinaufschleppen sollen, wenn er auch mit dem Auto hätte fahren können? Die andere Möglichkeit war, dass Breyer zur Ruine hinabgestiegen war. Aber der Hang fiel außerordentlich steil ab, und das Areal wäre bedeutend einfacher von der anderen Seite erreichbar gewesen, von dort, wo Lorenz und von Hohenfels vorgestern gewesen waren.

»Und nun?«, fragte Lallinger.

»Der kann sich ja schlecht in Luft aufgelöst haben«, antwortete Lorenz gereizt. »Sehen wir uns mal um.«

Sie teilten sich auf und wanderten die Außenränder der Wiese ab, ohne recht zu wissen, wonach sie eigentlich Ausschau hielten. Lorenz erwog bereits, nach Breyer zu rufen, als er mitten auf der Wiese auf ein paar Spuren im eingedrückten Gras stieß. Weder Lallinger noch von Hohenfels waren hier zuvor entlanggegangen. Lorenz konzentrierte sich und sah eine klar erkennbare Fährte vor sich. Und dann fand er, etwa dreißig Meter vor dem Abhang, eine Stelle, an der das Gras besonders stark platt gedrückt war. Als hätte hier jemand etwas Schweres abgestellt. Lorenz drehte sich um die eigene Achse. Er befand sich in einer Senke, die weder von den beiden Straßen ober- und unterhalb noch von den Häusern am Ortsrand einzusehen war. Er selbst konnte nicht einmal seine beiden Kollegen, die sich irgendwo weiter oben aufhielten, orten. Lorenz bückte sich und strich mit den Fingern durch das Gras. Irgendetwas stimmte mit dem Boden nicht. Er ertastete ein kurzes, dickes Seilstück mit einem Knoten am Ende. Versuchsweise zog er daran, und dann ...

Er stieß einen leisen Pfiff aus. Laut zu rufen wagte er nicht, aber das Geräusch genügte, um Lallinger auf ihn aufmerksam zu machen, der wiederum von Hohenfels leise Bescheid gab, dass Lorenz etwas gefunden haben musste. Die beiden Männer schlossen zu ihm auf.

Lorenz zog zuerst vorsichtig, dann mit einiger Kraftanstrengung an dem Seil. Als er merkte, dass er sich falsch positioniert hatte, veränderte er seinen Stand und zog erneut. Vor ihnen öffnete sich ein Loch im Boden. Das Seil gehörte zu einer recht großen Klappe, die geschickt unter einer dicken Grasschicht verborgen gewesen war.

»Was glaubt ihr, was des ist?«, fragte von Hohenfels und starrte unbehaglich in die düstere Tiefe.

Lallinger und Lorenz bückten sich, um etwas erkennen zu können.

»Da führt eine Leiter hinab«, sagte Lallinger. Er nahm seine Taschenlampe und leuchtete in das Loch. »Geht nicht tief runter«, meinte er und sah Lorenz fragend an.

Der seufzte, kramte seinerseits sein Handy hervor, aktivierte dessen Taschenlampen-App und sagte: »Dann mal los ...« Lallinger stellte vorsichtig einen Fuß auf die oberste Sprosse der Treppe, und als er sich versichert hatte, dass sie stabil war, kletterte er hinab. »Hier ist ein Gang!«, tönte es bald darauf von unten.

Auch Lorenz tauchte in die Dunkelheit ab. Am Ende der Leiter umfing ihn Stille. Es roch nach Gras und Erde, Feuchtigkeit schwamm in der kühlen Luft. Der Schacht mündete in den Gang, in dem Lallinger bereits verschwunden war. Vor sich konnte Lorenz den Lichtkegel von dessen Taschenlampe erkennen. Er zögerte. Der Stollen war nicht hoch genug, als dass er aufrecht hätte stehen können, dafür aber überraschend breit. Wände und Decke wurden mit groben Holzbalken abgestützt, doch besonders vertrauenerweckend wirkte das alles nicht. Natürlich gab es kein Licht und auch keinerlei Versorgungsleitungen, nur den roh in die Erde getriebenen Tunnel.

Ein Getöse kündigte das Nahen von Hohenfels' an, der herzhaft wienerisch fluchend die Leiter herabpolterte. »Was für eine Schnapsidee«, verkündete er, als er dicht an Lorenz gepfercht stand. »Reicht des nicht, wenn einer von uns da reinkriecht und schaut, was der irre Breyer hier treibt?«

»Wir wissen doch noch gar nicht, ob dies überhaupt das Werk vom Breyer ist«, antwortete Lorenz und bückte sich in den Gang. Bereits im Gehen ergänzte er noch: »Kannst ja hierbleiben und Wache schieben.«

Von Hohenfels dachte ein paar Augenblicke über seine Optionen nach, kam offenbar zu dem Schluss, dass er sich bei solchen Aktionen lieber in der Nähe von Lorenz aufhielt, seufzte noch einmal hingebungsvoll und folgte dann seinem Kollegen, der mit der einen Hand das lichtspendende Smartphone umklammerte und sich mit der anderen an der Wand entlangtastete.

»Ich glaub, da vorne kommen wir raus«, sagte Lallinger und verringerte sein Tempo, damit Lorenz und von Hohenfels zu ihm aufschließen konnten.

Obwohl der Gang gerade mal dreißig Meter sanft abfallend in die Tiefe geführt hatte und Lorenz hinter ihnen noch den Lichtschein sehen konnte, der durch die offene Luke fiel, fühlte er sich beklommen und eingeengt. Sein Kopf hatte mehrmals die niedrige Decke mit ihren herabhängenden Wurzeln berührt, und ihn plagte das sichere Gefühl, dass seine Glatze mittlerweile erdverschmiert sein musste. Immerhin schien Lallinger recht zu behalten, denn der Tunnel endete an einer Mauer, in die jemand ein Loch geschlagen hatte, das eine schwere Plane verdeckte. Diese schob Lallinger nun beiseite und trat durch die Öffnung.

Lorenz folgte ihm und befand sich plötzlich in einer riesigen … Tiefgarage! »Was zum Teufel«, entfuhr es ihm.

Sie standen zu dritt in einem gewaltigen Raum, dessen Funktion sich aus den auf dem Boden aufgemalten weißen Linien und den Beschriftungen an den Wänden erschloss. Die Tiefgarage erstreckte sich weit in die Dunkelheit, sodass Lorenz ihre volle Größe nicht abzuschätzen vermochte. In regelmäßigen Abständen stützten Betonsäulen die Decke. Die Garage musste uralt sein und wurde längst nicht mehr benutzt. Staub bedeckte den Boden, und ein feiner Duft von Moder hing in der Luft. Lorenz fröstelte.

»Hört ihr des?«, fragte von Hohenfels, der als Letzter durch das Loch gekrochen war und sich vorsichtshalber so nahe bei seinen beiden Kollegen aufhielt, dass er ihnen fast auf die Füße trat.

Lorenz lauschte. Ein sanftes Brummen kam aus jener Richtung, in der auch ein diffuser Lichtschein zu glimmen schien. »Ich hör's auch. Kommt von da hinten.« Er folgte Licht und Geräusch.

Die Schritte der drei hallten unnatürlich laut, als liefen sie durch eine große Kathedrale. Oder aber eine besonders ausladende Gruft, dachte Lorenz. Zunächst tat er sich schwer zu erkennen, worauf sie da zuschritten. Erst als sie knapp davor standen, erkannte er, dass ein Bereich der Tiefgarage mit dunkelgrünen Siloplanen abgehängt worden war. Auf der anderen Seite befand sich eindeutig eine Lichtquelle, denn die Plane war nicht dick genug, um deren Schein vollständig zu dämpfen.

Neben dem dumpfen Brummen war nun auch noch ein anderes Geräusch zu vernehmen. Musik. Genauer gesagt: Blasmusik. Lorenz dachte daran, dass sich Raoul de Chagny wohl ähnlich gefühlt haben musste, als er in den Katakomben der Oper nach seiner Christine gesucht hatte und dort auf die sphärische Orgelmusik des Phantoms gestoßen war. Wie die Geschichte wohl ausgegangen wäre, wenn das Phantom anstelle einer Orgel Tuba gespielt hätte? Lorenz schüttelte die albernen Gedanken ab und drehte sich zu seinen Kollegen.

Lallinger zog wortlos ein gewaltiges Jagdmesser hervor und blickte Lorenz fragend an. Als der nickte, setzte er das Messer in Kopfhöhe an der Plane an und schnitt mühelos bis zum Boden. Vorsichtig öffnete er den so entstandenen Vorhang und trat auf dessen andere Seite.

Dort war es dann vorerst vorbei mit der Vorsicht, denn es wartete ein Tumult in Form eines völlig überrumpelten Heronimus Breyer auf sie, der die drei Beamten nicht hatte kommen hören und nun vor Schreck fast einen Nervenzusammenbruch erlitt.

Hinter dem Vorhang befand sich die größte Hanfplantage, die Lorenz in seiner bisherigen Laufbahn als Polizist je zu Gesicht bekommen hatte. Die Siloplane fungierte als zwei der vier Wände des Raums, die anderen beiden bildete eine Ecke der Tiefgarage. Das gesamte Areal mochte etwa vierhundert Quadratmeter groß sein und war voller Reihen aus Pflanzkübeln, über denen eine Batterie an Lampen hing. Die grünen Büsche hatten es bereits zu einer ansehnlichen Größe gebracht, und die charakteristischen sternförmigen Blätter sahen gesund und kräftig aus. Die Siloplane hatte den süßlichen Geruch, den das Marihuana verströmte, recht zuverlässig davor bewahrt, sich auszubreiten, hier drinnen drängte er sich ihnen allerdings auf wie ein besonders schweres Parfüm. Die schiere Menge an Pflanztöpfen war gigantisch, Lorenz schätzte, dass es mindestens zweihundert Stück sein mussten. Das Brummen, das sie gehört hatten, stammte von einem Stromaggregat im hinteren Bereich des provisorischen Gewächshauses. Wohin wohl die Abgase geleitet wurden? Es musste auf jeden Fall eine Verbindung nach draußen geben, auch weil die Pflanzen belüftet werden mussten.

»Sieht so aus, als hätten wir unseren mysteriösen Dealer gefunden«, sagte Lorenz und trat einen Schritt auf Breyer zu. Der stand zwischen zwei Pflanztischen voller Töpfe mit Setzlingen und Erde und steckte in einem Plastikanzug ähnlich dem, den von Hohenfels so gern bei seinen Spurensicherungen trug. In der behandschuhten Hand hielt er eine Art Harke, deren Zinken ziemlich scharf aussahen.

»Herr Breyer, werfen Sie das Werkzeug auf den Boden«, sagte Lorenz, der sich nun schon zum zweiten Mal innerhalb weniger Tage mit Gartengeräten als potenziellen Waffen konfrontiert sah.

Einen quälend langen Augenblick zögerte Breyer, und sein Blick huschte gehetzt zwischen den drei Polizisten hin und her, als wägte er seine Möglichkeiten ab.

Lorenz tastete bereits vorsichtig nach seiner Waffe, die in einem Schulterholster unter seinem Jackett steckte, doch dann ließ Breyer die Forke fallen, die klirrend neben seinen Gummistiefeln landete.

»Immerhin muss ich mir jetzt keine Erklärung mehr für die Benzinkanister einfallen lassen«, seufzte Breyer. »Wie haben S' mich gefunden?«

Lorenz erläuterte ihm kurz, wie sie auf seine Grundstücke gestoßen waren und ihn hatten überwachen lassen. »Haben Sie das hier allein aufgezogen, oder gibt's noch Komplizen?«, fragte er anschließend.

»Ich könnt des nie mit jemandem zusammen machen«, antwortete der Landwirt, und das Feuer kehrte in seine Augen zurück. »Des hier ist ja nicht irgendein Gras, müssen S' wissen. Ich produziere eine Qualität, da müssen S' lang suchen, um was Vergleichbares zu finden.«

»So ein Schmarrn«, fiel ihm Lallinger ins Wort. »Drogen sind Drogen.«

Ein abfälliges Schnauben stob aus Breyers Nasenlöchern. »Genauso könnten S' sagen, Wein ist gleich Wein oder Schnaps gleich Schnaps«, sagte er, griff nach einem der Setzlinge neben sich und schüttelte ihn so heftig, dass Erde zu allen Seiten spritzte. »Die Zucht der Pflanzen ist entscheidend. Ich arbeite nur mit allerreinster und edelster Ware. Diese Stecklinge«, er schüttelte die arme kleine Pflanze erneut, »sind von hervorragendster Genetik. Bei ihrem Anbau darf absolut nichts schiefgehen, also achte ich darauf, dass es hier unten keine Schädlinge und keinen Schimmel gibt, und kontrolliere das Licht, den Dünger und die Wasserzufuhr. Mein Gras ist perfekt. Nicht wie des Zeug, des Sie in Rosenheim auf den Straßen kaufen können, des ist schlechte Erbfolge, wird falsch geerntet, und die Wirkung ist schwach und fad. Des ist einfach nur ein liebloses Produkt. Tetra-Pak-Wein quasi. Ich hingegen zieh und verkauf die Blume einer besonderen Pflanze.« Schmunzelnd fügte er hinzu: »Eigentlich bin ich ein Blumenhändler.«

Breyers Ausführungen über den Hanfanbau setzte er später in der Rosenheimer Polizeiinspektion noch fort. Er berichtete bereitwillig von der ordnungsgemäßen Ernte und der sorgfältigen Trocknung, durch die er Schimmel vermied und sicherstellte, dass der volle Geschmack, den er unter anderem durch den Erhalt der Blütenstruktur nach dem Verpacken bewahrte, auch nach der Ernte bestehen blieb. Für anderes Gras hatte er ausschließlich Abfälligkeiten übrig. Die Kriminalisierung von Handel und Konsum sei seiner Meinung nach auch für die Gefahren des Rauchens verantwortlich, denn durch mangelnde Kontrollen sei das Strecken des Stoffs auf der Straße gang und gäbe. Marihuanablüten würden in giftiges Kunstharz getaucht, um ihnen mehr Gewicht zu verleihen, oder das Gras werde mit Blei, Vogelsand, Glasstaub oder Zuckerwasser gestreckt.

Lorenz wusste, dass Rosenheim in den vergangenen Jahren mit ausufernden Bandenkriegen im Rauschgiftmilieu zu kämpfen gehabt hatte. Schmuggel und Revierverteidigungen waren an der Tagesordnung. Die Methoden, mit denen beim Stoff getrickst wurde, waren ihm allerdings neu. Natürlich hatte der Landwirt für dieses minderwertige, den Markt überschwemmende Gras keinerlei Verständnis. Tatsächlich wirkte Breyer mehr wie ein besonders enthusiastischer Cannabis-Bauer denn wie ein knallharter Drogendealer mit Geschäftssinn, der er ja durchaus auch war. Scheinbar mühelos erging er sich in endlosen Detailmonologen über die richtigen Samen, das Spülen von Dünger oder den perfekten Erntezeitpunkt und klang dabei so, als züchtete er ausgefallene Orchideen und nicht eine noch verbotene Droge.

Die große Masse seiner Kunden waren Leute, die seine Qualität zu schätzen wussten und nur allzu bereit waren, den Preis dafür zu bezahlen, wie beispielsweise die Rosenheimer und Münchner High Society, in der Breyers Gras seit einiger Zeit als eine beliebte Alternative zu den sonst üblichen synthetischen Lifestyle-Drogen galt. Sein guter Ruf ermöglichte es Breyer, sich aus dem Konkurrenzkampf um das Standard-Klientel herauszuhalten und nicht auf der Straße mitmischen zu müssen. Das kleine Zubrot in Feilnbach, wo er sich mit den Geldumschlägen ein Nebenstandbein aufgebaut hatte, das ihn schlussendlich überführt hatte, sah er mehr als Service für die Einheimischen denn als Geschäft.

Dass er Zugang zum hochpreisigen Kundensegment erhalten hatte, war purer Zufall gewesen. Den Vertrieb erledigte für ihn ein Rosenheimer Hotelier, nach dessen Manier Breyer dann auch versucht hatte, sein Geld zu waschen. Was im Hotelgewerbe jedoch um einiges einfacher war als mit einer maroden Landwirtschaft. Zunächst hatte Breyer von seinem Geld Goldbarren gekauft, die er in seinem Keller einlagerte, war dann aber irgendwann auf die Idee gekommen, das Schwarzgeld in Land zu investieren. Dabei kam ihm freilich der Umstand entgegen, dass Landwirte meist über beachtliche Summen in Bargeld verfügten und es durchaus üblich war, Acker-, Wald- und Weideland bar zu bezahlen. Vor allem, wenn der verzweifelte Verkäufer frisches Geld lieber nicht über seine Hausbank, bei der sich in der Regel schon ein beachtlicher Schuldenberg türmte, fließen lassen wollte. Auch mit Goldbarren hatte Breyer bereits Ländereien gekauft und bei deren Übergabe einfach behauptet, sie geerbt zu haben.

»Und wie sind Sie darauf gekommen, in der Tiefgarage eine Plantage anzulegen?«, fragte ihn Lorenz beim Verhör.

»Die Wiese oberhalb der Herzklinik gehört mir schon immer«, antwortete Breyer. »Eines Tages bin ich auf einen alten Entlüftungsschacht der Anlage gestoßen. Die Ein- und Ausfahrten zu der Tiefgarage bestehen nicht mehr, sie sind wohl wie die Versorgungszugänge nach Schließung der Baustelle zugeschüttet worden. Ich habe mir über meine Entdeckung keine allzu großen Gedanken gemacht, bis ich ein größeres Gewächshaus gebraucht habe. Ich baute noch bei mir im Keller an, aber des wurde mir dann zu unkontrollierbar, und mein Stromverbrauch lag weit über dem, was ich durch die Landwirtschaft hätt rechtfertigen können. Dann ist mir die Garage wieder eingefallen. Erst wollt ich die Ruine kaufen, aber des ging ned, weil die jetzt der Gemeinde gehört und mit den damaligen Investoren immer noch ein komplizierter Rechtsstreit geführt wird. Also hab ich den Schacht von meinem Grund aus runtergegraben, festgestellt, dass die Garage perfekt für mich ist, und hab mich dort eingerichtet.«

Lorenz war hin- und hergerissen. Einerseits wirkte der Mann, als könnte er nur bis zwanzig zählen, wenn er Sandalen ohne Strümpfe trug. Andererseits schien ein Genie in ihm zu stecken, das Lorenz immer wieder widerwillig tiefe Achtung abrang. Blieb noch die entscheidende Frage: »Und wie hängt Ihr Geschäft jetzt mit den Anschlägen auf den Feichtl, den Schwinder und den Hirnsteiger zusammen?«

»Gar nicht«, antwortete Breyer. »Ich hab nichts damit zu tun.« Er behauptete sogar, nach der Legalisierung des Marihuanas seine Geschäfte einstellen zu wollen, da er bis zu diesem Zeitpunkt ohnehin so viel Geld verdient hätte, wie er niemals in diesem Leben ausgeben konnte. Er besaß keine Schulden, die ihn zur Weiterarbeit zwangen, und auch keine Familie, die es zu versorgen galt.

Lorenz hätte dem Landwirt gern geglaubt, dass er mit dem angehäuften Vermögen seinen Hof renovieren hatte wollen und die Cannabis-Zucht nur noch für den Eigengebrauch weiterbetreiben wollte. Auch wenn das bedeutet hätte, wieder ohne Spur, ohne Täter und ohne Motiv dazustehen. Also beschloss er, dass die Akte Breyer an die Kollegen vom Drogendezernat gehen würde. Von ihnen erfuhr er, dass er anscheinend ganz nebenbei und unfreiwillig einen Fall gelöst hatte, an dem sich eine andere Abteilung bereits seit über zwei Jahren erfolglos abgearbeitet hatte.

Immerhin konnte er sich auch damit rühmen, mit dem Schamanen den vermutlichen Täter, der sich für die Anschläge auf die Bad Feilnbacher Landwirte zu verantworten hatte, hinter Schloss und Riegel gebracht zu haben. Die Sicherheit auf dem Gaufest war gewährleistet. Auch wenn der Wolkenwanderer, der mit bürgerlichem Namen Michael Mayer hieß, sich so gar nicht wie ein typischer Verbrecher verhielt.

Zunächst war da das fehlende Motiv, das nicht zu den belastenden Gegenständen, die sie in seinem Besitz gefunden hatten, passen wollte. Was hätte der alte Mann für ein Interesse haben sollen, diesen drei Bauern Schaden zuzufügen? Hatte er Komplizen gehabt? Vermutlich, denn vor allem den Einbruch beim Hirnsteiger hätte der Alte nicht allein durchführen können.

Und dann war da ja noch Hirnsteigers Beichte seiner Bestechung, die sich ebenfalls nicht recht in die Geschichte fügen wollte.

Doch die Existenz möglicher Spießgesellen hatte der Wolkenwanderer mit derselben ruhigen Überzeugung verneint, mit der er auch erklärt hatte, dass die sichergestellten Federn wie auch die Alpenrosen nicht die seinen wären.

Mit einer stoischen Ruhe hatte er das Prozedere, welches die Verhaftung und Festsetzung in der Untersuchungszelle in Rosenheim mit sich gebracht hatten, über sich ergehen lassen. Und wie er da leise lächelnd im Schneidersitz und mit geschlossenen Augen auf der Pritsche gesessen hatte, in Sträflingsklamotten und ohne seinen Indianer-Tand, hatte ihn noch immer eine geheimnisvolle und mystische Aura umgeben, so als hockte er am Lagerfeuer vor seinem Tipi und spräche mit den Geistern seiner Ahnen.

Lorenz musste wieder an seine Traumreise denken. Anders als bei normalen Träumen waren die Erinnerungen daran nicht verblasst, sondern immer noch unangenehm präsent. Was der alte Kauz wohl mit den Päckchen gemeint hatte, die Lorenz angeblich herumschleppen würde? Zumindest fühlte er sich im Moment so verloren und verwirrt wie schon lange nicht mehr in seinem Leben. Alles schien ihm auf einmal zu entgleiten.

Vielleicht sollte er doch mit Mila darüber sprechen. Früher oder später musste er sich ihr ohnehin stellen, um herauszufinden, was sie dazu sagte, dass er den Schamanen verhaftet hatte.

Irgendwann am sehr frühen Samstagmorgen

Ein markerschütternder Schrei riss Lorenz aus dem Schlaf. Mila, deren Kopf in seiner Armbeuge auf seiner Brust gelegen hatte, war durch die ruckartige Bewegung ebenfalls aufgewacht. Die Lichterkette brannte immer noch und spendete schwaches Licht. Mila blickte ihn verwirrt und verschlafen an. »Was ist denn los?«, murmelte sie.

»Hast du das gehört?«, flüsterte Lorenz und setzte sich aufrecht hin. Er lauschte. Und vernahm quälende Sekunden lang nichts außer bleierner Stille und ihrer beider unruhigen Atem. Dann hörte er es erneut. Der Schrei klang wie ein Brüllen, das tief in einer Schlucht mit mehrstimmigem Echo eingefangen worden war und dem dort nun die Fingernägel herausgezogen wurden. Er erschauderte, spürte, wie Mila zitterte, und nahm sie schützend in die Arme. Was konnte das gewesen sein? Ein Tier? Welches Geschöpf war imstande, solche Laute hervorzubringen? Er musste nachsehen.

Er löste sich von Mila, kroch aus dem Bett, schlüpfte in seine Hose und schnallte sich den Waffengurt um den bloßen Oberkörper.

»Wo willst du hin?«, fragte Mila, die Decke bis unters Kinn gezogen. »Doch nicht etwa da raus?«

In diesem Moment zerriss das schreckliche Geräusch erneut die Nacht.

Lorenz blickte auf seine Armbanduhr. Kurz nach ein Uhr. Die Geisterstunde war also vorüber. Oder ging die schamanische Geisterstunde bis drei Uhr früh? Er schalt sich einen Narren. »Ich werde jetzt nachsehen, wer oder was für die Geräusche verantwortlich ist. Die anderen werden sich bestimmt auch fürchten«, antwortete er.

»Dann komme ich mit«, sagte Mila und zog sich ebenfalls rasch an. Zusammen traten sie in die kühle Nacht hinaus und erstarrten vor Schreck. Im sie umgebenden Wald brannten überall kleine Feuer.

»Fackeln«, stellte Lorenz fest. Er drehte sich um die eigene Achse. Das Lager war umzingelt. »Mindestens dreißig Stück.« Auch aus den anderen Zelten krochen jetzt nach und nach die Bewohner heraus. Der fahle Mond am Himmel sah aus wie ein von Wolkenwürmern zerlöcherter Kürbis, der in einer Suppe aus spöttisch blinkenden Sternen schwamm. Zu den Schreien, die im Freien noch unheimlicher wirkten als im geborgenen Zeltinneren, gesellte sich nun ein dumpfes Trommeln, das durch das Tal stampfte wie ein urzeitliches Ungetüm. Die Schläge hallten von den Berghängen wider und fanden in der kalten Luft dankbare Resonanz.

»Ist das die Rache dafür, dass ich den Häuptling festgenommen habe?«, fragte Lorenz.

»Kaum«, antwortete Mila, allerdings klang unterschwellig ein deutliches »Auch wenn du das auf jeden Fall verdient hättest« mit. Die nur wenige Stunden zurückliegende Diskussion um genau jenes Thema war alles andere als gut für Lorenz verlaufen. Immerhin hatte er trotzdem bei Mila übernachten dürfen.

»Das sind keine Schamanen-Trommeln«, stellte Mila fest.

Aus der Dunkelheit schälten sich plötzlich Frau Gruber und Lorenz' Vater. Beide wirkten sichtlich verstört, wurden aber ruhiger, als sie Lorenz und Mila erblickten, so als wären sie die einzigen beiden Menschen, die dem unheimlichen Spuk ein Ende bereiten konnten. Der Meinung schienen auch die anderen Campbewohner anzuhängen, denn immer mehr von ihnen pilgerten zu Milas Zelt.

»Was ist des?«, fragte Frau Gruber ängstlich und presste sich an Alessandro Abruzzi, der schützend den Arm um sie legte. Beide trugen altmodische lange Nachthemden, in denen sie wie zwei gutmütige Gespenster wirkten.

»Wir müssen etwas unternehmen!«, befand Lorenz' Vater. In der Hand hielt er einen Regenschirm und schien ganz offensichtlich wild entschlossen, damit Weib und Hippie-Camp bis zum letzten Atemzug zu verteidigen.

Lorenz versuchte, klar zu denken. Wer steckte hinter diesem Zirkus? Die logische Antwort war, dass ihnen irgendjemand einen Streich spielte, doch ein irrationaler Teil von ihm verspürte blankes Entsetzen, das er nur mit Mühe unterdrücken konnte. Die Geschöpfe seiner Traumreise klopften an, und er spürte, wie sein Puls sich beschleunigte, bis Mila ihm ihre Hand auf den Arm legte und ihn sofort eine beruhigende Kraft durchströmte. Endlich hatte er eine Idee. Er musterte die vor ihm versammelte Menge, doch es war zu dunkel, um die einzelnen Anwesenden zu erkennen. »Kerschl, bist du da?«, fragte er deshalb.

»Hier hinten«, lautete die Antwort.

»Sehr gut. Lauf zurück in dein Zelt und –«

Weiter kam er nicht, denn in diesem Moment setzte ein vielstimmiges Geheul ein, und jemand rief mit verzerrter Stimme, vielleicht verstärkt durch ein Megafon: »Verschwindet aus unseren Wäldern!«

Ein dumpfer Knall folgte, und ein heller Lichtpunkt raste von der anderen Uferseite des Jenbachs auf das Camp zu. Als Lorenz den Molotowcocktail erkannte, zerbarst dieser auch schon nahe einem der zuvorderst stehenden Zelte und setzte es augenblicklich in Brand. Sofort brach Panik unter den Campbewohnern aus.

Lorenz ging ihre Möglichkeiten durch. Wer immer sich da im Wald verschanzte, es war mit Sicherheit kein Geist, denn Geister warfen keine Brandbomben. Ihm war bereits aufgefallen, dass sich manche der Fackeln bewegten und andere nicht. Die Angreifer waren also längst nicht so zahlreich, wie sie ihnen glauben machen wollten. Er musste auf jeden Fall verhindern, dass weitere Molotowcocktails geworfen und damit Menschen gefährdet wurden. »Mila, ruf die Polizei an! Wir haben es hier nicht mit Waldgeistern zu tun, sondern mit ganz ordinären Randalierern, die euch Angst machen und von hier verscheuchen wollen.«

»Und du?«, rief Mila aufgebracht.

»Ich sehe mir unsere Besucher aus der Nähe an. Kerschl, du kommst freiwillig mit, alle andern können sich aussuchen, ob sie sich uns anschließen wollen. Wir schnappen uns die Burschen.«

Er rannte zum Fluss, blieb etwa an der Stelle stehen, von der aus der Brandsatz geworfen sein musste, zog seine Pistole aus dem Holster und schoss einmal in die Luft. Ein Knall zerriss die Nacht und hallte von den Hängen wider, ähnlich dem infernalen

Geschrei, das sofort verstummte. Aus den Augenwinkeln nahm er wahr, dass sein Vater, Jack und ein paar andere Männer des Lagers ihm gefolgt waren. Kerschl war natürlich auch dabei und war bewaffnet.

»Hier spricht Lorenz Hölzl, Hauptkommissar der Kriminalpolizei Rosenheim!«, schrie er in den schwarzen, mit Fackelschein gespickten Wald.* Da weder jemand auf ihn schoss noch ihn mit etwas bewarf, fühlte Lorenz sich in seinem Verdacht bestärkt, es tatsächlich nur mit einem Einschüchterungsmanöver zu tun zu haben. Heiße Wut pumpte durch seine Venen.

»In wenigen Augenblicken wird ein Einsatzkommando des SEK anrücken!« Das war natürlich gelogen, aber das konnten seine Gegner ja nicht wissen. »Wenn Sie sich augenblicklich stellen, wird sich das strafmindernd für Sie auswirken!«

Noch während er dies sagte, drehte er sich zu den anderen Männern um und nickte ihnen zu. Dann stürmte er mit immer noch gezogener Waffe auf die ihm am nächsten stehende Fackel zu. Sein Bluff schien zu wirken, denn viele der Lichter entfernten sich plötzlich von dem Lager oder erloschen.

Lorenz überquerte den knietiefen Fluss, kletterte an der anderen Seite ans Ufer und kämpfte sich durch das Gebüsch den Hang hinauf. Die Fackel vor ihm war noch immer an Ort und Stelle. Nach wenigen Metern erreichte er sie und zog sie aus dem Boden. Mit dem Licht, das sie spendete, hatte er bessere Sicht und nahm Kurs auf die nächste Fackel in etwa dreißig Metern Entfernung. Zumindest hatte sie sich gerade noch dort befunden, denn im nächsten Moment war sie erloschen.

Fluchend kletterte Lorenz weiter den Hang hinauf. Sein Zorn wuchs mit jedem Schritt und mit jedem Ast, der ihm ins Gesicht peitschte. Das Gelände wurde immer steiler. Auf halbem Weg nach oben hatten die Bäume kapituliert, und nur noch ein paar zähe Büsche und Sträucher klammerten sich an den Steilhang wie die erbärmlich dünnen Haarsträhnen an eine Glatze. Lorenz keuchte und schwitzte. Was für ein Affenzirkus, dieses Kuhdorf!

---

* Dass er in seinem aktuellen Aufzug eher an eine gewisse berühmte, langsam sterbende Filmfigur erinnerte, tat der Dramatik keinen Abbruch, im Gegenteil, es passte hervorragend zur absurden Szenerie.

Diese Gemeinde zog die Verrückten an wie ein Kuhfladen die Fliegen. Und immer durfte er es ausbaden, von Hohenfels hatte mit seiner Bemerkung schon recht gehabt.

Er hörte den Mann mehr, als dass er ihn sah. Ein erschrockener Atemzug, den er ausstieß, als Lorenz fast auf ihn getreten wäre, verriet ihn. Blitzschnell griff Lorenz nach unten und packte zu. Er erwischte sein Gegenüber am Kragen und zerrte es hoch. Zuerst wollte der Mann mit seiner erloschenen Fackel nach Lorenz schlagen, schrie dann jedoch schmerzerfüllt auf, was aber wohl vielmehr an seinem verletzten Bein lag und weniger an Lorenz' hartem Griff. Als Lorenz seine eigene Fackel so hielt, dass er das Gesicht seines Gefangenen sehen konnte, hätte er ihn vor Erstaunen fast wieder losgelassen. Der Feuerschein offenbarte schreckgeweitete Schlitzaugen.

In Oberbayern hatte früher ein Brauch existiert, der sich Haberfeldtreiben nannte. Wenn das Volk über sich selbst, meist über unsittliche Frauen, betrügerische Händler, Ehebrecher, Bierpanscher oder unfromme Geistliche, richtete, versammelten sich die vermummten Haberer vor dem Dorf des Beschuldigten und zogen dann laut lärmend zu dessen Behausung. Ziel des infernalen Krachs war es, so viele schlafende Bürger wie möglich aufzuwecken und zum Folgen zu bewegen, denn vor großem Publikum war der Rügenbrauch natürlich effektiver. Vor dem Haus des Angeklagten trug dann der Haberfeldmeister auf einem Bierfass stehend und in Reimform die vorgeworfenen Untaten vor, begleitet vom Lärm der Haberer. Ein Treiben im eigentlichen Sinne hatte trotz der Bezeichnung des Rituals nicht stattgefunden, doch dem Angeklagten war neben der öffentlichen Rüge auch angedroht worden, im nächsten Jahr wiederzukommen, sollte bis dahin keine Besserung erfolgt sein.

Frau Gruber war es denn auch gewesen, die sich vom Verhalten der nächtlichen Störenfriede des Camps an den alten Brauch erinnert gefühlt hatte. Auch wenn sich keiner erklären konnte, wieso ein Asiate, der offenbar nicht einmal der deutschen Sprache mächtig war, sich an einem alten bayrischen Volksbrauch hätte versuchen sollen. Schon die ersten Kommunikationsversuche am

Hang, als Lorenz ihn angebrüllt hatte, was er hier treibe und wer seine Komplizen seien, waren gescheitert.

Die Augen des kleinen Asiaten hatten sich vor Schreck geweitet, und obwohl er durchaus etwas Verschlagenes und Hinterlistiges an sich hatte, schien ihn die direkte Konfrontation mit einem hünenhaften, oberkörperfreien und sehr schlecht gelaunten Lorenz Hölzl doch sichtlich zu überfordern. Also hatte Lorenz den Möchtegern-Haberfeldtreiber, der sich am Bein verletzt hatte, zurück ins Lager getragen.

Der Anblick, wie er wie ein infernaler Christophorus mit einer brennenden Fackel in der Hand und kochend vor Wut durch den Jenbach stapfte, hatte die Menschen sich instinktiv umdrehen lassen, auch wenn sie mit etwas völlig anderem beschäftigt waren. Zum Beispiel dem Löschen eines von einem Molotowcocktail in Brand gesteckten Tipis. Lorenz hatte seinen wimmernden Gefangenen auf den Boden sinken lassen und zum ersten Mal seit einer gefühlten Ewigkeit wieder tief durchgeatmet.

Sofort waren Menschen auf ihn zugestürmt, darunter auch Mila, sein Vater und Frau Gruber. Mila hatte ihm trotz all dem Schmutz und Schweiß, der an ihm klebte, die Hände um den Hals geschlungen und ihn geküsst. Das Lodern in ihren Augen hatte nicht nur vom Widerschein der Fackel hergerührt, auch heiße Leidenschaft war mit im Spiel gewesen. Später würde sie ihm erzählen, dass sie ihn in diesem Moment am liebsten ins nächste Zelt gezerrt hätte, um dort über ihn herzufallen.

Sein Vater und Frau Gruber konzentrierten sich ganz auf ihren neuen Gast.

»Jetzt red, du Bazi!«, rief Frau Gruber aufgebracht und verpasste ihrem Gefangenen eine Ohrfeige.

»Ist des einer von denen?«, wollte Alessandro Abruzzi wissen und baute sich vor dem verstörten Asiaten auf.

»Natürlich!«, schrie Frau Gruber, getreu dem alten Volksglauben, dass Lautstärke jede Sprachbarriere überwinden konnte. »Ja, spinnst denn du? Hier so einen Radau zu machen und die Leute in Gefahr zu bringen?«

Der Gesichtsausdruck des Mannes zeigte jedoch keinerlei Regung, die als Verstehen hätte interpretiert werden können, was von hervorragenden schauspielerischen Fähigkeiten zeugte, sollte er tatsächlich nur vorgeben, des Deutschen nicht mächtig zu sein. Lorenz versuchte es testweise mit Englisch, das Ergebnis war genauso entmutigend. Der kleine Mann kauerte auf dem Boden, als erwartete er, im nächsten Augenblick von den Leuten um ihn herum verprügelt zu werden. Die Aufmerksamkeit aller, die sich auf ihn konzentrierte, schien ihm sichtlich unangenehm zu sein.

Es war schwer, seine Nationalität zu bestimmen. Hätte Lorenz raten müssen, er hätte auf thailändisch oder vietnamesisch getippt. Nach weiteren Ohrfeigen und Bazi-Beschimpfungen von Frau Gruber war sich Lorenz endgültig sicher, dass sie hier mit den gegebenen Mitteln nicht weiterkommen würden.

Er legte der alten Frau die Hand auf die Schulter. »Es hat keinen Sinn, Maria«, sagte er. »Warten wir, bis meine Kollegen hier sind. Die nehmen ihn dann mit, finden heraus, woher der Mann kommt, und organisieren einen Dolmetscher.«

Lorenz' Vater hatte sich etwas abseits hingestellt und beobachtete die Szenerie nachdenklich. Als Lorenz seinen Blick suchte, wich er ihm aus, zumindest bildete Lorenz sich das ein. Allerdings forderten im Moment auch immer mehr aufgebrachte Campbewohner, die einen größer und größer werdenden Kreis um sie formten, seine Aufmerksamkeit ein.

Das Feuer war in der Zwischenzeit gelöscht worden, und ein paar besonders Mutige hatten die zurückgelassenen Fackeln im Wald eingesammelt. Nun schien auch ausnahmslos jeder hier wach und auf den Beinen zu sein. Wer es tatsächlich geschafft hatte, nicht von den Haberfeldtreibern geweckt zu werden, den hatte der anschließende Tumult seiner Nachbarn aus dem Schlaf gerissen. Trotz all der Spiritualität und der nahenden Erleuchtung musste jetzt ein Ventil her. Die sich verselbstständigende Gruppendynamik gebot dies in dieser Situation.

Als die ersten Schmährufe einsetzten, musste Lorenz abermals laut werden. »Reißt euch bitte zusammen!«, brüllte er in die Runde. »Wir wissen nicht, wohin die Typen verschwunden sind, es ist durchaus möglich, dass sie wiederkommen. Geht zurück in eure Zelte und verhaltet euch ruhig, Panik ist das Letzte, was wir jetzt brauchen können.«

»Und was mit dem Kerl da ist?«, fragte Jack, der in zweiter Reihe stand, und sein ausgestreckter Zeigefinger schoss anklagend zwischen den beiden vor ihm stehenden Männern hervor.

»Den übergeben wir der Polizei«, schaltete sich Mila ein und funkelte Jack so Ehrfurcht gebietend an, dass dieser augenblicklich verstummte und den Kopf einzog. »Wir sind nicht wie diese Wilden da draußen! Wir üben keine Selbstjustiz, denn das Karma wird das für uns übernehmen. Und jetzt tut, was Lorenz gesagt hat.«

Tatsächlich zerstreute sich die Menge rasch, und zurück blieben nur Lorenz und Mila, Lorenz' Vater, Frau Gruber, ein schweißverschmierter Kerschl und der schlitzäugige Delinquent. Zu Lorenz' großer Erleichterung ertönte in der Dunkelheit endlich ein weiteres Geräusch: das Geheul von Polizeisirenen. Auch wenn der Einsatzwagen ein paar Augenblicke später nur Lallinger und immerhin drei seiner Kollegen ausspuckte, fiel ein großer Anspannungsberg von Lorenz ab. Fast zeitgleich mit den Polizisten trafen noch First Responder und ein Rettungswagen sowie die Bergwacht ein, denen der verletzte Asiate übergeben wurde. Eine erste Untersuchung seines Fußes lieferte als Diagnose ein gerissenes Band. In Begleitung zweier Streifenbeamten und mit Hilfe der Bergwachtler wurde der Mann zum Krankenwagen und von dort nach Rosenheim ins Kreiskrankenhaus befördert.

Nachdem Lorenz Lallinger die Lage geschildert hatte – dieser brachte das Kunststück fertig, Lorenz' sonderbarem Aufzug absolut keine Beachtung zu schenken –, forderte der weitere Verstärkung an, um den Wald rund ums Lager zu durchsuchen und eine Sicherheitswacht für die Nacht stellen zu können. Erst als dies erledigt war, konnte sich Lorenz gänzlich entspannen.

Frau Gruber gähnte ausgiebig. »Alessandro, ich bin müde. Lass uns schlafen gehen«, sagte sie zu Lorenz' Vater.

»Was?« Er wirkte, als wäre er in Gedanken gerade ganz woanders gewesen. Wie schon zuvor hatte er nachdenklich schweigend in die Nacht gestarrt.

»Alles in Ordnung mit dir?«, fragte Lorenz besorgt. Etwas schien seinen alten Herrn zu beschäftigen.

»Ja, *figlio mio*. Ich bin nur erschöpft. Das war alles etwas viel für mein altes Herz. Komm, Maria.« Er hakte sich bei Frau Gruber unter. »Lass uns schlafen gehen. Genug *spettacolo* für heute.«

Die beiden Senioren verschwanden in der Dunkelheit.

»Ich pack's auch«, verkündete Kerschl, sodass nur noch Mila und Lorenz übrig blieben. Lorenz legte Mila den Arm um die Hüften, und zusammen schlenderten die beiden zu ihrem Zelt.

In dieser Nacht konnte Lorenz lange nicht einschlafen. Das lag allerdings weniger an den Haberfeldtreibern, sondern am seltsamen Gesichtsausdruck seines Vaters, der ihm nicht aus dem Kopf gehen wollte.

Samstag, der Tag des großen Gautrachtenfestabends

»Der Mann heißt …«, begann von Hohenfels und geriet sofort wieder ins Stocken.
»Giang Nyguen«, half Richard Schwamm aus. Bei ihm hörte es sich an, als hätte er gerade Hans Meier gesagt.
»Genau«, sagte von Hohenfels dankbar und biss ein weiteres Stück aus seinem Schmalzkringel. »Der Riccardo hat, lass mich des mal so ausdrücken, etwas ungewöhnliche Verhörmethoden. Aber am Ende hat ihm der Tschang leider auch nicht mehr verraten als seinen Namen. Des ist ein ganz harter Bursche.« Von Hohenfels schmatzte und klopfte sich mit dem Zeigefinger an den Nasenflügel.

Als Lorenz am Morgen nach der aufregenden Nacht früh in der Inspektion in Rosenheim aufgeschlagen war, war von Hohenfels natürlich schon dort gewesen und hatte gearbeitet. Der aufgegriffene Asiate war bereits aus dem Kreiskrankenhaus mit einem bandagierten Knöchel in eine Untersuchungshaftzelle ins Polizeipräsidium gebracht worden. Dort hatten die zuständigen Beamten über eine halbe Stunde erfolglos versucht, mit ihm zu kommunizieren, doch der Mann konnte tatsächlich weder Deutsch noch Englisch schreiben oder sprechen. Sie hatten nur verständnislose und ängstliche Blicke geerntet. Da er auch keinerlei Papiere bei sich getragen und der Abgleich seiner Fingerabdrücke kein Ergebnis geliefert hatte, war ihr Erkenntnisstand also immer noch gleich null.

Lorenz hatte dann entschieden, auf die Hilfe der Drogenfahndung zurückzugreifen und deren Leiter Richard »Riccardo« Schwamm hinzuzuziehen. Die Worte von Julian Dorn waren ihm wieder in den Sinn gekommen, der bei ihrem Besuch behauptet hatte, der Drogenschwarzmarkt in Deutschland wäre in der Hand von Vietnamesen.

Jetzt saßen alle drei bestrumpft in Lorenz' Büro. Schwamm sah aus wie ein Mensch, der über mindestens zwei Gelenke zu viel verfügte. Wenn er sich bewegte, schaukelte er wie eine Marionette, deren Puppenspieler sehr betrunken ist. Seine schaufelradbaggerartigen Hände passten zu seinen großen Ohren. Doch seine Erscheinung täuschte nur allzu leicht darüber hinweg, dass es sich bei Schwamm um einen knallharten und überaus fähigen Beamten handelte, der nicht umsonst zum Leiter der Drogenfahndung aufgestiegen war und sich nicht scheute, sich die Hände schmutzig zu machen. In der Inspektion sagte man ihm nach, einer der wenigen aktiven Beamten in Rosenheim zu sein, die schon einmal einen Menschen erschossen hatten, angeblich sogar mehrere. Für Lorenz stand fest, dass er dem Mann nicht nachts in einer dunklen Gasse auf der falschen Seite des Gesetzes begegnen wollte.

»Und was will der Giang Nyguen hier?«, fragte Lorenz verwirrt. »Hat der Dolmetscher ihn das auch gefragt?«

»Natürlich«, antwortete Schwamm. »Aber das ist alles nicht so einfach. Der einzige Übersetzer, der verfügbar war und dem wir vertrauen können, tut sich mit dem Dialekt unseres Verdächtigen schwer. Zumal sich der Gute etwas unkooperativ zeigt.«

»Wollen Sie mir sagen, dass Sie niemanden auftreiben konnten, der ordentliches Vietnamesisch spricht?«, fragte Lorenz scharf.

»So ist es.« Schwamm blieb völlig gelassen. »Vergessen Sie bitte nicht, dass es im Landkreis eine vietnamesische Mafia gibt. Wir müssen vorsichtig sein. Seit mehreren Monaten sind wir hinter einer immer dreister agierenden Gruppierung von Dealern her, aber unsere Ermittlungen sind bisher allesamt ins Leere gelaufen. Wenn du einen der kleineren Fische erwischst, haben die keine Ahnung, wer sie mit Stoff versorgt, weil das alles natürlich über die Strohmänner von Strohmännern läuft«, dozierte Schwamm kauend und schwang dabei einen halb aufgegessenen Schmalzkringel wie einen abgebrochenen Taktstock durch die Luft. Er gehörte zu jenen Menschen, die stets mit einer ganzen Reihe verrückter Geschichten im Gepäck herumliefen und keine Gelegenheit ausließen, eine davon vor Publikum zum Besten zu geben. »Vor einiger Zeit hatten wir einen Fall, bei dem ein paar Jungs aus Rosenheim nach ihrer Australienreise auf die Idee gekommen sind, Dimethyltryptamin nach Hause zu schmuggeln und hier zu verkaufen.«

»Dime… was?«, fragte Lorenz der Höflichkeit halber nach.
»Noch nie gehört?«, gab sich Schwamm erstaunt. »Das ist ein Halluzinogen, das aus der Haut der Aga-Kröte gewonnen wird. Ein faszinierendes Viech übrigens, das in Australien zu einer echten Landplage geworden und so giftig ist, dass es sogar ein Krokodil töten kann, wenn das denn dumm genug ist, es zu fressen. Um auf einen Trip zu kommen, könnt ihr die Kröte entweder abschlecken oder ihre Haut zur Weiterverarbeitung trocknen und pulverisieren. Wie auch immer ihr sie konsumiert, ihr werdet euch übergeben und den Durchfall eures Lebens bekommen, aber die Wirkung des Halluzinogens ist dermaßen stark, dass ihr den Eindruck haben werdet, andere Dimensionen und Wirklichkeiten betreten zu können.*«

Lorenz konnte sich des Eindrucks nicht erwehren, dass Schwamm die Wirkungen der Droge nicht nur auf dem Papier studiert hatte.

»Jedenfalls haben sich die drei Buben, allesamt Anfang zwanzig, einen lukrativen Handel mit dem Krötenpulver aufgebaut, indem sie das Zeug aus Australien und Brasilien importiert und im heimischen Keller zu Pillen verarbeitet haben. Erwischt haben wir sie am Ende nur, weil sie so dreist waren, das Krötenhautpulver persönlich beim Zoll in Reischenhart abzuholen, wobei sie übrigens behauptet haben, es handle sich um Kosmetika zur Herstellung von Schönheitsprodukten. Ein Drogenschnelltest hat sie dort überführt, aber bis dahin hatten die Kerle schon ordentlich abgeräumt. Magischer Ludwig, so haben die ihr Produkt getauft, das sie über einen befreundeten Kneipenwirt an eine Rosenheimer Motorradgang verkauft haben, die mit dem Zeug ihrerseits gedealt hat. Ich sag's euch, Jungs, wenn wir nicht

---

* Dimethyltryptamin gibt's wirklich, es kommt nicht nur im Hautsekret der Aga-Kröte vor, sondern auch in den Blättern der südamerikanischen Pflanze Psychotria viridis. Medizinmänner brauen daraus einen Sud namens Ayahuasca, der ihnen tagelange Rauschzustände ermöglicht. Während dieser verlässt der Geist unter Anleitung der Seelen der verarbeiteten Pflanzen angeblich den Körper und begibt sich auf Wanderschaft in die Vergangenheit, Zukunft und in alternative Realitäten. Wer mutig genug ist, die beschwerliche Reise in den Amazonas-Dschungel auf sich zu nehmen, und einen der zurückgezogen lebenden Schamanen findet, kann sich am eigenen Leib von der Wirkung des Gebräus überzeugen. Das weiß der Autor natürlich nur vom Hörensagen.

so ehrlich wären, könnten wir mit Verbrechen viel mehr Geld verdienen. Bis zu zwanzigtausend Euro hat jeder der Burschen monatlich eingesackt und unter anderem in Bausparverträge gesteckt. In verdammte Bausparverträge!« Dieser Aspekt der Geschichte gefiel Schwamm offenbar besonders gut, denn er brach in schallendes Gelächter aus, von dem er sich nur mühsam erholte.

Als er fertig gelacht hatte, fuhr er immer noch kichernd fort: »Was soll's, der Ludwig ist aus dem Spiel, aber die Rocker und all das andere Gesindel treiben da draußen nach wie vor ihr Unwesen. Und wie es aussieht, mischen jetzt auch noch die Vietnamesen mit.«

Lorenz' Gedanken kreisten derweil immer wieder um den seltsamen Überfall auf das Camp im Jenbachtal. Wer mochte dahinterstecken? Einheimische, die sich an dem Lager und ihren Bewohnern störten, dürften aufgrund des verunfallten Asiaten wohl nicht als Verdächtige in Frage kommen. Und was hätten die schon wollen können? Zumal das Gaufest, das man mit viel gutem Willen als Motiv hätte werten können, doch schon so gut wie rum war. Mehr noch, wenn die Hippies jetzt abziehen würden, würde das die Feierlichkeiten doch sicher stärker stören, als wenn sie einfach in ihren Zelten hocken blieben.

»Ich würde mich vielleicht so aufführen, wenn ich dort, wo dummerweise ein paar Verrückte ihre Zelte aufgestellt haben, etwas zu verbergen hätte«, sinnierte er laut.

»Im Jenbachtal? Da oben gibt's doch nichts außer Wald, Fluss und schrecklich gesunde Luft, oder?«, fragte Schwamm und beantwortete sich die Frage anschließend laut lachend selbst: »Vielleicht sucht dort ja jemand nach Gold?«

Lorenz sah auf die Uhr und dachte nach, bis ihm eine Idee kam. »Lassen wir ihn laufen und warten ab, was er macht«, schlug er vor. »Der operiert hier doch sicher nicht allein.«

Schwamm runzelte die Stirn. »Könnte klappen. Und wer hält den Kopf hin, wenn was schiefgeht?«, fragte er.

»Ich«, antwortete Lorenz. »Ich will endlich wissen, was hier gespielt wird.«

Etwa eine Stunde später hatten sie alles arrangiert. Lorenz, Schwamm und von Hohenfels saßen in Lorenz' BMW am vereinbarten Treffpunkt und warteten.

»Was machen wir jetzt eigentlich mit dem Schamanen?«, fragte von Hohenfels, der die Stille im Auto nur schwer ertrug.

»Was meinst?«, gab Lorenz zurück.

»Ich will wissen, ob wir den Fall wirklich abschließen. Ich hab das Gefühl, dass es noch nicht vorbei ist«, bohrte von Hohenfels weiter.

»Jetzt kommst du mir mit Gefühlen, du, der Faktenmensch, der zu feige war, den Zaubertrank zu trinken«, grummelte Lorenz, der vor den beiden anderen nicht zugeben wollte, dass er von Hohenfels gern zugestimmt hätte.

»Aber denk dran, was der Hirnsteiger erzählt hat. Er wurde bestochen. Wenn überhaupt, war der alte Indianer nur ein Werkzeug, der hat das doch nie allein zu verantworten!«

Schwamm erschien die Gelegenheit geeignet, um eine weitere seiner Anekdoten zum Besten zu geben. »Ich war auch mal bei einem Schamanen, privat, auf den Philippinen. Gibt da 'ne kleine Insel, da trauen sich die Einheimischen nicht hin, weil sie glauben, es würde da spuken. Hab dort ein paar Verrückte getroffen, die sonderbares Zeug mit einem anstellen. Ich hab einen Liebestrank gekauft, den man allerdings nicht auf Friedhöfen verwenden darf, einen der besten Räusche meines Lebens beim Trinken von geheiligtem Kakao gehabt, und mir wurden mehrere Dämonen ausgetrieben. Faszinierende Burschen sind das.«

Von Hohenfels zeigte sich erfolgreich abgelenkt durch die Erwähnung des Liebestranks, dann zog der herannahende Streifenwagen Lallingers seine Aufmerksamkeit auf sich, der etwa hundert Meter vor ihnen neben der Feilnbacher Kirche stehen blieb.

Mittlerweile war es nach zwölf Uhr mittags, und die Läden in Feilnbach hatten geschlossen. Die Sonne schien, und die wenigen Passanten sammelten sich um die Eisdiele zwischen dem Gotteshaus und dem Himmelreich. Lallinger öffnete die Hintertür des Polizeiautos und entließ den kleinen Vietnamesen namens Giang Nyguen in die Freiheit. Die ihn offenbar für den Augenblick zu überfordern schien, vor allem, da Lallinger wortlos wieder einstieg und davonbrauste. Verwirrt drehte sich der Mann im Kreis, als versuchte er, sich zu orientieren.

»Wir hätten ihm ein Handy geben sollen, damit er seine Kumpels anrufen kann, dass sie ihn abholen sollen«, sagte von Hohenfels vom Rücksitz aus.

»Zu verdächtig«, behauptete Schwamm und beobachtete weiter den Vietnamesen.

Der stand zunächst einfach nur da und starrte vor sich hin. Dann aber reckte er das Kinn nach oben, als würde er lauschen oder wittern, drehte den Kopf einmal nach links, dann nach rechts und setzte sich schließlich zielstrebig humpelnd in Bewegung.

»Haben wir schon vereinbart, wer ihm folgt? Ich mein, mit dem Wagen ist des dann doch sehr verdächtig, oder?«, fragte von Hohenfels.

Schwamm öffnete die Beifahrertür. »Ich lauf ihm nach.«

»Ich auch«, verkündete Lorenz. »Du wartest im Wagen, bis wir dich anrufen.«

Sein Kollege schien damit kein Problem zu haben und wechselte vom Rück- auf den Fahrersitz.

»Hoffentlich rennt der nicht zu weit, ich hab eigentlich die falschen Schuhe für so was an«, murmelte Lorenz und folgte Schwamm, der gerade in die Riesenfeldstraße einbog.

Nyguen schien sich seiner Sache nun ganz sicher zu sein, denn er lief in Richtung Gundelsberg, ohne sich auch nur einmal zu orientieren.

Es war angenehm warm, vielleicht kam Lorenz das aber auch nur so vor, weil Nyguen trotz seiner Verletzung ein recht flottes Tempo vorlegte. Die Straße führte an der Talstation des Lifts zur Tregler Alm vorbei, die sich auf dem Riesenfeld befand. Immer wieder mussten sie Mountainbikern ausweichen und hatten ihre liebe Mühe, den zu Verfolgenden nicht aus den Augen zu verlieren. Als sie an einer Kreuzung, an der es links weiter ins Jenbachtal und rechts zurück in den Ort ging, nicht sofort erkannten, wohin der Vietnamese gelaufen war, beschleunigte sich der Puls der beiden Männer für ein paar Augenblicke, ehe Lorenz Schwamm an der Schulter berührte und auf einen Schemen deutete, der linksseitig die kurvige Straße entlangwanderte. Die Reise schien tatsächlich zum Hotel Sternenhof zu führen.

Für einen fast schon grotesken Zufall sorgte schließlich eine dicke Limousine, welche die beiden Beamten auf etwa halbem Weg zum Hof auf einer kurzen Serpentine überholte. Trotz der getönten Scheiben war Lorenz sich sicher, dass in ihrem Fond ein alter Bekannter von ihm saß und ihn und Schwamm entsetzt ansah. Ein Mann wie Alexander Barranow, der Besitzer des Sternenhofs, war so leicht nicht zu übersehen. Doch obwohl er Lorenz erkannt haben sollte, hielt der Wagen nicht an, sondern setzte seine Fahrt fort, passierte Nyguen und bog dann auf den Parkplatz des Hotels ein.* Der Vietnamese hingegen lief daran vorbei.

Zwei Kurven weiter bog ein schmaler Schotterweg von der Hauptstraße ab und schlängelte sich etwa hundert Meter einen kleinen Hügel entlang, hinter dem sich ein Häuschen versteckte. Lorenz und Schwamm beobachteten, wie Nyguen davor stehen blieb und an die Tür klopfte.

»Mal sehen, wem das gehört.« Lorenz holte sein Handy hervor und schickte seinen Standort mit einer Beschreibung des Gebäudes an die Inspektion in Rosenheim.

Während sie auf die Antwort warteten, öffnete sich die Tür des Hauses, und der Vietnamese verschwand im Innern.

Schon kurze Zeit später vibrierte das Telefon. Lorenz blickte auf das Display und zog überrascht eine Augenbraue hoch, als er den Namen des Besitzers des kleinen Häuschens las, zu dem sein Verdächtiger so schnurstracks gelaufen war.

»Wenn ich so wohnen müsste, würde ich mir des mit dem Kriminellwerden noch mal überlegen«, erklärte von Hohenfels und rümpfte die Nase.

---

* Alexander Barranow hatte Lorenz sehr wohl erkannt, und sein Entsetzen war im Glauben begründet gewesen, dass Lorenz zu ihm unterwegs war. Denn entgegen der landläufigen Meinung im Ort war der Swingerbetrieb im Sternenhof alles andere als eingestellt worden, die Teilnehmer der geheimen Verbindung waren nur vorsichtiger. Lorenz, dem das Kostüm Barranows, der halsabwärts wie ein Pfau gekleidet war, entging, war somit indirekt für seinen späteren gehörigen Rausch verantwortlich, da Barranow den Schock mit viel Wodka fortspülen musste. Aber das ist eine andere Geschichte.

Justus Schwinder stand hinter ihm in der Tür und blickte düster drein. »Ich hab nicht gewusst, dass hier Schlitzaugen hausen«, behauptete der Landwirt. »Den Mietvertrag hat jemand anderes mit mir abgeschlossen.«
»Und wer?«, fragte Lorenz.

Nachdem er erfahren hatte, dass Justus Schwinder der Besitzer des Anwesens war, hatte er von Hohenfels angerufen und ihn angewiesen, den Landwirt sofort einzusammeln und zu ihm zu bringen.

Während sie warteten, hatten Lorenz und Schwamm an der recht heruntergekommenen Haustür geklopft, woraufhin es im Inneren sofort mucksmäuschenstill geworden war.

»Durchsuchungsbeschluss?«, hatte Lorenz gefragt.

»Lieber einfach die Tür eintreten«, hatte Schwamms Antwort gelautet, und er hatte die Muskeln angespannt.

»Noch nicht«, hatte Lorenz ihn gebremst. »Warten wir auf den Hausherrn.« Er hatte sich einen Zigarillo angesteckt und Schwamm die Schachtel gereicht.

»Ob die wohl türmen?«, hatte Schwamm nach ihren ersten Zügen gefragt.

Von drinnen war immer noch nichts zu hören gewesen. Sie hatten sich getrennt, und Lorenz war einmal um das verlotterte Anwesen herumgelaufen, ehe von Hohenfels in Begleitung eines sehr verärgerten Schwinders und von Wachtmeister Lallinger, den er ebenfalls verständigt hatte, auftauchte. Lorenz hatte Schwinder gebeten, die Tür aufzuschließen, der der Bitte zähneknirschend nachgekommen war.

Jetzt blickten sie in die elende Behausung, wobei sich nicht genau feststellen ließ, ob das Elend von seinen Bewohnern selbst verursacht worden war oder das Innere des Hauses schon immer so ausgesehen hatte. Wenn es nach Justus Schwinder ging, trugen natürlich die Mieter die Schuld an diesem Zustand, was er auch lautstark kundtat.

In dem kleinen, aus lediglich zwei Räumen und einem Bad bestehenden Haus wohnten drei Vietnamesen. So wie es aussah, lebten sie in einem der beiden Räume, während der andere mit Möbeln und Gerümpel vollgestopft war. Es gab keine Betten, nur Decken und Schlafsäcke, als Kochstelle diente ein Gaskocher, ein Wasserschlauch war aus dem Bad ins Zimmer verlegt worden. Alles wirkte muffig und unwohnlich, und die drei auf dem Boden kauernden Gestalten machten es nicht besser. Wie ertappte Waschbären hockten sie da und sahen ängstlich zu den hereingeplatzten Männern auf.

»Ranzner, der Förster, hat die alte Hütte bei mir gemietet«, beantwortete Schwinder Lorenz' Frage.

»Der Ranzner?«, entfuhr es Lorenz. Plötzlich fügte sich in seinem Kopf ein großer Teil des Puzzles zusammen. »Wir müssen zum Förster«, wandte er sich zu seinen Kollegen. »Er ist die Verbindung zwischen allem. Von Hohenfels, find raus, wo der wohnt.«

Von Hohenfels tat umgehend wie ihm geheißen und klemmte sich ans Telefon.

»Was machen wir jetzt mit den dreien?«, fragte Schwamm. Sie hatten höchstens gegen Giang Nyguen etwas in der Hand. Brandstiftung durch vermutliches Werfen eines Molotowcocktails, versuchte Körperverletzung, so etwas in der Art. Die anderen beiden waren unbeschriebene Blätter. Noch.

Lorenz holte seine Polizeimarke aus der Innentasche seines Jacketts und zeigte sie den Asiaten. Dann fragte er sie zuerst auf Deutsch und anschließend auch auf Englisch nach ihren Ausweisen.

Zumindest einer der drei schien ihn zu verstehen. Der Mann hatte fast weibliche Züge, langes schwarzes Haar und ein verhärmtes Gesicht, das ihn älter wirken ließ, als er wahrscheinlich war. Seine Hände machten eine abwehrende Geste. »*No passport …*«, stammelte er. »*Sorry, no passport have …*«

Lorenz blickte zu Schwamm.

»Verstanden, wir nehmen sie alle drei mit«, bestätigte der grinsend, sammelte das Trio ein und verfrachtete es gemeinsam mit Lallinger in dessen Streifenwagen.

Lorenz wandte sich an Justus Schwinder. »Jetzt wäre ein geeigneter Zeitpunkt, um mir zu erzählen, was es zu erzählen gibt, ehe ich es selbst herausfinde und dann *richtig* sauer werde«, drohte er.

Schwinder kaute auf seiner Lippe herum. Und knickte ein.

»Er hat gesagt, er würde dafür sorgen, dass ich die Ausschreibung gewinne und den Zuschlag erhalte«, murmelte er und senkte den Kopf. Schuldgefühle schienen an ihm zu zerren wie ein Pflug an einer lästigen Wurzel.

»Der Förster?«, hakte Lorenz nach.

»Ja«, antwortete Schwinder und blickte immer noch nicht von seinen Schuhen auf.

»Aber Ihre Maschinenhalle und Ihren Sohn hat's doch ebenfalls erwischt. Steckt da auch der Ranzner dahinter?«

»Wer den Brand gelegt hat, weiß ich nicht, und dass der Max verletzt wird, war nicht geplant. Das Feuer aber schon. Wegen der Versicherung«, gestand der Landwirt.

»Aber warum wollte Ranzner, dass ausgerechnet Sie den Hanf anbauen dürfen?«, bohrte Lorenz weiter.

»Er hat eine Beteiligung an den Einnahmen ausgehandelt. Dafür, dass er die anderen aus dem Spiel nimmt.«

Der Förster war nicht zu Hause.

»Gute Tageszeit, um zu jagen«, behauptete von Hohenfels.

Die drei Beamten standen vor dem kleinen Häuschen am Ende der Heilholzstraße in Bad Feilnbach. »Ranzner« prangte auf dem Messingschild neben der Klingel, was keinerlei Aufschluss darüber gab, ob der Förster eine Familie hatte oder allein lebte.

Schwamm schwang sich ohne viel Federlesens über den Gartenzaun und lief zur Haustür.

»Seltsam«, sagte von Hohenfels, während er dem Hünen hinterhersah. »Ist dir aufgefallen, dass der Ranzner bei unseren Begegnungen nie einen Hund dabeigehabt hat? Ist doch ungewöhnlich für einen Förster, oder?«

Lorenz, der in Gedanken immer noch Puzzleteile, die nicht zum bisherigen Bild passen wollten, hin und her schob, nickte geistesabwesend. Schwamm hämmerte derweil gegen die Fenster und rief laut den Namen des Försters. Das Gebäude stand abseits der restlichen Wohnhäuser, versteckt hinter einer Kurve, die um eine uralte Weide herumführte, deren Äste tief in die Straße hingen. Der Ort hatte etwas Verwunschenes, wie er im Licht des späten Nachmittags badete, das Häuschen selbst sah gerade so stark heruntergekommen aus, dass jeder Shabby-Chic-Enthusiast vor Freude in die Hände geklatscht hätte. Ob Ranzner das beabsichtigt hatte oder einfach nur ein fauler Hausherr war, konnte Lorenz nicht sagen.

Schwamm kam zurückgespurtet, sprang gämsengleich, was für einen Mann mit so vielen Gelenken überaus erstaunlich war, über den Zaun und verkündete: »Keiner daheim. Was machen wir? Ihn suchen?«

Lorenz nickte. »Und ich habe auch schon eine Vermutung, wo wir ihn finden werden. Aber dafür brauchen wir Hilfe.«

Während Lorenz auf der Fahrt zu Frau Grubers Hof den Kollegen seinen Plan erläuterte, steuerten sie direkt auf das Gaufest-Gelände zu. Der Festabend war angebrochen, an der Hauptstraße stand ein Feuerwehrmann und regelte gelangweilt dreinblickend den Verkehr.

»Statt im Wald Räuber und Gendarm zu spielen, könnten wir auch gemütlich im Bierzelt sitzen und ein paar Krüge trinken.« Schwamm machte mit den Lippen ein schmatzendes Geräusch.

»Ihnen ist aber schon klar, dass heute Abend niemand auf den Bierbänken stehen und ›Hulapalu‹ singen wird, oder?« Lorenz bog nach links ab, ließ das Festgelände hinter sich und steuerte den Wagen in den Ort hinein.

»Das ist also gar nicht so eine Art Bierzelt?« Schwamm schien ernsthaft enttäuscht und ließ sich von seinen Kollegen erklären, was die Besucher eines Gaufestabends zu erwarten hatten.

Die Ausführungen dauerten an, bis Lorenz den Wagen auf dem Parkplatz vor Frau Grubers Hof abstellte. Als der Motor verstummt war, bemerkte Lorenz, dass etwas nicht stimmte.

»Die Haustür steht offen«, sagte er. »Und die sollte nicht offen stehen.«

Schwamm kniff die Augen zusammen. »Da ist jemand im ersten Stock … mindestens zwei Personen«, sagte er. »Schaut so aus, als hättet ihr Besuch.«

»Keinen, den ich eingeladen habe«, erwiderte Lorenz und stieg aus dem Wagen aus.

Die anderen beiden Polizisten folgten ihm. Zu dritt huschten sie über den Kopfsteinpflasterweg zur Haustür. Spuren von Gewaltanwendung waren nicht zu erkennen, wer immer sich also Zugang verschafft hatte, hatte dies entweder mit einem Schlüssel oder mit einem Dietrich getan.

»Du bleibst hier«, flüsterte Lorenz von Hohenfels zu. Dessen Qualitäten lagen auf anderen Gebieten, sicher aber nicht darin, durch ein Haus zu schleichen und eventuell bewaffnete Verbrecher zu überrumpeln. Für derlei Aktionen schien ihm der erprobte Haudegen Schwamm um einiges geeigneter.

Mit ihm im Gefolge schob Lorenz sich also leise in den Flur und von dort aus die Treppe hinauf in den ersten Stock. Fast war er froh, dass der Brand von Frau Grubers Hof dazu geführt hatte, dass eine neue Treppe eingebaut worden war, denn die alte hätte so sehr geknarzt, dass ein Anpirschen unmöglich gewesen wäre. So aber gelangten sie unbemerkt bis zu jener Tür ganz im Ostteil des Hauses, hinter der sie die Einbrecher vermuteten. Bezeichnenderweise handelte es sich dabei um Lorenz' eigene Räumlichkeiten.

Dann ging alles ganz schnell. Ehe Lorenz und Schwamm sich absprechen konnten, wie sie vorzugehen gedachten, trat einer der Hausfriedensbrecher in den Flur, erschrak, zog in einer fließenden Bewegung einen Dolch aus der Jackentasche und stürmte sogleich auf Lorenz' Kollegen zu.

Es kam zu einem wilden Gerangel, in dem Schwamm schnell die Oberhand zu gewinnen schien. Weil der Leiter der Drogenfahndung aber im Straßenkampf ausgebildet war und genau wusste, dass ehrenhaftes Verhalten in einer Schlägerei, vor allem wenn ein Messer im Spiel war, sehr schnell sehr ungesund enden konnte, platzierte er seinen Gegner mit einer Drehung zwischen sich und Lorenz. Letzterer holte mit dem Ellbogen aus und hieb dem Mann so kräftig zwischen die Schultern, dass dieser sofort zu Boden ging. Der Kampf hatte nur ein paar Sekunden gedauert.

Der nun bewusstlos vor Lorenz liegende Mann sah aus wie ein Bestattungsunternehmer. Er trug einen schwarzen Anzug, schwarze Schuhe, und auch Hemd und Krawatte waren schwarz. Die nähere Inspektion musste allerdings noch warten, denn Schwamm wollte ja mindestens zwei Einbrecher gesehen haben.

»Kriminalpolizei Rosenheim!«, schrie Lorenz in sein Zimmer. »Kommen Sie mit erhobenen Händen heraus! Langsam!« Nichts geschah.

»Absolut sicher, dass es zwei waren?«, raunte er.

Schwamm nickte und zog seine Waffe aus dem Holster. Lorenz tat es ihm gleich und atmete tief durch. Heimvorteil, dachte er und entsicherte die Pistole. Dann trat er mit zwei schnellen Schritten in das Schlafzimmer, Schwamm war ihm dicht auf den Fersen.

Drinnen erwartete ihn ein weiterer Mann. Er stand ruhig in der Mitte des Raums, die Handflächen Lorenz zugewandt beschwichtigend auf Schulterhöhe. Seine Körpersprache signalisierte, dass er nicht zu kämpfen gedachte. Wie sein Kollege war er gänzlich in Schwarz gekleidet. Lorenz, der sich mit edler Kleidung auskannte, registrierte anerkennend die Qualität von Anzug und Schuhen. Zweifelsfrei italienisch.

»Guten Abend, meine Herren«, stellte sich der Mann vor. »Ich bin Peter Celemenza, und Sie müssen die Bewohner dieses Hauses sein. Ich bin auf der Suche nach einem gemeinsamen Freund. Bitte entschuldigen Sie die späte Störung.«

Lorenz brauchte ein paar Augenblicke, um zu realisieren, dass der Mann Italienisch sprach. Dann fasste er sich und sagte, ebenfalls auf Italienisch und ohne die Waffe zu senken: »Interessante Zeit für einen Besuch. Was wollen Sie?«

»Was hat er gesagt?«, fragte Schwamm hinter ihm nervös.

Der Mann, der sich Peter Celemenza nannte, antwortete in akzentuiertem, aber gut verständlichem Deutsch: »Ich bin nicht wegen Ihnen hier, meine Freund. Ich suche einen Mann namens Alessandro Abruzzi.«

Lorenz lief es eiskalt den Rücken hinunter. Er senkte seine Pistole, steckte sie allerdings noch nicht weg. »Sacra Corona Unita?«, fragte er knapp. Sein Gegenüber nickte lächelnd.

Lorenz stöhnte innerlich. Sein Vater hatte die italienische Mafia nach Bad Feilnbach geführt.

Lorenz hatte sich in Schwamm nicht getäuscht. Der Mann war erfahren genug, um zu wissen, mit wem sie es zu tun hatten, und protestierte deshalb nicht, als Lorenz seine Waffe ins Holster zurückschob und ihn anwies, es ihm gleichzutun. Lorenz fürchtete die Mafia sowohl als Italiener als auch als Polizist. Die Sacra Corona Unita oder auch Mafia Pugliese war jener Zweig der Organisation, der in Apulien operierte, und auch wenn die beiden Männer, die Lorenz' Vater suchten, einen sehr höflichen und weltmännischen Eindruck erweckten, war mit ihnen nicht zu spaßen. Mit ihrer Gründung Anfang der neunziger Jahre, gerüchteweise an einem Weihnachtsabend, war die SCU noch recht jung. Sie galt als in Europa außerordentlich gut vernetzter und besonders gewalttätiger Vertreter der italienischen Mafia. Bekannt dafür, ihre Opfer erst zu verstümmeln und dann zu töten. Lorenz vermutete, dass, hätten sie die beiden Mafiosi einfach festgenommen, umgehend Nachfolger entsandt worden wären, die seinen Vater mit noch größerer Härte nachgesetzt hätten. Er musste also erst herausfinden, in welchen Schlamassel sein alter Herr hineingeraten war. Die Antwort fiel profan aus.

»Geld. Ihr werter Papa schuldet uns eine große Menge Geld«, behauptete Celemenza. Sein Kamerad war mittlerweile wieder bei Sinnen und saß mit finsterer Miene auf Lorenz' Bett, während er sich den Nacken massierte.

Jetzt wusste Lorenz auch, wo er die beiden Gestalten schon einmal gesehen hatte. Es waren dieselben, die er und von Hohenfels vor ein paar Tagen unten im Hof beim Herumspionieren erwischt hatten.

Auch von Hohenfels war mittlerweile zu dem illustren Quartett gestoßen und stand nun mit sorgenvoller Miene neben Schwamm an der Tür.

»Von welcher Summe reden wir?«, fragte Lorenz äußerlich gefasst, auch wenn ein ungutes Gefühl in seinem Magen herumwühlte wie ein tollwütiger Maulwurf.

»Zunächst möchte ich betonen, wie sehr es mich freut, dass der Sohn von Alessandro Abruzzi ein so überaus besonnener Mann zu sein scheint. Ich bin sehr froh, dass wir nicht gezwungen sind, zu härteren –«

»Lassen Sie die Drohungen und beantworten Sie meine Frage«, unterbrach Lorenz den Mafioso schroff.

Der zog überrascht die Augenbraue hoch und nannte lächelnd die Summe.

Lorenz stockte der Atem. »Wofür zum Henker hat mein Vater so viel Geld gebraucht?«, fragte er mehr sich selbst denn seinen Gesprächspartner.

»Das lassen Sie sich am besten von ihm selbst erklären«, erwiderte der Mafioso ausweichend. »Die ausstehende Summe ist natürlich beträchtlich, aber in dem Betrag sind bereits die Zinsen berücksichtigt.«

»Und zwar sicher nicht zu knapp«, sagte Lorenz scharf. Die SCU war bekannt für ihren Zinswucher. Das hätte eigentlich auch sein Vater wissen sollen. Warum war er nicht einfach zu einer Bank gegangen? Oder hatte ihn, seinen Sohn, gefragt? Nicht dass Lorenz ihm finanziell hätte aushelfen können, aber er hätte ihm derlei verrückte Geschäfte sicher ausgeredet. Nun, vielleicht war genau das der Grund gewesen, warum Alessandro Abruzzi eben nicht zu ihm gekommen war.

»Halten Sie Ihre Zunge bitte ein wenig besser in Zaum, junger Mann«, sagte der Mafioso, und seine Augen verwandelten sich in schmale Schlitze. Lorenz spürte, wie Schwamm sich hinter ihm anspannte.

»Schon gut, schon gut«, lenkte Lorenz ein. »Wie lange geben Sie meinem Vater noch Zeit, um das Geld aufzutreiben?«

Celemenzas Mundwinkel wanderten schon wieder nach oben. »Ich wäre bereit, noch zwei weitere Tage zu warten und derweil weitere Nachforschungen sein Verbleiben betreffend zu unterlassen. Aber nur, wenn Sie sich persönlich darum kümmern.«

Lorenz akzeptierte das Angebot wortlos nickend, auch wenn er zu diesem Zeitpunkt noch keine Ahnung hatte, wie er das anstellen sollte.

»Signore Tattaglia, wir sind hier fertig«, sagte Celemenza zu seinem stummen Spießgesellen, der sich umgehend erhob und Lorenz und seine Kollegen böse anfunkelte, als sie ihnen Platz machten, damit sie das Zimmer verlassen konnten.

»Wir lassen die Typen einfach so abziehen?«, fragte von Hohenfels, der entsetzt mit ansah, wie die beiden die Treppen hinunterstiegen. »Trotz Einbruchs und der Drohungen?«

Schwamm zuckte mit den Schultern und blickte Lorenz an. Als der nichts erwiderte, sondern den Mafiosi mit finsterer Miene hinterherblickte, antwortete Schwamm an seiner Stelle: »Besser ist das wohl. Die kommen eh wieder, Hölzl sollte rasch mit seinem Vater sprechen.«
Von Hohenfels schüttelte verständnislos den Kopf.
»Wir haben genug Zeit vergeudet«, sagte Lorenz schließlich. »Wenn wir uns nicht sputen, verpassen wir noch unser Rendezvous.«

Sie hörten den Hubschrauber, bevor sie ihn sahen. Die Rotoren verursachten ein Geräusch, als klopfte eine gigantische Putzfrau einen nicht minder gigantischen Teppich aus. Lorenz presste sich die Hände auf die Ohren und beobachtete, wie der Heli auf der großen Wiese hinter Frau Grubers Hof zur Landung ansetzte. Es handelte sich um einen dunkelblauen Eurocopter mit Wärmebildkamera und Suchscheinwerfer. Schwamm, der bei seinen Einsätzen öfter mit Hubschraubern zu tun hatte, stand mit ausgestreckten Armen auf einer baumlosen Freifläche und lehnte sich gegen den Wind der Rotoren. Er trug eine Warnschutzweste aus Lorenz' Wagen, damit der Pilot ihn besser sehen konnte.

Der Hubschrauber landete direkt vor dem Beamten im Gras, ohne den Motor abzustellen. Der Pilot gab dem Drogenfahnder ein Zeichen, der wiederum Lorenz und von Hohenfels zu sich heranwinkte. Im Gegensatz zu von Hohenfels, bei dem die technische Faszination alles andere überwog, flog Lorenz nicht besonders gern, schon gar nicht mit Hubschraubern. Etwas in ihm sträubte sich gegen die Vorstellung, in einem tonnenschweren Stahlkoloss die Schwerkraft zu überlisten und sich nur auf die Richtigkeit von mathematischen Berechnungen und physikalischen Gleichungen zu verlassen. Doch ein Rückzieher kam nicht in Frage, also folgte er von Hohenfels in geducktem Spurt über die Wiese und kletterte durch die geöffnete Seitentür in den Bauch des fliegenden Ungetüms.

Schwamm hatte bereits neben dem Piloten Platz genommen und trug ein Headset. Er drehte sich zu seinen Kollegen um und grinste. Lorenz und von Hohenfels schnallten sich an und setzten sich ebenfalls je einen Kopfhörer auf, der nicht nur den Krach der Maschine zu mindern vermochte, sondern auch die Kommunikation untereinander ermöglichte. Der Pilot ließ den Hubschrauber wieder abheben, und der Boden entfernte sich rasch unter ihnen.

Trotz seines Unbehagens faszinierte Lorenz der Ausblick, der sich ihm jetzt bot. Frau Grubers Hof breitete sich unter ihm aus wie das liebevolle Werk eines detailverliebten Modellbauers. Wie unschuldig Feilnbach von hier oben wirkte, friedlich badend im warmen Abendlicht.

Als der Hubschrauber eine Schleife in Richtung Jenbachtal drehte, um die Fallwinde an den Hängen nicht frontal anschneiden zu müssen, flogen sie über das Gaufestgelände, dessen drei große Zelte aus der Höhe wie Spielzeuge anmuteten. Die letzten Sonnenstrahlen des Tages reflektierten auf der Blechlawine des Parkplatzes, kleine Miniaturtrachtler liefen von den Autos zum Festzelt.

Schließlich nahm der Helikopter Kurs auf das Jenbachtal, und links und rechts der Maschine kamen bewaldete Berghänge in Lorenz' Sichtfeld. Die Passstraße war nicht zu erkennen, sie verlief vollständig unter den grünen Baumwipfeln, aber der Fluss zeichnete sich deutlich unter ihnen ab. Trotzdem tat Lorenz sich mit der Orientierung schwer.

»Schalten Sie den Monitor ein!«, ertönte plötzlich die knarzende Stimme des Piloten in ihren Lautsprechern.

Von Hohenfels beugte sich nach vorne und drückte auf einen Knopf an der Unterseite eines etwa zwanzig Zoll großen Bildschirms zwischen den beiden Vordersitzen. Er ähnelte dem Unterhaltungssystem in einer Familienkutsche, das für Zerstreuung während eines Staus auf der Brennerautobahn zu sorgen hat. Das Bild zeigte eine Schwarz-Weiß-Ansicht der Landschaft unter ihnen. Dann zoomte Schwamm, der vorne ebenfalls über einen kleinen Monitor verfügte, das Bild heraus und vergrößerte somit den Ausschnitt.

»Da ist das Camp!« Lorenz deutete auf eine Ansammlung weißer Figuren in Ufernähe. »Schwamm, zeigen Sie das dem

Piloten und sagen Sie ihm, dass wir unsere Suche auf diesen Bereich konzentrieren.«

Der Helikopter flog eine enge Kurve und stieß dann steil hinab. Lorenz klammerte sich an seinem Sitz fest und versuchte, die Contenance zu wahren, während von Hohenfels fröhlich jauchzte und die wilde Fahrt genoss. Schließlich pendelten sie sich auf einer Höhe von etwa einhundertfünfzig Metern ein, und der Pilot setzte zu einem langsamen Schwebeflug an.

Jetzt konnte Lorenz das Lager auch mit bloßem Auge erkennen, sogar die Menschen, die neugierig zum Himmel aufblickten. Die Wärmebildkamera zeigte sie als schneeweiße Silhouetten. Es war, als sähe man eine vollständig entsättigte TV-Übertragung, bei der alle Figuren der Kenntlichkeit halber weiße Ganzkörperanzüge trugen, um sich von den düsteren Kulissen abzuheben. Auch Tiere wurden von der Kamera wahrgenommen, vorausgesetzt, sie verfügten über eine gewisse Größe.

»Was ist denn das da neben dem Camp?«, fragte Schwamm und deutete auf eine Ansammlung sich rasch bewegender weißer Schemen, die plötzlich auf der Stelle kehrtmachten und in die andere Richtung weiterliefen. »Hirsche!«, beantwortete Schwamm sich seine Frage gleich selbst.

»Das ist das Gehege vom Ranzner«, sagte Lorenz. »Ich glaub, die Viecher mögen den Lärm, den wir veranstalten, nicht.«

»Bin gespannt, was wir sonst noch so aufscheuchen«, freute sich Schwamm. Doch als sich das Bild auch nach der dritten Runde nicht änderte und er die Kamera so eingestellt hatte, dass sie sogar Hasen und Vögel, allerdings noch immer keine verdächtigen Auffälligkeiten sahen, schwand sein Enthusiasmus.

Der von Lorenz hatte sich schon deutlich früher verabschiedet, und er hing seinen düsteren Gedanken nach. Keiner der drei Männer hatte ein weiteres Wort über die Begegnung mit der Sacra Corona Unita verloren, doch in Lorenz brodelte es nach wie vor. Er konnte sich keinen Reim darauf machen, was sich sein Vater dabei gedacht haben mochte, und noch weniger wusste er, wie er ihm helfen konnte. Er ertappte sich immer wieder dabei, wie seine Gedanken zu Breyers Keller wanderten, in dem vermutlich noch die gehorteten Goldbarren des Landwirts versteckt lagen. Sicherlich würde es niemandem auffallen, wenn ein paar davon fehlten. Und selbst wenn, was wollte Breyer tun? Die Polizei rufen?

»Ich hoffe wirklich, dass Sie mit Ihrer Vermutung richtigliegen, Hölzl. Sonst wird das hier ein sehr teurer Rundflug«, sagte Schwamm.

»Sagen S' mal«, mischte sich von Hohenfels ein, »diese Kamera hat doch sicher auch eine thermografische Ansicht, oder?«

»Schon«, räumte Schwamm ein. »Aber was soll das bringen? Hier gibt's weit und breit keine Gebäude, oder wollen Sie den Hippies in die Zelte gucken?«

»Das geht auch mit Infrarot«, sagte von Hohenfels, ohne den Witz auf seine Kosten zu kommentieren. »Ist ja schließlich nur Stoff. Nur durch massivere Materialien kommen die Strahlen nicht durch.«

»Da müssen Sie drehen.« Der Pilot deutete auf ein kleines Rädchen am Armaturenbrett neben Schwamms Monitor.

Schwamm tat wie ihm geheißen, und die Landschaft auf den Bildschirmen wurde in Rot- und Gelbtöne getaucht.

»Alles Lebendige zeichnet sich in roten Farbspektren ab«, sagte der Pilot. »Sobald der Kollege das mit der Empfindlichkeit hinbekommt und euch nicht jede Feldmaus angezeigt wird.« Er lachte.

Schwamm brummte etwas Unverständliches in sein Mikrofon, ehe schließlich alles Rot aus dem Bild floss und nur noch Blautöne übrig ließ. Die Campbewohner wurden zu vereinzelten gelb-rötlichen Farbtupfern. Ihre Umrisse waren längst nicht mehr so scharf gezeichnet wie im Infrarot-Modus, die Menschen glichen jetzt ausgefransten Blasen und waren kaum noch von den Hirschen und Rehen in ihrem Gehege zu unterscheiden. Diese hatten sich mittlerweile beruhigt und in einer Ecke des umzäunten Areals zusammengedrängt. Fast hätte Lorenz es übersehen – erst als der Hubschrauber kurz vor dem Brechries erneut wendete und zurück in Richtung Tal steuerte, erkannte er weitere Wärmesignaturen auf dem Unterstand, der sich im hinteren Drittel des Geheges befand.

»Das ist aber seltsam«, sagte er. »Die ganze Herde drängt sich in einer Ecke zusammen, und drei Tiere halten sich getrennt von ihr auf?«

»Das sind keine Rehe«, stellte von Hohenfels fest.

»Scheint, als bräuchten wir einen Landeplatz«, sagte Schwamm. »Diese drei Hirsche sollten wir uns genau ansehen.«

Es war kurz vor neun Uhr abends, und das Lager in der Wiege des Jenbachtals lag bereits im Schatten. Feiner Nebel stieg aus dem Fluss auf und zog neugierig zwischen den Zelten hindurch.

Der einzige den Beamten bekannte Zugang zu Ranzners Wildgehege führte direkt durch das Camp. Vermutlich gab es weiter oben noch eine weitere Furt, an der man den Jenbach durchqueren konnte, um sich dem Areal zu nähern, doch Lorenz hatte keine Lust, nach ihr zu suchen. Und auch nicht auf nasse Füße.

»Passen Sie auf beim Rübergehen, von Hohenfels kann Ihnen sicherlich anschaulich erläutern, wie man es nicht macht«, sagte Lorenz und balancierte über die Holzbretter auf die andere Seite des Flusses.

Das Lager hatte sich verändert. Es wirkte leerer, seit Lorenz es am frühen Morgen verlassen hatte. Zahlreiche Behausungen waren abgebaut worden, deren Bewohner abgereist. Der Überfall der Haberfeldtreiber steckte den Campern in den Knochen.

»Für einen Samstagabend ist es hier erstaunlich ruhig«, stellte Schwamm fest, und sein Weltbild wurde zum zweiten Mal an diesem Abend in seinen Grundfesten erschüttert, als Lorenz ihn darüber aufklärte, dass dieses Camp nichts mit den Zeltlagern seiner wilden Pfadfinderzeit gemein hatte.

Vor Milas Zelt stießen sie auf ein paar um ein Lagerfeuer hockende Frauen und Männer, und in Lorenz' Polizistenseele regte sich vager Ärger, den der Rest von ihm jedoch gekonnt zu ignorieren vermochte. Neugierige und misstrauische Mienen begegneten den Neuankömmlingen, bis die versammelten Camper zumindest Lorenz und von Hohenfels erkannten und sich etwas entspannten.

Lorenz entdeckte unter den Gestalten Kerschl und seine Banju, Frau Gruber, seinen Vater und noch ein paar andere vertraute Gesichter. Nur Mila fehlte.

»Hattest du etwa Sehnsucht?«, erklang ihre Stimme plötzlich hinter ihm.

Alle drei Männer zuckten zusammen, weil keiner die junge Frau sich nähern gehört hatte.

Lorenz drehte sich um. Milas Augen schienen in der Dunkelheit zu glühen. Er umarmte sie, was sie widerstandslos geschehen ließ.

»Was macht ihr hier?«, fragte sie, als sie sich wieder von ihm gelöst hatte.

Lorenz nahm sie beiseite, sodass die anderen sie nicht hören konnten, und antwortete: »Den Ranzner suchen.« Dann erzählte er Mila in knappen Worten von ihrer Entdeckung und dass sie zum Hirschgehege wollten. Während er den Blick über die gebannt lauschende Gruppe am Feuer wandern ließ, streifte er auch kurz seinen Vater, der den Eindruck erweckte, als wüsste er genau, was vorgefallen war. Nicht jetzt, dachte Lorenz und sagte: »Kerschl, wir könnten deine Hilfe gebrauchen. Kommst du mit?«

»Freilich.« Er entwand sich mehr oder weniger geschickt dem Griff seiner Freundin.

Diese funkelte Lorenz herausfordernd an und rief: »Wenn ihr mir meinen Puschelbären nicht in einem Stück und heil zurückbringt, bekommt ihr es mit mir zu tun!« Sie stand auf und drückte Kerschl zum Abschied einen feucht schmatzenden Kuss auf die Lippen.

Vereinzeltes Gekicher war zu vernehmen, doch Kerschl trat mit stolzgeschwellter Brust vor, als zöge er in einen heiligen Krieg und wäre vom Papst im Körper einer kleinen, temperamentvollen Zigeunerin persönlich gesalbt worden.

Lorenz' Vater erhob sich ebenfalls. »Ich komme auch mit«, sagte er. Und als Lorenz protestieren wollte: »In Italien würden die Carabinieri mit einer Hundertschaft anrücken, wenn auch nur das kleinste Risiko bestünde, dass es zu einer gefährlichen Auseinandersetzung kommen könnte. Ihr hingegen seid nur zu viert. Ihr könnt jede Hilfe gebrauchen.«

Giovanni und Fabrizio, die irgendwo im Halbdunkel ihrem Abendessen hinterherpickten, verfügten anscheinend über ihren eigenen Sinn für Dramatik und krähten zustimmend.

»Ihr hättet mir ruhig sagen können, dass wir uns hier mit einem Zirkus treffen, dann hätte ich eine lustige Mütze mitgebracht«, kommentierte Schwamm die bunt zusammengewürfelte Truppe.

Lorenz seufzte. »Dann lasst es uns hinter uns bringen, solange wir noch etwas sehen«, sagte er und setzte sich in Bewegung. Seine kleine Einheit folgte ihm im Gänsemarsch. Als das Lager außer Sichtweite war und sie nur noch von frühsommerlichem Mischwald umgeben waren, fragte Schwamm, der direkt hinter Lorenz auf dem schmalen Trampelpfad ging: »Was läuft da eigentlich zwischen der hübschen Kleinen und Ihnen?«

»Der Mann, den wir jagen, hat vermutlich zwei Brandstiftungen auf dem Kerbholz, Kontakte zur Drogenmafia und über achtzig Rindviecher auf dem Gewissen, und Sie wollen meiner Freundin schöne Augen machen?«, antwortete Lorenz. Er hatte es gesagt. Nach nicht einmal einer Woche, die sie sich kannten, hatte er Mila als seine Freundin bezeichnet. Hoffentlich würde das keiner in ihrer Gegenwart ausplappern.

»Dann ist der Indianer, den Sie eingesperrt haben, also raus?«, erwiderte Schwamm.

»Noch wissen wir ja nicht, mit wem Ranzner zusammenarbeitet«, gab Lorenz zu bedenken. »Wenn er es geschafft hat, den Schwinder zu bestechen, dann ist ihm das vielleicht auch beim Wolken… ich mein, bei diesem Mayer gelungen.«

Vor ihnen öffnete sich der Wald und gab den Blick auf die Lichtung mit dem Hirschgehege frei.

»Irgendwo hier muss es ein Tor geben«, vermutete Lorenz. »Kerschl, Schwamm, ihr geht obenrum. Wenn's dort einen Zugang gibt, dann hinter der Bank. Von Hohenfels und Papa, wir sehen uns auf der anderen Seite um.«

»Eigentlich ein ideales Versteck, so ein Wildgehege«, sagte von Hohenfels, als die beiden Gruppen ihre Funkgeräte auf Funktionstauglichkeit geprüft hatten und dann getrennter Wege gezogen waren. »Da drin kannst du alles Mögliche verstecken, weil die Gefahr, dass da ein Wanderer oder sonst wer durchläuft, verschwindend gering ist.«

Lorenz spähte durch den groben Maschendraht. Von hier aus

konnte er den Verschlag erkennen, den sie vom Hubschrauber aus bereits ausgemacht hatten. Eigentlich handelte es sich um viel mehr als einen Verschlag, es war eher eine zwar schlichte, aber recht massiv wirkende Blockhütte. Dann fiel es ihm wie Schuppen von den Augen. Schon im Wald hatte etwas an die Tür seiner Aufmerksamkeit geklopft und trat diese jetzt mit einem Stiefel ein. Er kannte diese Hütte! Das erste Mal hatte er sie, wenn auch ohne ihr groß Beachtung zu schenken, bei einem Spaziergang mit Mila gesehen. Und dann noch einmal – diesmal um einiges deutlicher – in seiner Traumreise im Tipi des Wolkenwanderers. Die Erinnerung flutete ihn wie ein reißender Strom ein ausgetrocknetes Flussbett. Wie war das möglich? Steckte hinter dem schamanischen Treiben doch mehr als bloßer Hokuspokus? Die Erkenntnis brachte ihn derart aus dem Konzept, dass er stehen blieb und verwirrt ins Gehege starrte.

»Alles in Ordnung, Lorenzo?«, fragte ihn sein Vater. »Du siehst aus, als hättest du ein Gespenst gesehen.«

»Vielleicht habe ich das auch«, murmelte Lorenz und blickte seinen Vater an. »Papa, warum bist du wirklich mitgekommen? Mir wäre es bedeutend lieber, wenn du zurück ins Lager zu Maria gingest, wo du in Sicherheit bist.« Er musste sich zusammenreißen, seinen Vater nicht sofort und auf der Stelle bezüglich des Besuchs der Sacra Corona Unita zur Rede zu stellen.

Doch dann peitschte ein Schuss durch die sich anpirschende Nacht, und von Hohenfels schrie schmerzerfüllt auf und brach neben ihnen zusammen.

Instinktiv packte Lorenz seinen Vater an der Schulter und riss ihn zu Boden. »Kopf unten lassen!«, befahl er. Er drückte sich ins hohe Gras und robbte auf seinen gefallenen Kollegen zu. »Ferdl, was ist passiert? Wo hat es dich erwischt?« Als Antwort erhielt er zunächst nur ein leises Stöhnen. Schließlich erreichte er von Hohenfels, der gekrümmt hinter einer kleinen Latsche lag und sich beide Hände auf den Oberschenkel drückte.

»Die Sau hat mir ins Bein geschossen!«, fluchte er.

Als Lorenz erkannte, dass von Hohenfels nicht in akuter Lebensgefahr schwebte – wenn man den Heckenschützen, der von irgendwoher auf sie feuerte, mal außer Acht ließ –, wandte er seine Aufmerksamkeit wieder der Hütte zu.

Ein zweiter Schuss ertönte, diesmal allerdings wurde er in die entgegengesetzte Richtung abgefeuert. Also hockte der Schütze in der Hütte. Hoffentlich waren Schwamm und Kerschl rechtzeitig in Deckung gegangen. Lorenz tastete nach seinem Funkgerät und drückte auf die Sprechtaste. »Schwamm, Kerschl, alles in Ordnung?«

»Ja«, ertönte Schwamms Stimme aus dem Lautsprecher. »Aber jemand schießt auf uns, wie sieht's bei euch aus?«

»Von Hohenfels hat's erwischt«, antwortete Lorenz.

»Lenz!«, ächzte der plötzlich. »Was mich getroffen hat«, er pulte an seiner blutenden Wunde herum, »ist ein Dreißiger-Kaliber! Des Geschoss muss aus der Flinte vom Ranzner stammen, der hat ein Repetiergewehr.«

»Das ist jetzt aber nicht der beste Zeitpunkt für eine Tatwaffen-Analyse«, befand Lorenz aufgeregt.

»Doch!«, keuchte von Hohenfels. »Des bedeutet nämlich, dass er maximal drei Schuss im Magazin hat, ehe er nachladen muss.«

Lorenz lächelte. So schlimm konnte es um seinen Kollegen nicht bestellt sein, wenn dessen analytischer Verstand und sein legendäres Gedächtnis noch einwandfrei funktionierten.

»Schwamm!«, funkte Lorenz. »Von Hohenfels meint, dass das der Ranzner ist und er nur dreimal schießen kann, ehe er nachladen muss.«

In diesem Moment knallte es erneut, und eine Kugel bohrte sich ein paar Zentimeter neben Lorenz in den Waldboden.

»Was, wenn er nicht der einzige Schütz–«

»Dann los«, unterbrach ihn Schwamms Stimme aus dem Funkgerät.

»Nein, warten Sie!«, schrie Lorenz, während er entsetzt beobachten musste, wie Schwamm auf der anderen Seite des Geheges über den Zaun zu klettern begann. »Verdammt!«, fluchte er, sprang seinerseits auf und rannte auf den Zaun zu. Die beiden Holzpfosten links und rechts gaben unter der Wucht von Lorenz' Ansturm nach und kippten um, sodass er mitsamt dem Zaun auf den Boden klatschte.

Er rappelte sich auf und spurtete auf die Hütte zu. Wie schnell konnte man so ein Gewehr nachladen? Den Verschluss zurückreißen, die Patronen hineinschieben, Verschluss wieder nach vorne schieben, ansetzen, zielen und den heranstürmenden Lorenz Hölzl erschießen?

Doch schon im nächsten Moment schlitterte Lorenz auf die Hauswand zu und presste sich an das raue Holz. Erst jetzt zog er seine eigene Waffe aus dem Holster und entsicherte sie.

»Hölzl?«, tönte es von der anderen Seite.

»Hier, Sie Wahnsinniger«, zischte Lorenz und wagte einen Blick um die Ecke. Dort kauerte Schwamm und grinste wie jemand, der sich prächtig amüsiert.

»Herr Ranzner, wir wissen, dass Sie da drin sind! Ergeben Sie sich!«, schrie Lorenz und hoffte, dass der irre Förster ihm nicht durch die Holzwand in den Rücken schoss. Er erhielt keine Antwort.

Auf der anderen Seite des Geheges starrte das Damwild in einer Mischung aus Neugierde und Entsetzen zu ihm herüber. An der Wand, an der er lehnte, gab es ein kleines Fenster, dessen Vorhänge zugezogen waren. Von wo aus schoss der Jäger? Er konnte nirgendwo einen Gewehrlauf erkennen. War Ranzner überhaupt noch in dem Gebäude? Lorenz kroch zu Schwamm. Auch auf dessen Seite gab es ein Fenster und zusätzlich eine Tür nahe dem Boden.

»Mein Vater hatte recht«, sagte Lorenz. »Eine Hundertschaft wäre jetzt nicht verkehrt.«

»Ach was«, behauptete Schwamm. »Wir müssen nur für etwas Ablenkung sorgen.« Er blickte sich suchend um.

Lorenz hatte eine Idee. »Kerschl!«, flüsterte er in sein Funkgerät.

»Ja?«, antwortete der Puschelbär.

»Kannst du die Hirsche aufscheuchen? Und dazu etwas Krawall machen? Am besten, ohne dich dabei erschießen zu lassen?«

»Alles klar, Chef!«, versprach Kerschl. »Gib mir nur ein paar Minuten Zeit.«

»Wie kommen wir rein?«, fragte Lorenz den neben ihm kauernden Schwamm.

»Wollen Sie durch die Tür oder das Fenster?«

»Ersteres«, seufzte Lorenz. »Ich wünschte nur, es gäbe eine Alternative zu dieser Harakiri-Methode.«

»Das wird schon«, meinte Schwamm gut gelaunt. »Wir gehen schnell und effektiv vor, so wie vorhin bei Ihnen auf dem Hof. Wie Profis eben.« Er zwinkerte spitzbübisch und kroch auf die andere Seite der Hütte, um sich dort vor einem der Fenster in Position zu bringen.

Lorenz hastete zur Tür und unterzog diese einer raschen Inspektion. Sie war massiv und würde sich nicht ohne Weiteres eintreten lassen. Er würde nachhelfen müssen. Sie war so montiert, dass sie nach innen aufging, also stellte er sich aufrecht neben die Seite mit den Scharnieren, zielte mit dem Revolver auf das Schloss und wartete.

»Kann ich loslegen?«, fragte Kerschl.

»Bin bereit«, flüsterte Lorenz ins Funkgerät.

»Ich auch«, antwortete Schwamm knarzend.

Dann brach die Hölle über das ahnungslose Damwild herein. Nachdem der Zaun schon bei Lorenz seine Schwachbrüstigkeit unter Beweis gestellt hatte, konnte er einem Kerschl natürlich nichts mehr entgegensetzen. Und einem heulendem Kerschl-Waldgeist, der über und über mit Schlamm beschmiert war und in den Händen zwei Äste eines Haselnussbaums hielt, die er wie Vogelschwingen schwang, natürlich erst recht nicht.

Die Hirsche hatten sich an diesem Tag schon mit einem gigantischen Knattervogel konfrontiert gesehen, der ihren Nerven gründlich zugesetzt hatte*, aber das wuchtige Ding, das jetzt aus dem dunklen Dickicht in ihr Revier brach und kreischend auf sie zustürmte, ließ ihnen die letzten Sicherungen durchbrennen, und die Tiere beschlossen, dass die Zeit für eine ordentliche Stampede gekommen war. Die Herde galoppierte auf die kleine Hütte zu, umspülte sie wie ein Fluss einen Felsen und nahm schnurstracks Kurs auf das andere Loch in der Umzäunung, das

---

* Anders als Pferde befinden sich Hirsche tatsächlich stets in einem Zustand allgemeinen Wahnsinns, jenen von der Sorte, der ein Lebewesen ereilt, das wie eine zu groß geratene Maus mit Nerven aus Papier ausgestattet ist und sich trotz seiner Größe und des manchmal stattlichen Geweihs ganz unten in der Nahrungskette befindet.

Lorenz zu verantworten hatte. Das Hirschrudel setzte über den am Boden liegenden Zaun hinweg und verschwand donnernd zwischen den Bäumen.

Lorenz und Schwamm nutzten den Tumult, um die Hütte zu stürmen. Lorenz feuerte zwei Schüsse auf die Klinke, Holz splitterte, und der Türgriff flog davon, während Schwamm auf der anderen Seite das Fenster einschlug. Lorenz trat mit ganzer Kraft auf das angeschossene Schloss, die Tür gab krachend nach und schwang nach innen. Wo sie von etwas Weichem gebremst wurde, das schmerzerfüllt aufschrie. Lorenz warf sich vorsichtshalber noch einmal gegen die Tür, und dieses Mal ertönte lediglich ein dumpfer Schlag, als die Person auf der anderen Seite erneut getroffen wurde und bewusstlos zu Boden sank.

»Waffe fallen lassen, sofort!«, schrie Schwamm durch die zerbrochene Glasscheibe herein und nahm den Förster ins Visier, der mit der Flinte im Anschlag auf Lorenz' Seite am Fenster stand und dort nach draußen gezielt hatte.

Die Hütte bestand aus einem einzigen Raum, der von starkem, kaltem Neonlicht erhellt wurde. In der Mitte befand sich ein großer Tisch, an den Wänden standen Werkbänke mit allerlei Apparaturen, von denen viele aussahen, als gehörten sie eher in ein medizinisches Labor denn in ein Häuschen im Wald. Es roch stark nach Chemikalien und Hanf, und in dem Regal in der gegenüberliegenden Ecke entdeckte Lorenz einen äußerst verdächtig aussehenden Beutel mit weißem und grünem Inhalt.

Neben Ranzner und der bewusstlosen Person hinter der Tür hielt sich noch jemand in der kleinen Drogenhöhle auf, der sich nun mit einem markerschütternden Schrei und einem Beil in der Hand auf Lorenz stürzte. Es war ein kleiner, bulliger Vietnamese.

»Stehen bleiben!«, rief Lorenz und richtete seine Waffe auf ihn.

Dann knallte es, und der Mann klatschte der Länge nach vor Lorenz auf den Boden. Schwamm richtete den rauchenden Lauf seiner Pistole sofort wieder auf Ranzner, der seinerseits sein Gewehr hochriss und auf den Drogenfahnder anlegte.

»Es ist vorbei, Ranzner, hören Sie auf!« Lorenz registrierte erleichtert, dass sich der angeschossene Asiate zu seinen Füßen stöhnend an seinen Allerwertesten griff, und kickte mit dem Fuß das Beil beiseite.

Doch der Förster schien nicht bereit zu sein, sich zu ergeben. Mit irrem Blick drehte er den Kopf zu Lorenz und lachte höhnisch. »Ich habe, hnnn, alles versucht, um das Gesindel von hier wegzubekommen«, zischte Ranzner. »Ich habe es Ihnen so, hnnn, leicht gemacht, Hölzl, aber Sie wollten das Lager ja nicht räumen. Es hätte alles schon viel früher enden können.«

Der Förster wirkte wie jemand, der die Grenze zum Wahnsinn längst überschritten hat.

»Ich wiederhole mich nicht noch einmal, Ihr Kollege auf dem Boden kann bezeugen, dass ich nicht zögern werde, Sie über den Haufen zu schießen, wenn Sie nicht sofort die Büchse wegwerfen«, drohte Schwamm vom Fenster her.

Doch Ranzner zielte unbeeindruckt weiter auf den Drogenfahnder.

»Was habe ich denn noch zu, hnnn, verlieren?«, höhnte er.

»Eine Menge«, antwortete Lorenz. »Ranzner, seien Sie vernünftig. Noch ist niemand ernsthaft zu Schaden gekommen. Wir wissen, dass Sie das Auswahlverfahren manipuliert haben und dem Schwinder den Zuschlag verschaffen wollten, indem Sie die Felder abgefackelt und das Vieh umgebracht haben. Wenn Sie uns jetzt helfen, alles lückenlos aufzuklären, und uns Ihre Komplizen nennen, wird das nicht so schlimm für Sie, wie Sie vielleicht gerade denken.«

»Sie haben ja, hnnn, keine Ahnung, mit wem Sie sich hier anlegen. Ich habe mich mit sehr, hnnn, mächtigen Leuten eingelassen. Und die mögen es nicht, wenn man versagt.« Der Förster schien ernsthaft zu glauben, dass es keinen Ausweg für ihn gab.

Lorenz spürte instinktiv, dass sich eine Katastrophe anbahnte. Ranzner war wild entschlossen, nicht aufzugeben, auch wenn das für ihn bedeutete, von Kugeln durchlöchert zu werden. Lorenz zweifelte daran, dass er selbst einen tödlichen Schuss würde abfeuern können, Schwamm hingegen wäre dazu sehr wohl in der Lage.

Die Lösung des Problems präsentierte sich in Form eines etwa einen Meter langen Holzscheits, das plötzlich durch das offene

Fenster hinter dem Förster geflogen kam und ihn am Hinterkopf traf.

Ranzner ging sofort zu Boden, das Gewehr fiel ihm aus der Hand und blieb scheppernd neben ihm liegen. Am Fenster tauchte das schlammverschmierte Gesicht des Hirschschrecks Kerschl auf, der neugierig sein Werk begutachtete.

»Saubere Arbeit, Kollege«, lobte Schwamm und schwang sich über das Sims in die Hütte. »Der hätte nicht klein beigegeben. Verrückter Bursche.«

Er ging neben Ranzner in die Knie und drehte ihn auf den Rücken. Der Förster blutete aus einem Schnitt an der Wange und einer Platzwunde am Hinterkopf, war ohne Bewusstsein, atmete aber. Dann war da noch der stöhnende Axtschwinger, dem Schwamm buchstäblich in den Hintern geschossen hatte und der jetzt den schmutzigen Holzboden vollblutete. Neben dem Eingang lag ein weiterer Vietnamese, bewusstlos von der zweimaligen Begegnung mit der Holztür.

»Habt ihr beiden das hier im Griff? Ich muss nach dem Ferdl sehen.« Als Kerschl und Schwamm nickten, stürmte Lorenz hinaus auf der Suche nach seinem verwundeten Kollegen und seinem Vater.

Er holte die beiden Männer auf halbem Weg zum Camp ein. Gestützt von Lorenz' altem Herrn hüpfte der kreidebleiche von Hohenfels tapfer auf einem Bein. Einen Notruf hatten sie schon abgesetzt, und so blieb Lorenz nur noch, seinem Partner ebenfalls unter die Arme zu greifen und ihn den Rest des Weges zu Milas Zelt zu geleiten. Er lenkte von Hohenfels von dessen Schmerzen ab, indem er einen kurzen Abriss der jüngsten Ereignisse zum Besten gab.

»Und wieder habe ich die ganze Action verpasst«, stöhnte von Hohenfels. »Man könnt meinen, du machst des absichtlich.«

»Was lässt du dir auch ins Bein schießen?«

Zahlreiche Hufabdrücke im Boden zeugten davon, dass die Hirsche ebenfalls den Trampelpfad ins Lager genommen hatten. Ein paar der Tiere sahen sie etwas später am Flussufer stehen und dort saufen, doch der größte Teil der Herde war anscheinend ins Gebirge verschwunden.

Im Jenbach-Camp wurden die Männer schon sehnsüchtig erwartet. Mila und Frau Gruber liefen dem Trio entgegen und halfen dabei, von Hohenfels einigermaßen bequem in die Nähe der Feuerstelle zu legen.

»Ist es vorbei?«, fragte Mila.

»Fast«, antwortete Lorenz mit einem Seitenblick auf seinen Vater. »Ranzner hat etwas von Hintermännern erwähnt, in deren Auftrag er agiert hat. Außerdem müssen wir uns noch um den Wolkenwanderer kümmern und ausschließen, dass der Förster den Trachtlern ein letztes Ei gelegt hat. Oder besser der große Manitu.«

Als die Kavallerie in Form von Streifen-, Kranken- und Bergwachtwagen anrückte, war die Nacht bereits über das Jenbachtal hereingebrochen. Der Mond kroch schläfrig am Firmament entlang und tauchte die Lichtung mit dem Hirschgehege in kitschig-silbriges Licht, das die zahlreichen Taschenlampen der Polizei- und Rettungskräfte, deren Kegel ruhelos zwischen der Hütte, dem Lager und dem Parkplatz hin und her huschten, eigentlich überflüssig machte.

Ranzner und der bewusstlose Vietnamese waren noch vor Ort wieder zu sich gekommen. Der Mann mit der Schusswunde im Hintern wurde wie von Hohenfels von der Bergwacht abtransportiert.

Also war es an Lorenz und Schwamm, sich den Förster noch einmal vorzuknöpfen. Mit bandagiertem Kopf saß der Mann auf einem der wenigen Stühle und beobachtete missmutig, wie Polizisten seine Hütte durchstöberten und alles sicherstellten, was nicht niet- und nagelfest war.

»Herr Ranzner, Justus Schwinder hat uns bereits gestanden, dass Sie für die Anschläge auf Georg Feicht und Franz Hirnsteiger verantwortlich sind und auch mit seinem Wissen seine Maschinenhalle in Brand gesteckt haben. Im Moment halten wir einen gewissen Michael Mayer fest, bei dem wir Federn und Alpenrosen gefunden haben. Hat dieser Mann mit Ihnen zusammengearbeitet?«, fragte Lorenz.

Ranzner richtete seinen Blick auf ihn. »Warum sollte ich Ihnen das sagen? Scheren Sie sich, hnnn, zum Teufel«, antwortete er.

Neben Lorenz wurde Schwamm unruhig. Lorenz legte ihm beruhigend die Hand auf die Schulter und sagte an Ranzner gewandt: »Sie haben vorher von mächtigen Leuten gesprochen, mit denen Sie Geschäfte machen. Leute, die alles andere als erfreut über Ihr Versagen sein werden. Sind Sie sicher, dass Sie mich bei allem, was jetzt auf Sie zukommen wird, nicht lieber zum Freund denn zum Feind hätten?«

Und dann gestand Ranzner.

Die weitere Durchsuchung der Örtlichkeiten und die Ausführungen des Försters ergaben, dass dieser die Hütte tatsächlich als eine Art Drogenumschlagplatz genutzt hatte. Genauer gesagt hatte er die Infrastruktur zur Verfügung gestellt und als Hausmeister und Logistiker fungiert. Vorrangig hatte das noch namenlose Kartell, für das Ranzner arbeitete, in dem Schuppen harte Drogen wie Kokain und Chrystal Meth weiterverarbeitet. Die Lieferungen waren in großen Mengen, meist als Futtermittel getarnt, angeliefert und dann von den vorrangig vietnamesischen Arbeitern aufgeteilt, portioniert, verpackt und an Kunden und Verkäufer verteilt worden. Auch Hanf war gestreckt, sortiert und weitervermittelt worden. Da die Beamten auch Heronimus Breyers Spezialgras gefunden hatten, lag die Vermutung nah, dass es eine Verbindung zwischen Breyer und Ranzner geben könnte und Breyer Lorenz nicht die ganze Wahrheit erzählt hatte. Außerdem hatten Lorenz und seine Kollegen in dem kleinen Verschlag neben der Blockhütte einen rudimentären Wohnbereich entdeckt, in dem die Vietnamesen wohl gelebt hatten, bevor die Hippies das Camp bezogen und die Arbeit im Gehege gefährdeten. Ranzner hatte sich deshalb gezwungen gesehen, die Handlanger vorübergehend woanders einzuquartieren, und da Justus Schwinder ohnehin bereits im kriminellen Fahrwasser der Bande mitgeschleift wurde, hatte der Förster ihn als Vermieter erwählt.

Obwohl er doch eigentlich ein Hochgefühl verspüren sollte, fühlte Lorenz sich müde, leer und ausgebrannt. Einem alten

Hosenbund, der beim nächsten Ankleideversuch zu reißen drohte, musste es ähnlich ergehen. Trotzdem überwachte er den Abtransport der Gefangenen, Verletzten und der sichergestellten Beweismittel bis zum Schluss. Obwohl die Stunde bereits fortgeschritten war, rief er Johann Neuberger an, der sich immer noch im Festzelt aufhielt. Er berichtete ihm, dass Ranzner nach eigenen Angaben nur das eine Bierfass manipuliert hatte, riet dem Festleiter des Gautrachtenfestes aber trotzdem, auch für den morgigen Festsonntag ausschließlich neu angeliefertes Bier aus der Brauerei zu verwenden.

»Was ist jetzt mit dem Wolkenwanderer?«, fragte Mila, als sie aneinandergekuschelt am knisternden Feuer vor dem Zelt saßen.

Kerschl war bereits zu seiner Banju zurückgekehrt und ließ sich von ihr vermutlich als den Helden feiern, der er heute war. Sie hatte ihrem Puschelbären eine ausgiebige Massage mit eigens hergestelltem Öl in Aussicht gestellt und außerdem noch ein paar andere Belohnungen versprochen, die sich Lorenz lieber nicht so genau vorstellen wollte. Frau Gruber und sein Vater hatten sich bereits zurückgezogen, noch während er mit der Koordination der Einsatzarbeiten beschäftigt gewesen war. Für Frau Gruber war dieses Verhalten ungewöhnlich, Lorenz hätte damit gerechnet, dass sich die neugierige alte Frau bis zuletzt an vorderster Front um Informationsbeschaffung bemühen würde. Doch anscheinend hatte ihr die Aufregung der vergangenen Tage genug zugesetzt, und außerdem hatte sie ja Lorenz' Vater, der ihr ebenfalls aus erster Hand berichten konnte. Lorenz war nicht allzu unglücklich darüber, dass ihm die Entscheidung, wann er die Sache mit seinem alten Herrn und der italienischen Mafia anging, abgenommen worden war. Er würde das Gespräch auf morgen verschieben.

»Dem hat der Ranzner nachts die Federn und die Alpenrosen unter der Zeltwand durchgeschoben, wo wir sie dann gefunden haben. Der alte Indianer wird heute noch freigelassen«, beantwortete er Milas Frage.

»Ha!«, machte sie.

»Was?«, fragte Lorenz und bereute es sofort.

»Ich hatte von Anfang an recht«, behauptete Mila. »Hättest du mal besser auf mich gehört.«

»Die Beweise sprachen gegen ihn«, sagte Lorenz verzweifelt.

»Ha!«, schnaubte Mila ein weiteres Mal. »Und was, wenn die Federn bei mir gefunden worden wären? Hättest du mich dann auch verhaftet?«, fragte sie empört, doch ihre im Feuerschein spitzbübisch leuchtenden Augen verrieten sie.

»Unbedingt«, flüsterte Lorenz, nahm ihr Gesicht in beide Hände und küsste sie. »Dieser Traum, den ich beim Wolkenwanderer hatte …«, sagte er plötzlich. »In ihm wurde mir die Hütte im Gehege gezeigt. Ich kann mir das immer noch nicht erklären. Wie ist das möglich?«

»Nicht alles lässt sich mit dem Verstand erklären, Lorenz«, antwortete Mila sanft.

»Aber es war so real. Wäre ich gleich zu dir gekommen und hätte mich dir anvertraut, vielleicht wäre diese Geschichte dann ganz anders verlaufen.«

»Vielleicht«, räumte Mila ein. »Aber es ist müßig, sich darüber den Kopf zu zerbrechen. Alles kommt, wie es kommen soll, alles hat seine Zeit, alles seine Geschwindigkeit.«

Dann küssten sie sich erneut, und schließlich knöpfte Lorenz Milas Kleid auf und streifte es ihr von den Schultern. Sie liebten sich unter dem Sternenhimmel. Am Lagerfeuer, im Jenbachtal. Zu genau der richtigen Zeit, am richtigen Ort und in der richtigen Geschwindigkeit.

Ein paar Meter weiter standen ein paar Hirsche im Gebüsch und beobachteten interessiert, was die beiden Verliebten miteinander trieben.

Festsonntag

Michael Mayer alias der Wolkenwanderer war noch in der Nacht in aller Stille und nahezu unbemerkt in sein Tipi zurückgekehrt. Lallinger hatte ihn von Rosenheim herausgefahren und im Jenbachtal abgesetzt.

Am nächsten Morgen war die Freude der Campbewohner groß, als sie erfuhren, dass der alte Schamane wieder unter ihnen weilte, und sie strömten zu seinem Zelt, um ihn zu begrüßen. Auch Mila und Lorenz pilgerten dorthin, als sie reichlich spät und glücklich zerzaust aus ihrem Liebesnest gekrochen waren.

Die anderen Schamanen hatten ein spontanes Frühstücksbüfett angerichtet, es gab frischen Tee, Obst und Brot. Mit einer Tasse in den Händen gesellten sich Lorenz und Mila zu Frau Gruber und Alessandro Abruzzi.

»Fein hast des gemacht, Lenz«, sagte Frau Gruber, die stolze Mutterglucke. »Hast es den Spitzbuben wieder einmal ordentlich gezeigt!«

»Ich kenn da jemanden, der wahrscheinlich anderer Meinung ist«, murmelte Lorenz und sah zum Wolkenwanderer, der sich mit ein paar jungen Frauen unterhielt.

Als hätte der alte Mann Lorenz' Aufmerksamkeit gespürt, blickte er in just diesem Moment zu ihm und lächelte wissend.

»Vielleicht irre ich mich auch«, ergänzte er und zog Mila zu sich heran.

»*Oh, porca miseria!*«, fluchte sein Vater plötzlich.

Lorenz drehte sich verwirrt zu ihm um. »Was ist denn los?«, fragte er.

Alessandro Abruzzi starrte auf die andere Seite des Flusses. Am Wasserfall standen zwei Männer. Sie trugen schwarze Anzüge.

»Mist«, schimpfte nun auch Lorenz. Er packte seinen Vater bei der Schulter und zog ihn beiseite. »Ich denke, wir wissen beide, wer die zwei sind. Ich hatte sogar schon das Vergnügen, die Herren persönlich kennenzulernen«, grollte er. »Möchtest du mir etwas dazu sagen?«

Lorenz' Vater sah aus, als wüsste er nicht, was ihn mehr überraschte: dass die Mafia ihn hier gefunden hatte oder dass sein Sohn über seine Misere Bescheid zu wissen schien. Zusätzliche Falten bildeten sich auf seiner Stirn.

»Alles in Ordnung bei euch?«, rief Mila ihnen zu. »Wer sind diese Leute da oben?«

»Wir müssen nur schnell etwas klären«, antwortete Lorenz. »Eine Vater-Sohn-Geschichte.« Und an seinen Vater gerichtet: »Komm mit, wir regeln das jetzt auf der Stelle!«

Sie kletterten den Hang hinauf und liefen zur Furt mit der Brücke. Auf der anderen Seite angekommen, kamen ihnen die beiden Mafiosi entgegen.

»Sie haben uns zwei Tage gegeben«, empörte sich Lorenz anstelle einer Begrüßung.

»Ich weiß«, antwortete Peter Celemenza lächelnd. Wie schon gestern wirkte er wie frisch aus dem Ei gepellt, ein aus einem Anzugkatalog entflohenes Seniorenmodel. Auch sein Begleiter, Tattaglia, wenn Lorenz sich recht erinnerte, war herausgeputzt und gestriegelt. »Aber Ihr Treiben heute Nacht und der Schlag gegen die zugegeben von uns eher weniger geschätzten Kollegen der Han Tu blieb nicht unbemerkt. Wir wollten uns ein eigenes Bild machen und haben – welch Zufall! – einen alten Bekannten getroffen. *Buongiorno, Signore Abruzzi.*« Der Mafioso deutete eine spöttische Verbeugung an. »Sie haben es uns nicht leicht gemacht, Sie zu finden.«

»Hören Sie«, begann Alessandro Abruzzi, »lassen Sie uns das bitte unter uns klären, und halten Sie meinen Sohn aus der Sache raus!«

Celemenza wollte gerade zu einer Antwort ansetzen, als er von einem grantigen »Was zum Teufel wird hier gespielt?« unterbrochen wurde.

Frau Gruber balancierte behände über die Planken zum jenseitigen Ufer des Jenbachs und steuerte auf die vier debattierenden Männer zu wie ein Kriegsschiff, das ein paar verschüchterte Piraten in einem Ruderboot aufgestöbert hat. Ein mit bunten Federn behangenes Kriegsschiff.

Die beiden Mafiosi zuckten zusammen. Alte Frauen galten

auch in Familienorganisationen wie der italienischen Mafia als Respektspersonen. Und Frau Gruber konnte, wenn sie wollte, durchaus dem Prototyp einer resoluten *comare* entsprechen. Frauen wie sie verfügen über eine angeborene Autorität, die sie in jeder Kultur und Gesellschaftsform zu einer achtbaren und gefürchteten Matrone gemacht hätte, und zwar auf ganz natürliche Art und Weise.

Celemenza wagte trotzdem einen Versuch. »Gnädige Frau, wären Sie so freundlich und würden uns –« Frau Grubers zorniger Blick ließ ihn kleinlaut verstummen.

Auch Tattaglia entschied sich dafür, weiterhin das einzig Richtige zu tun und zu schweigen.

»Mein Vater schuldet diesen Herren hier Geld«, erklärte Lorenz schließlich, als keiner der drei anderen Anstalten machte, sich Frau Gruber zu stellen.

»Wofür?«, wollte Frau Gruber wissen. Und zwar von Lorenz' Vater, der sich nun direkt mit der investigativen Natur seiner neuen Freundin konfrontiert sah.

Zuerst druckste er noch ein wenig herum, doch als er schließlich einsah, dass weder Flucht noch weitere Ausreden erfolgversprechende Optionen waren, entschloss er sich schließlich auszupacken. »Ich bin ein einfacher Mann«, sagte er und blickte Lorenz dabei traurig an. »Ich habe mein ganzes Leben lang hart gearbeitet, aber irgendwann ist mir aufgefallen, dass ich wohl über keinerlei kaufmännisches Geschick verfügen muss. Denn egal, wie sehr ich auch geschuftet und mich angestrengt habe, am Ende des Monats war kaum Geld übrig, das ich zur Seite legen konnte. Immer öfter musste ich mir etwas leihen, um über die Runden zu kommen. Irgendwann hat mir die Bank kein Geld mehr gegeben, und ich musste andere Quellen auftun. Ich habe mich geschämt, denn ich wollte dir so gern etwas hinterlassen, wenn ich einmal nicht mehr bin. Mein Vater hat mir dereinst wenigstens die Hühner vererbt, doch nicht einmal deren Weitergabe war gewährleistet, weil meine Schulden immer größer und größer wurden.«

Er hielt kurz inne, als müsste er sich konzentrieren. Mit in die Ferne gerichtetem Blick fuhr er fort: »Dann habe ich diesen Mann getroffen. Der Freund eines Freundes, angeblich. Ich bin ein *idiota*, ich weiß. Jedenfalls hat er mir von diesem Gut erzählt, das zum Verkauf stünde, wovon allerdings kaum jemand wisse, weil der Besitzer in Schwierigkeiten sei und schnell Geld bräuchte. Und was soll ich sagen, zufällig arbeitete der Freund des Freundes für die Organisation dieser beiden Herren hier.« Lorenz' Vater deutete auf die beiden Mafiosi. »Die boten mir an, mich bei der Finanzierung zu unterstützen. Ihr könnt euch denken, dass ich der Versuchung nicht widerstehen konnte, denn sonst befänden wir uns jetzt nicht in dieser Situation. Leider lässt die SCU nur bedingt mit sich reden, und an einem Rückzieher meinerseits hatten sie kein Interesse. Und dann bin ich davongelaufen, weil ich mir nicht mehr anders zu helfen wusste.« Alessandro Abruzzi starrte bedrückt auf seine Sandalen.

»Und was für ein Gut soll das sein?«, hakte Frau Gruber nach, deren Emotionen sich nicht deuten ließen.

»Ein Weingut. In Sizilien«, antwortete der alte Mann schüchtern.

»In Sizilien?«, fragte Lorenz verwundert. Zwischen Galatina, dem Dorf seines Vaters, und der sizilianischen Insel lagen mindestens fünfhundert Kilometer Luftlinie!

»Ist es wenigstens schön da?«, wollte Frau Gruber wissen, und wer sie sehr gut kannte, hätte aus ihrer Stimme heraushören können, dass neben der knallharten Geschäftsfrau, die sie vordergründig gerade spielte, auch die neugierige Klatschreporterin und die Hobbydetektivin Gruber auf den Rängen Platz genommen hatten.

»Ich weiß es nicht, ich war noch nie da«, gestand Alessandro Abruzzi kleinlaut.

Lorenz war sich sicher, im nächsten Moment durchzudrehen. »Bist du denn völlig von Sinnen, Vater? Nicht nur hast du unbesehen und ohne mich um Rat zu fragen oder um Hilfe zu bitten von der Mafia ein Stück Land gekauft, du hast es selbst nach dem Kauf nicht ein einziges Mal besucht? Warum? Das ist doch Irrsinn!«, rief er.

Der alte Mann sah einmal mehr betreten zu Boden. »Es hat sich schon in jenem Moment, in dem ich den Vertrag unterschrieben habe, falsch angefühlt. Aber die Hoffnung, dass mit dem Gut endlich alles besser werden würde, hat überwogen.« Er verstummte abrupt.

Lorenz wollte schon weiterwüten, doch Frau Gruber legte ihm beschwichtigend die Hand auf den Arm.

»Auf welche Summe belaufen sich die gesamten Investitionskosten?«, fragte sie.

Der Mafioso nannte auch ihr den Betrag, ohne scheinbar auch nur für den Bruchteil einer Sekunde zu bezweifeln, dass die resolute alte Frau Anspruch auf diese Information hatte.

Frau Gruber ließ sich nicht anmerken, was sie von dem in Lorenz' Augen überaus stattlichen Schuldenberg hielt, den ihr neuer Freund angehäuft hatte.

»Was können Sie mir über dieses Stück Land erzählen?«, fragte sie den Mafioso.

»Es handelt sich um einen alten Gutshof«, antwortete dieser. »Er wurde viele Generationen lang von einer sizilianischen Familie geführt. Zum Anwesen gehören ein Weinberg, eine Mühle sowie ein kleiner See. Mit dem Auto ist man in nur wenigen Minuten an der Küste. Ich kann Ihnen versichern, verehrte Dame, Herr Abruzzi hat eine vortreffliche Investition getätigt.«

Frau Gruber lutschte kurz an ihrer Unterlippe und ließ ihren strengen Blick prüfend über Vater und Sohn wandern. Dann lächelte sie und verkündete den zunehmend verlegen wirkenden Mafiosi: »Ich übernehme die Verbindlichkeiten. Wären Sie mit einem Scheck einverstanden?«

Epilog

Alle Sicherheitsvorkehrungen hatten nicht verhindern können, dass sich beim großen Jubiläumsgautrachtenfest in Bad Feilnbach am Ende doch noch ein kleiner Skandal zutrug. Nachdem es beim Festabend am Samstag zu keinen nennenswerten Vorkommnissen gekommen und auch der Frühschoppen am Sonntagmorgen nebst dem Kirchenzug zur Festwiese ohne Komplikationen vonstattengegangen war, würde vor allem der Feldgottesdienst den Trachtlern in jenem Jahr in lebhafter Erinnerung bleiben. Jemand hatte unter das Weihrauchharz hochdosiertes gepresstes Cannabis geschmuggelt. Als die Ministranten das Gemisch in ihren Weihrauchfässern entzündet hatten und damit schwenkend durch die mehr oder weniger andächtige Menschenmenge gelaufen waren, war so mancher Betende in den Genuss einer deutlich intensiveren Begegnung mit dem Allerheiligsten gekommen als bisher gewohnt.

Nun sagt man dem Weihrauch an sich ja bereits nach, eine psychoaktive Droge zu sein. Wissenschaftler wollen sogar herausgefunden haben, dass das im Harz des Weihrauchs enthaltene Incensol imstande ist, Angst und Depressionen zu lindern. Der Rauch stimuliert das Gehirn und beruhigt es. So gesehen verwenden Religionen also seit Urzeiten Drogen, um ihren Gläubigen die Gottesdienste erträglicher zu machen.

In Kombination mit dem Marihuana entfaltete der Weihrauch jedoch eine ganz besonders entrückende Wirkung. Die Mischung genügte, um zumindest die Ministranten nach der Hälfte ihrer Runde in einen unziemlichen Taumel zu versetzen, und auch der hinter ihnen herlaufende Pfarrer musste mehrmals innehalten, weil ihm die Augen zu sehr tränten und er seine eigene Ergriffenheit und Freude scheinbar nicht fassen konnte. Zudem kippten noch ein paar Schalkweiber, an denen Pfarrer und Ministranten vorbeiprozessiert waren, um und mussten wegen leichter Ohnmacht von den Sanitätern behandelt werden. Ob ihre Bewusstlosigkeit nun aber wirklich dem betörenden

Gemisch in den Weihrauchfässern geschuldet war oder einfach nur die starke Mittagssonne ihre Opfer gefordert hatte, würden einzig und allein die Stammtischgeschichten zu erzählen wissen, in denen der gewagte Streich für die Ewigkeit dokumentiert werden würde.

Von all dem bekamen Lorenz und seine Freunde allerdings nichts mit. Denn zur selben Zeit, als Feilnbach von Trachtlern aus dem ganzen Gau geflutet wurde, saßen sie im Jenbachtal um ein Lagerfeuer herum und genossen das angenehme Gefühl, das ein sonniger Sonntagmorgen, der einem keine weiteren Verpflichtungen als Entspannung und Müßiggang abverlangt, mit sich bringt.

»Dass du dich heute drücken konntest, fasziniert mich nach wie vor«, sagte Lorenz zu Bernhard Eibl, der neben seiner Frau ihm gegenüber auf einem Baumstamm hockte.

»Ich habe meinen Dienst schon gestern Abend abgeleistet und finde, dass das ohnehin ein weit größeres Opfer war, als man einem Zugereisten zumuten sollte. Außerdem ist Mona zu einem ähnlichen Schluss gekommen, gell, Schatz?«

Die Angesprochene lächelte das Lächeln einer Ehefrau, die genau wusste, dass sie eine wichtige Schlacht für sich entschieden hatte, jedoch ehrenhaft genug war, ihren Gegner darüber hinaus keiner weiteren Demütigung auszusetzen.

»Was passiert jetzt eigentlich mit dem Breyer Heronimus?«, fragte Frau Gruber und beobachtete interessiert, wie Lorenz eine Rauchwolke in die Luft blies und die Zigarette an Mila weitergab.

»Was soll schon mit ihm passieren? Bis ein neues Gesetz in Kraft tritt, das Cannabis flächendeckend legalisiert, muss er sich nach den alten Regularien verantworten. Das bedeutet, ihn erwarten eine Anklage und angesichts des Rahmens, in dem er Anbau und Handel betrieben hat, sicherlich auch eine Verurteilung.«

»Aber des ist doch ungerecht, wenn des Zeug eh bald erlaubt wird«, protestierte Frau Gruber.

»Wo willst du die Grenze ziehen?«, seufzte Lorenz. »Es muss

ein Ende und einen Anfang geben, und den Übergang von der Illegalität zur Legalität müsste das neue Gesetz genau bestimmen. Ich tippe allerdings darauf, dass die allgemeinen Verjährungsfristen beibehalten werden, weil das die Lösung ist, die mir am gerechtesten erscheint.«

»Heißt, wenn ihr ihn nach der Legalisierung bei seinen Geschäften erwischt hättet, wäre er auch dran gewesen?«

»Wahrscheinlich, ja. Aber mit der Frage müsstest du dich an jemanden wenden, der sich damit besser auskennt als ein kleiner Kriminalbeamter. Oder du frägst den Schwamm«, antwortete Lorenz.

»Wo ist der eigentlich?«, wollte jetzt Kerschl wissen. Wie üblich klebte seine Banju fest an ihm, und tatsächlich waren die Blicke, die sie ihrem Puschelbären heute zuwarf, sogar noch ein wenig bewundernder als sonst.

»Nun, für den geht die Arbeit jetzt erst richtig los. Er wird sich noch mal den Breyer vornehmen, denn nachdem wir gestern dessen Hanf in der Hütte gefunden haben, geht Schwamm davon aus, dass er doch irgendwie seine Finger in der ganzen Mafia-Kiste mit drin hat. Wir haben hier ja nur eine kleine, wenn auch wichtige Zelle ausgehoben. Feilnbach war deren Drehkreuz zwischen Süden und Norden, die nahe Grenze und die Autobahnanbindung sowie die Unterstützung vom Ranzner haben sie hier lange Zeit höchst erfolgreich operieren lassen. Der Krieg wird für die Kollegen von der Drogenfahndung allerdings so lange weitergehen, wie Schwarzmärkte für Drogen bestehen und sich deren Handel so ungemein attraktiv gestaltet.«

»Darf ich auch mal? Mein letztes Mal ist schon ewig her«, sagte Frau Gruber und deutete auf den Joint, der mittlerweile in Eibls Hände weitergewandert war.

Keiner wagte es, der alten Frau ihren Wunsch abzuschlagen.

Mit spitzen Fingern nahm sie die Zigarette entgegen, beäugte sie und steckte sie sich dann mit geübtem Griff zwischen die Lippen. Drei genießerische Züge später reichte sie den Stummel an Alessandro Abruzzi weiter.

»Und?«, fragte Mila. »Schmeckt's?«

»Könnte mich dran gewöhnen«, verkündete Frau Gruber zufrieden. »Gibt's schon Neuigkeiten vom Ferdl?«

»Dem geht's so weit gut«, antwortete Lorenz. »Die Kugel in seinem Oberschenkel hat nichts irreparabel kaputt gemacht, er wird also wieder werden. Außerdem ist er gut beschäftigt. Als ich ihn vorher angerufen habe, hat er mir verkündet, dass er bereits an der Bestechungsaffäre in Zusammenhang mit der Landesopiumstelle arbeitet. Ist wohl seine Vorstellung eines perfekten ersten Dates: Privates und Berufliches wunderbar vermischt.«

»Also gehst du davon aus, dass der Ranzner nicht nur den Schwinder und den Hirnsteiger bestochen hat, sondern auch die Behörde, die für die Ausschreibung verantwortlich ist?«

»Dass er es im Kreuz hatte, die Landesopiumstelle zu bestechen, bezweifle ich«, antwortete Lorenz. »Da werden wahrscheinlich eher die Hintermänner der vietnamesischen Mafia ihre Finger im Spiel gehabt haben. Dass er die beiden Bauern geschmiert hat, hat er gestern noch gestanden. Ein lustiges Detail am Rande: Beim Feichtl hat er es gar nicht erst versucht, weil er davon ausging, dass der schlicht zu doof und damit als Spießgeselle für sein kleines Drogenimperium eher ungeeignet gewesen wäre.«

»Kann ich mir gar nicht erklären, wie er zu diesem Schluss gekommen ist«, erklärte Frau Gruber vergnügt. Ein Grinsen breitete sich allmählich auf ihrem Gesicht aus.

Neben ihr hustete Lorenz' Vater lautstark und klopfte sich auf die Brust. »Also, für mich ist das nichts, diese Raucherei«, erklärte er keuchend. »Das überlasse ich lieber den jungen Leuten – und meiner bezaubernden Maria.« Er nahm Frau Gruber in den Arm und küsste sie auf die Stirn. Fabrizio, der Gockel, nutzte den Moment, um herzhaft zu krähen, doch es ließ sich nicht feststellen, ob er damit der Liaison seines Besitzers zustimmte oder seine Ablehnung kundtat.

Frau Gruber musste trotzdem lauthals loslachen, und die anderen hätten wohl auch ohne berauschendes Cannabis in ihrem Blut in das ansteckende Gelächter mit eingestimmt.

Mila lehnte sich an Lorenz' Schulter.

»Und wie geht es jetzt weiter?«, flüsterte er ihr zu, während er den Blick über die Runde seiner Freunde schweifen ließ.

»Mir gefällt es in Bad Feilnbach«, antwortete Mila. »Ich glaube, ich könnte mir durchaus vorstellen, diesmal länger als sonst am selben Ort zu verweilen. Auch wenn das Camp für meine Seminare auf Dauer wohl eher weniger geeignet ist. Ich hatte eigentlich geplant, mich in diese Richtung weiterzuentwickeln.«

»Du kannst deine Kurse bei mir auf dem Hof abhalten«, verkündete Frau Gruber, die einmal mehr bewies, dass auch alte Leute über ein hervorragendes Gehör verfügen können, vor allem, wenn sie von notorischer Neugierde geplagt werden. »Da ist genug Platz, wenn du die Tenne etwas herrichtest.«

»Würdest du das auch wollen?«, fragte Mila Lorenz. »Immerhin kennen wir uns erst eine Woche.«

Anstelle einer Antwort nahm Lorenz Mila in den Arm. »Nichts ist entspannender, als anzunehmen, was kommt«, sagte einst der Dalai Lama. Wann immer Lorenz bisher in seinem Leben geglaubt hatte, alles hätte sich endlich zum Guten gewendet, hatte ihm die Realität eine Ohrfeige verpasst, um ihm mitzuteilen, dass seine Lehre noch lange nicht vorüber war. Vielleicht war es nun an der Zeit anzunehmen, was kam, ohne sich auf Kosten des Augenblicks einen Kopf über Sinn, Realismus und Zukunft zu machen. Zu genießen, wenn sein Herz vor Freude sang und er gerade einen jener kostbaren Momente erleben durfte, die er am liebsten einpacken und verwahren würde, damit er sie immer und immer wieder erleben konnte. Er küsste Mila.

»Aber vorher rate ich euch zu einem Urlaub«, unterbrach sie Frau Gruber. »Es gibt da in Sizilien ein Weingut, das kürzlich in meinen Besitz übergegangen ist. Jemand sollte ihm baldmöglichst einen Besuch abstatten und nach dem Rechten sehen.«

Danksagung

Eigentlich ist der »Dirndl Rausch« ein Reisebuch, zumindest ist er zu großen Teilen auf einem fast halbjährlichen Trip durch Asien entstanden. Viele der Menschen, die mich zu dieser Geschichte, den Figuren und den Anekdoten inspiriert haben, werden das fertige Buch vermutlich nie zu Gesicht bekommen. Was sollten eine alte Schamanin auf einer entlegenen philippinischen Insel oder eine verrückte, aber herzensgute kleine Tantrikerin aus Delhi auch mit einem bayrischen Heimatkrimi anfangen? Doch all meinen Begegnungen danke ich im Geiste von ganzem Herzen.

Es gibt aber auch hier zu Hause Leute, ohne die der »Dirndl Rausch« nicht möglich gewesen wäre, und die kann ich sehr wohl namentlich benennen. Vielen lieben Dank also an Leni, Julia, Hanna, Florian, Andrea, Christoph und Fabrizio fürs Inspirieren, Bemusen, Anspornen, Debattieren, Trösten und den Erfahrungsaustausch.

Meiner ewigen Muse Agnes huldige ich fürs famose Titelbild.

Dies ist auch der richtige Platz für meinen Kniefall vor Kathrin und Claudia, die mich im Lektorat so sehr unterstützt haben.

Und ich danke meiner Familie, die mich und meine schriftstellerischen Avancen aushalten darf und mich dennoch immer unterstützt und fördert.

Ich hab euch alle lieb.

Lust auf mehr? Laden Sie sich die »LChoice«-App runter, scannen Sie den QR-Code und bestellen Sie weitere Bücher direkt in Ihrer Buchhandlung.

Andreas Karosser
DIRNDL PORNO
Broschur, 240 Seiten
ISBN 978-3-95451-271-3

»Lederhosenaufstand gegen Dirndl Porno. Ein Erotik-Thriller sorgt in Bad Feilnbach für äußerste Erregung.« BILD

Andreas Karosser
DIRNDL SWINGER
Broschur, 256 Seiten
ISBN 978-3-95451-555-4

Bad Feilnbach wird von einem Skandal erschüttert: Der exzentrische Geschäftsmann Alexander Barranow veranstaltet im traditionsreichen »Sternenhof« eine Swingerparty. Als ob das nicht schon genug für die kleine Gemeinde wäre, wird bei der sündigen Sause auch noch ein Mordanschlag verübt. Kommissar Hölzl bekommt es mit prominenten Swingern, der resoluten Bürgermeisterin und nicht zuletzt mit einer ganz persönlichen Romanze zu tun.

www.emons-verlag.de